白蕉詩詞集

孫曉雲題

白蕉 著
王浩州 編

上海書店出版社
SHANGHAI BOOKSTORE PUBLISHING HOUSE

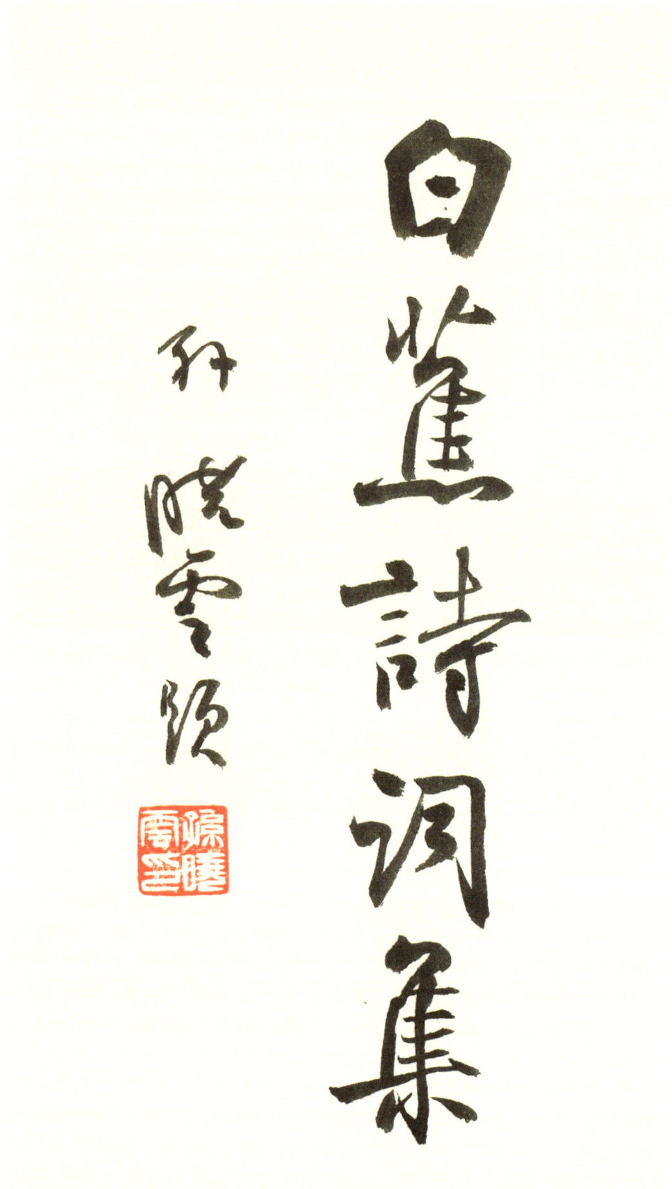

白蕉詩詞集 孫曉雲題簽

1963 年蔣兆和爲白蕉畫像

白蕉（1907—1969）

1944 年重陽節登高

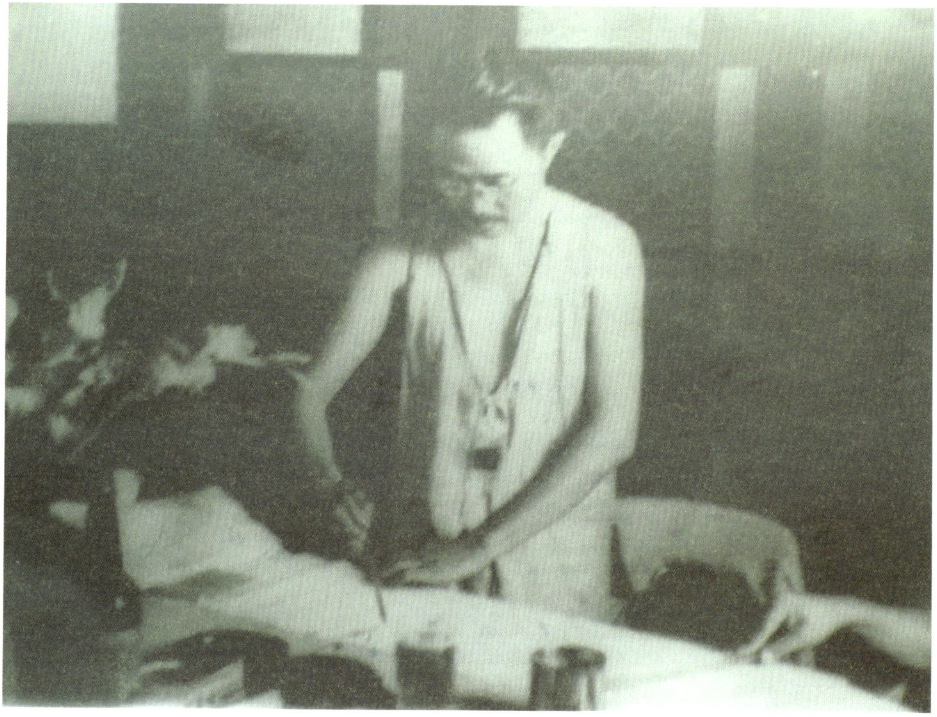

20 世紀 40 年代創作留影

1946 年與鄧散木合影

20 世紀 50 年代留影

20 世紀 50 年代於上海中國畫院

1964年在安徽與葉潞淵合影

1964年在安徽合影（前排右四）

1965年10月於上海華東醫院

《白蕉》新詩集封面

春二春又
短別未必偕畫中
秦香說雲鬟無限嬌
外燕子雙飛春來處院相
蓬翻梅礁港倩影誰回遠誰處
更訴相思無算枉自荷編欄
干個帳消息沉衡陽雁斷

南湖先生　伉儷
雅賞
海曲白蕉
拓似

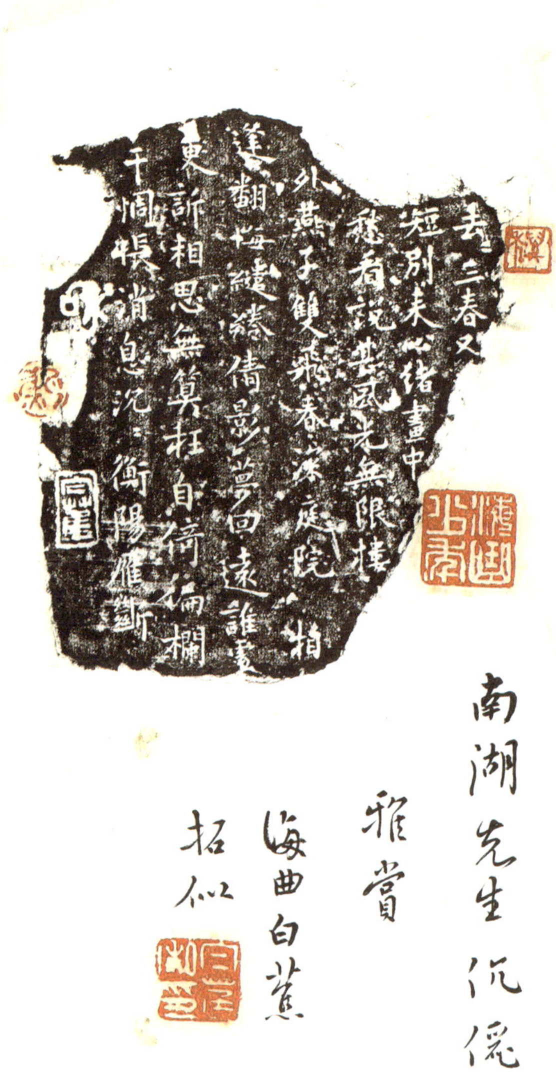

自作詞磚拓

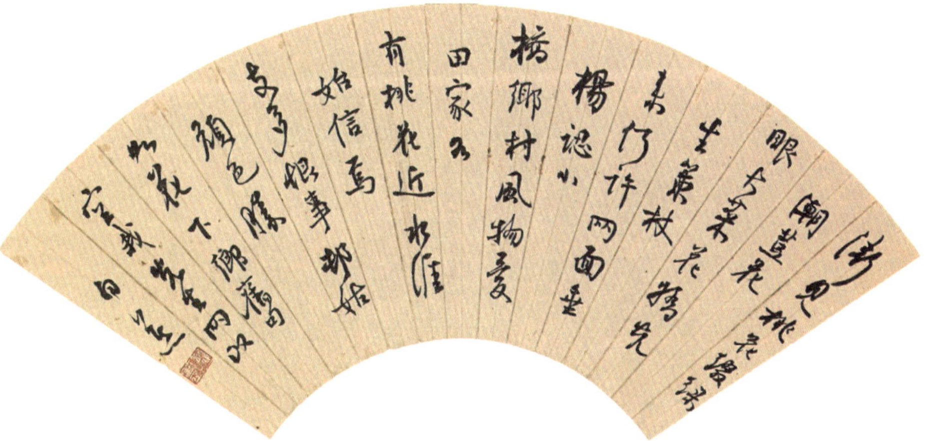

1937 年自作詩扇面

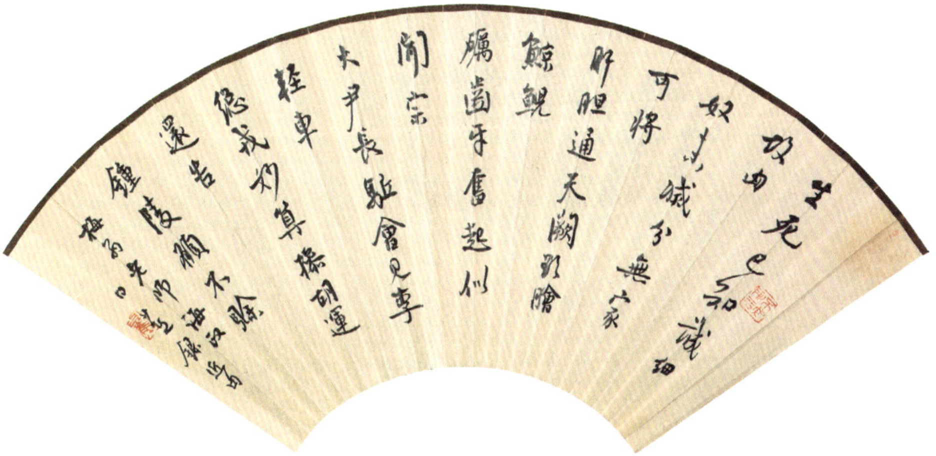

1938 年自作詩扇面

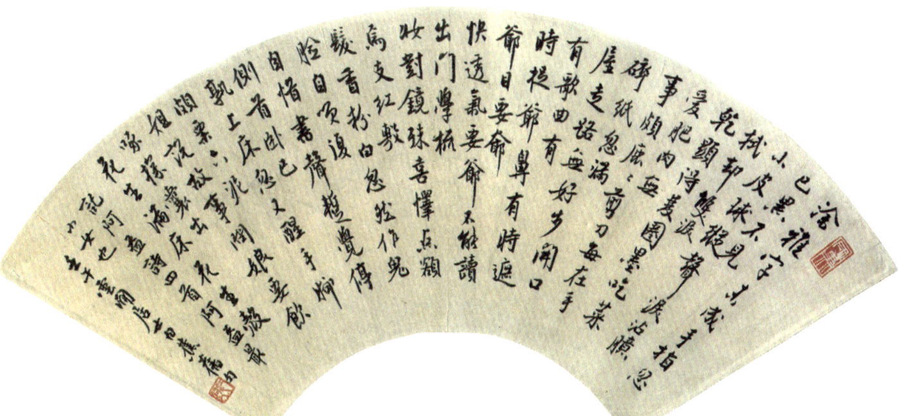

1942 年自作詩扇面

1948 年自作詩扇面

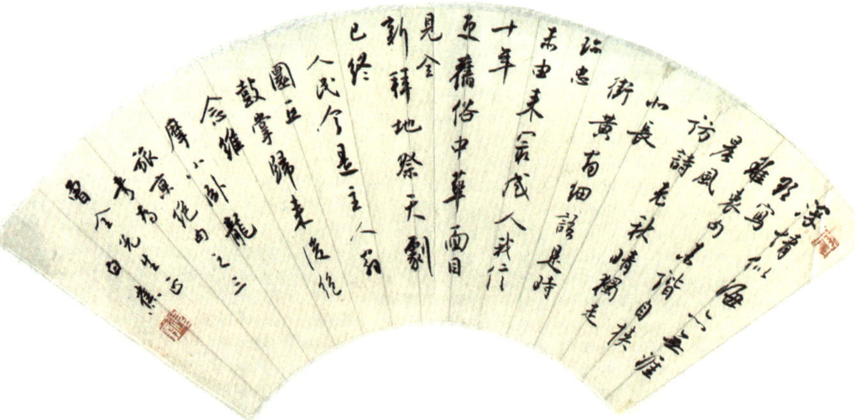

1953 年自作詩扇面

1955 年自作詩扇面

1956 年自作詩扇面

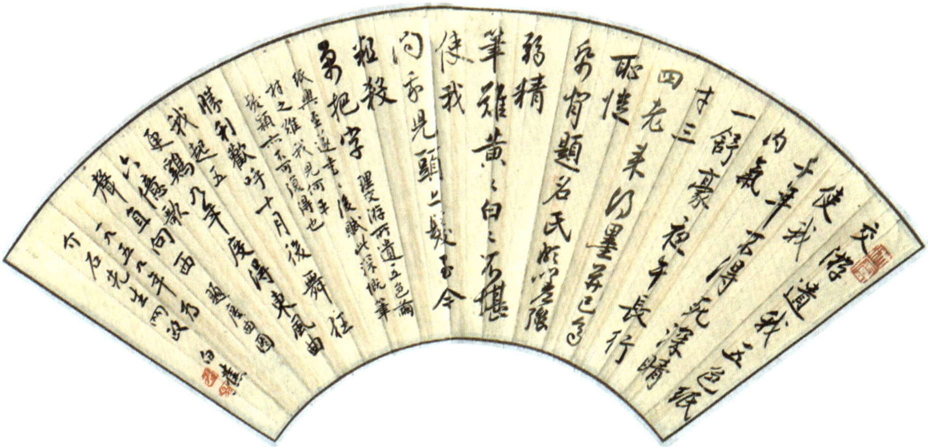

1959 年自作詩扇面

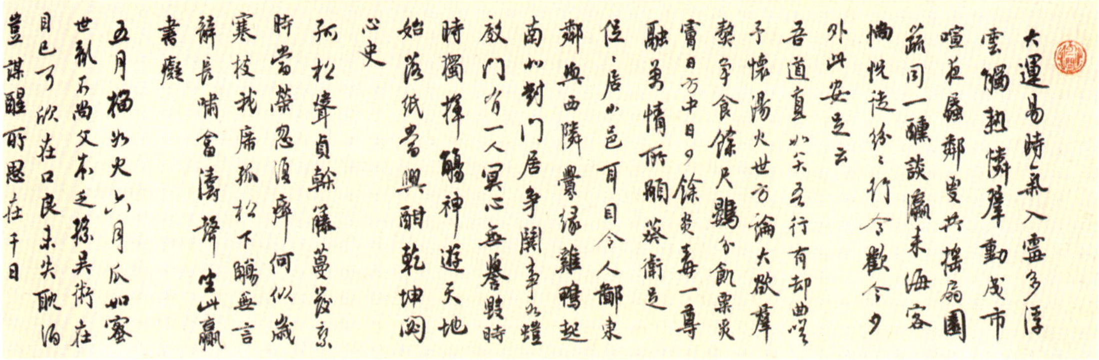

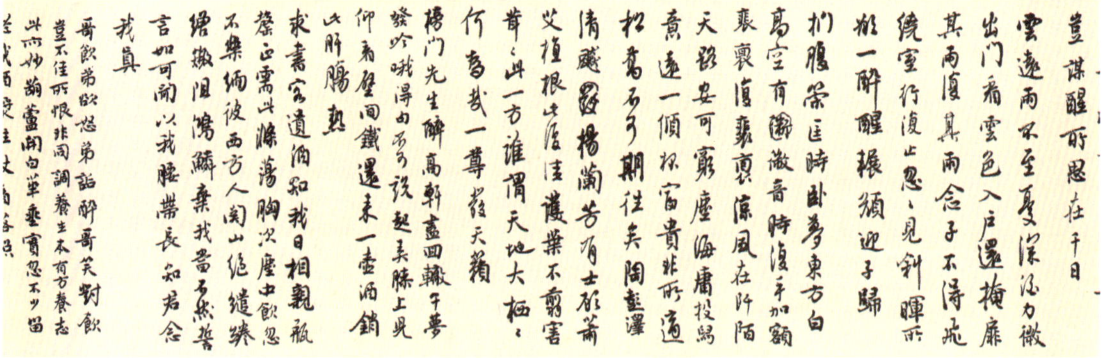

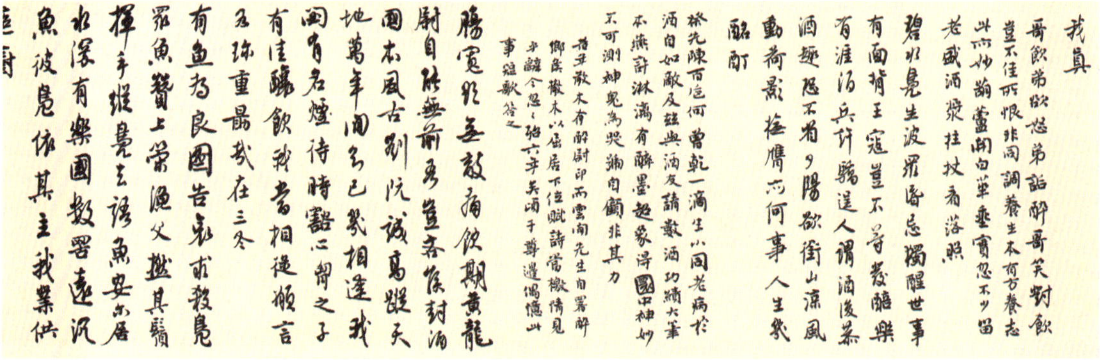

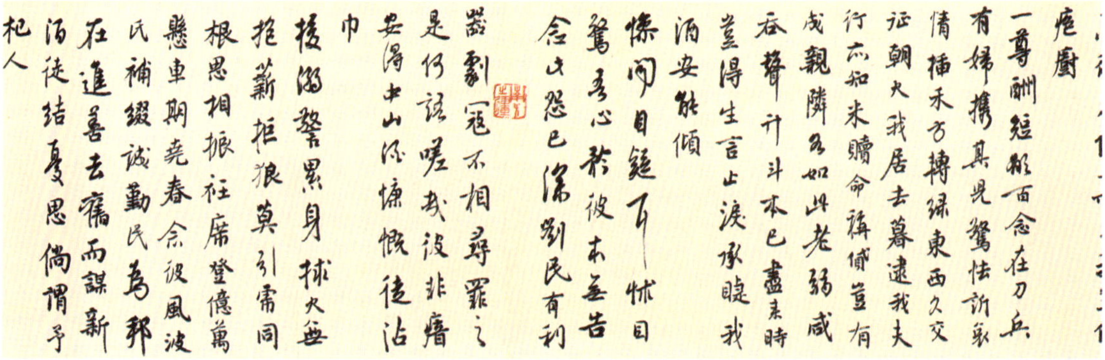

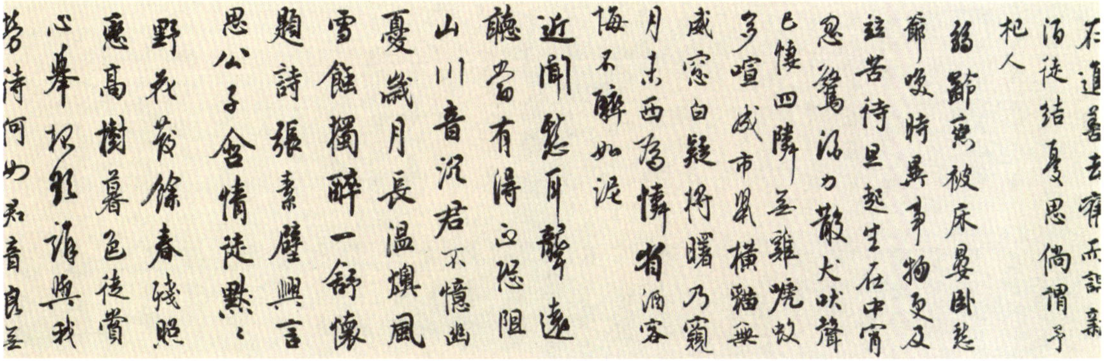

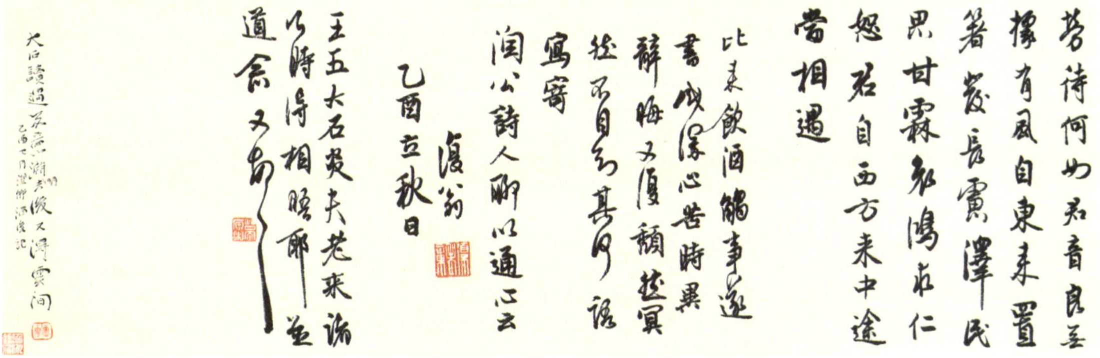

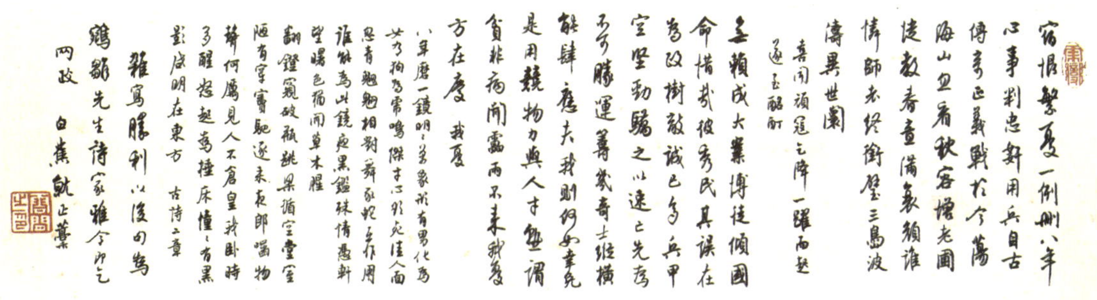

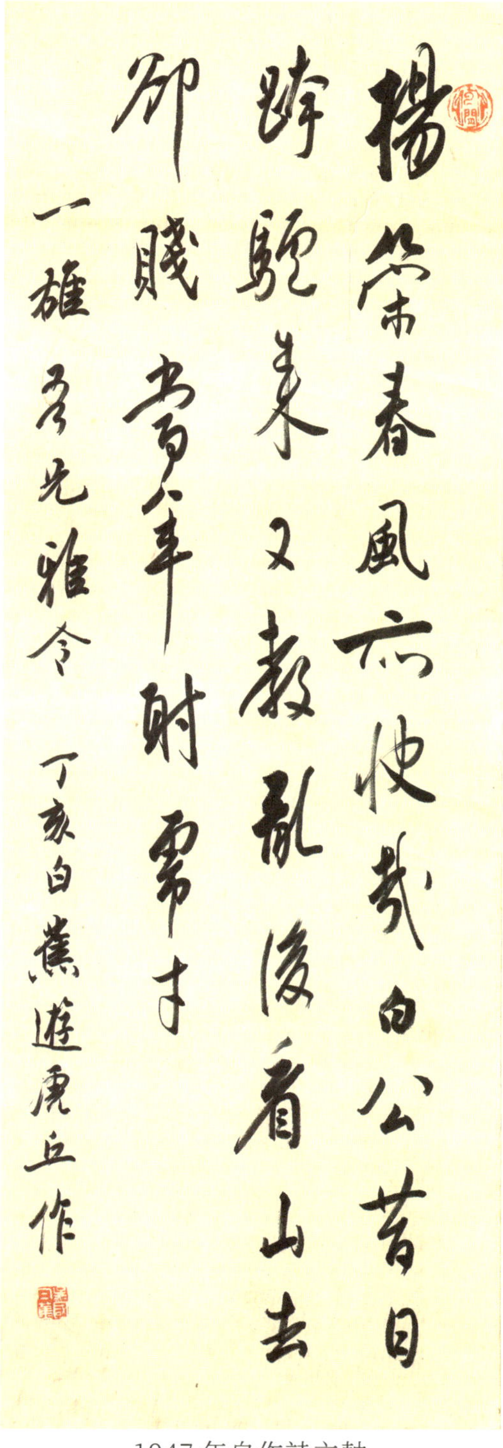

1947 年自作詩立軸

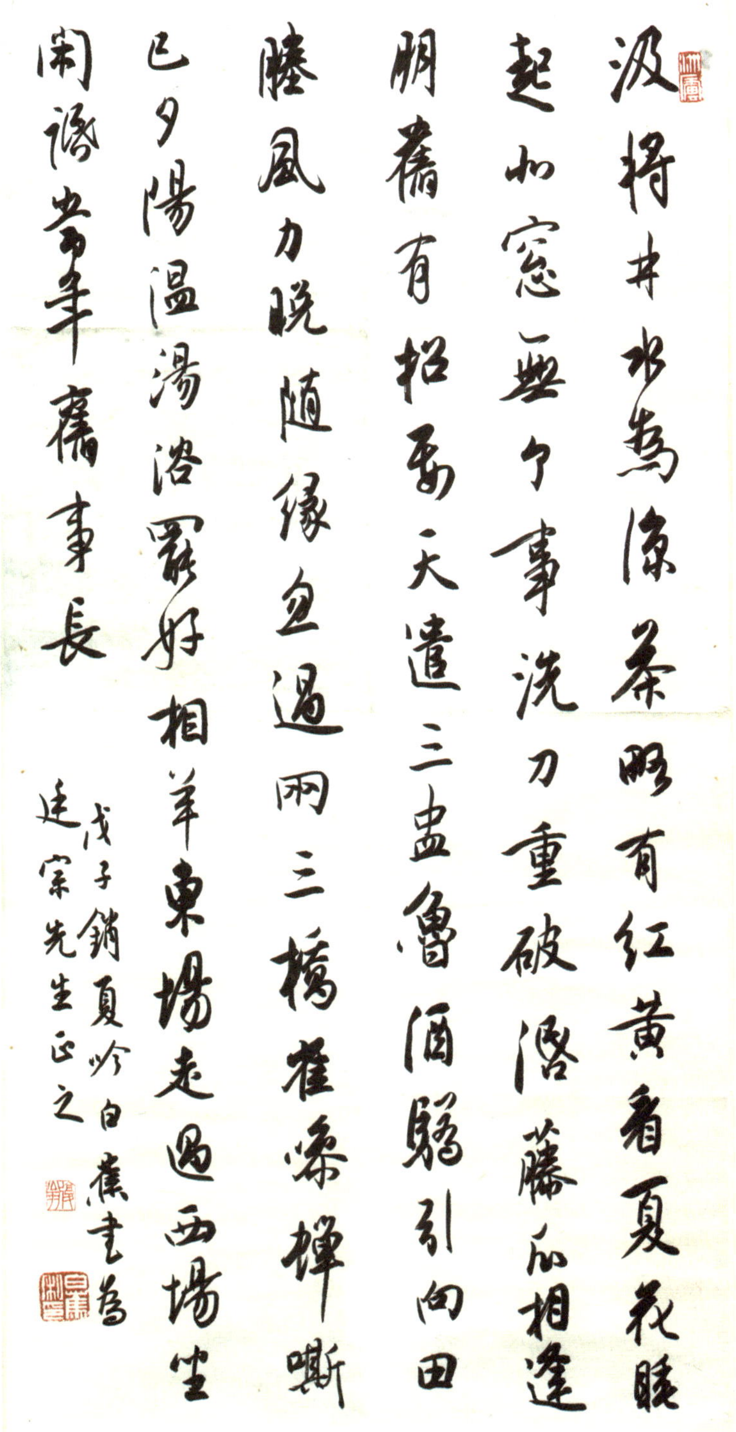

1948 年自作詩立軸

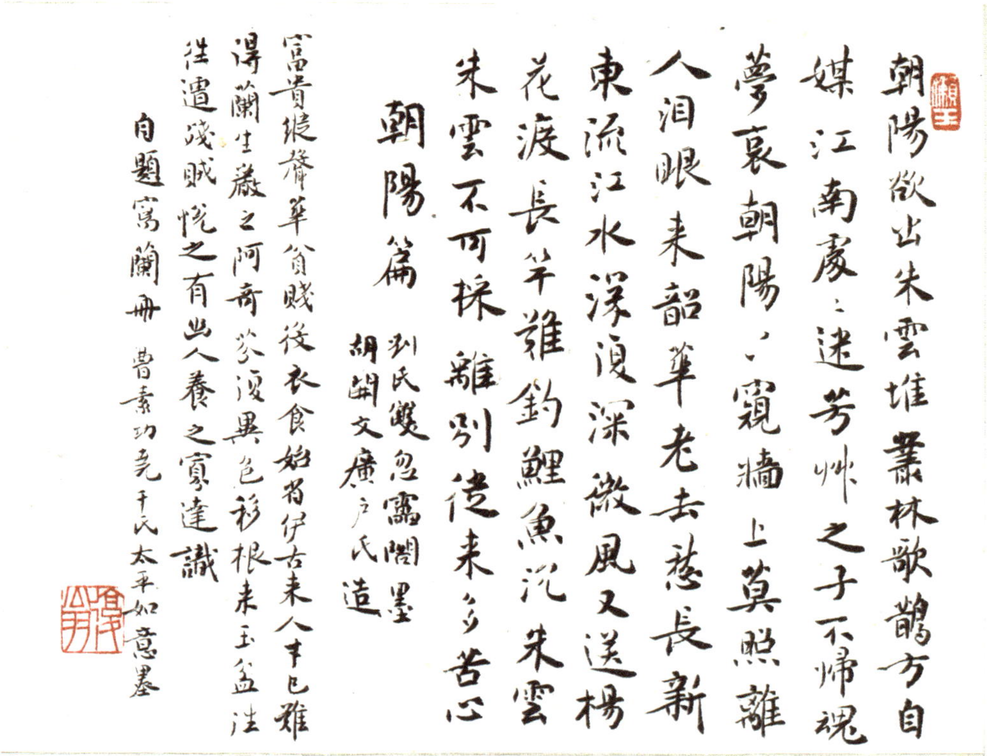
朝陽欲出朱雲堆叢林歌鵲方自
媒江南處處迷芳草之子不歸魂
夢哀朝陽朝陽窺墻上莫照離
人泪眼來韶華老去愁長新
東流江水深復深微風又送楊
花疲長竿難釣鯉魚沉朱雲
朱雲不可採離別從來多苦心
朝陽篇
劉氏雙鉤寫閣墨
胡開文廣戶氏造
富貴繞聲華貧賤從衣食始省伊古來八十已難
得蘭生嚴之阿奇芬復異色移根來玉盆往
往遭殘賊悅之有幽人養之寡達識
自題寫蘭冊　曹素功先千氏太平如意墨

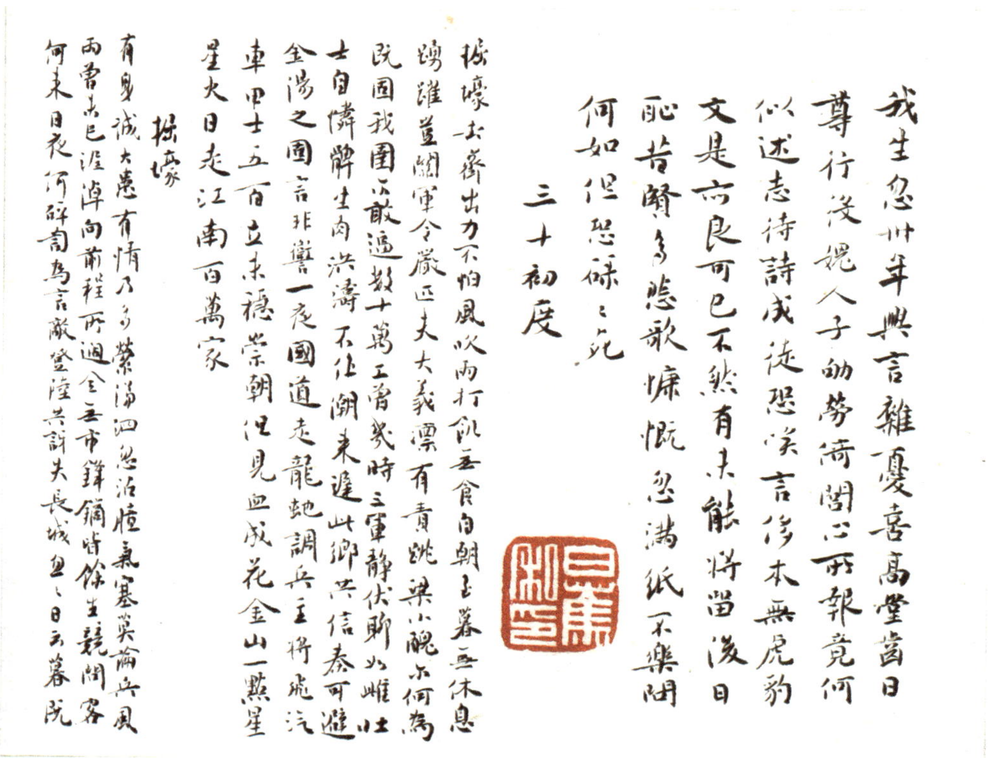
我生忽卅年興言雜憂喜高堂當日
尊行從提人子勵勞倚閭亡所報竟何
似述志詩詩成徒恐咲言傳本無虎豹
文是亦良可已不然有來能將留後日
恥昔賢多悲歌慷慨忽滿紙一不樂胡
何如但恐碌碌死
三十初度
探壕
探壕出力不怕風吹雨打飢無食自朝至暮無休息
踴躍益關軍令嚴匹夫大義凜有責跳梁小醜不何為
既圍我圍必敵逼數十萬工曾幾時三軍靜伏聊以雌吐
土自憐髀生肉洪濤不住潮來遲此鄉洪信泰可避
金湯之固言非譽一夜國道走龍蛇調兵王將飛汽
車甲士五百立東穩崇朝但見血成花金山一點星
星火日走江南百萬家
探壕
有身識大患有情乃多累滿四忽沾慷慨塞莫論兵風
雨曾未已從淖向前程所過全無市鎮皆餘生競閑客
何來日夜何所需為言敵壁陸共討大長城日日云暮既

陰復起霧靡恰筋力疲如何即長路日拙斷千請況是無親故扣門問投宿其言每各以世亂留客難此量多所悵惡祥鄰舍薪然頻存注問遠何處來問向何遑去條恍忽陳辭其言間悲怨兵甲方未艾表亂安可訴我安能對時我衷難行路會北海谿由將如烟轍鮒言罷復啼噓煮飯留我住此宵夕已醒風大更立雨寧兒行路憂逸生無衣懼朝來辭謝翁更著纏結履風山雨亦稀差幸能舉步澄清會有時當名記無誤

將家浜西投宿農家　姚補生

記命在行路立之無冤時西北趙平望我思為立政前途雨斜路易思背疑我自平望來平望盡燎焚師曲敵機炸炸轟動一儀無民但有兵山路非坦東我亦何為者吁嗟遭亂離言謝指迷路言謝長者慈悲頭日漸高過是多敵連平望五在望市塵何遙遙況此唯死氣陰森出魅魑遙空五有聲鐵鳥未忽若迫伏在田隴若無兒通衢火滿已過兒起不顧疲入市無人聲草屋頹垣基長荒恍如夜鬼物翻自疑戰士當行有老者得非欺趙執方出市避機擦水涵路草滋朝露溼沮無堅皮小楊孩我手失之不入池眩目堅空機低飛若饑鷹從容繞三匝去南行斯前路亦云遠據服難名饑腸空煙火起福宵黄自埀視我感慨之長歎不自知萬方正多難丈夫貴得時賤子木草莽一死誰得知

過平望

杭州地上之天堂居人面色何倉皇白日騰千市聲飾每見作人本之僅一簪解整中場動大通有具載輪箱日夜渡江三萬人你之是池魚殃桃源世上曾何有我亦安家新流亡書亭把臂翦相見[illegible]離泪真眶漫此情兼妻子多同生我有爹娘朝宗安全我何有金湯之國無板當力拚戰伐已乾坤擲東大義千秋存男兒諏國豈為家卧薪早覓中華魂漢滿卻道無兵守一日之間棄于都捷教戰為東南交潮迴東海來餘合河山信美多淚痕嗚呼我年卅一我眼昏

次杭州　以上太平如意登

不須敲骨知銅聲不遇伯樂休長鳴有馬有馬幾千里歲月堂堂靡知名燕昭當年能市骨涓人之識非無明肥死欲令羣臣思楚莊徒使優言昌識途事吾付其老監子聞謳同牛羊嘻吁噫麒麟不付道路長雲衢蕩蕩無龍驤相皮誰在驪黃外坐使千秋詩九方戈生畫馬氣何靜披圖使我一重省畫皮不學郎世寧画骨直追龍眠穎觀骸趙王孫能事非同等論藝更視人自昔貴忠耿河山此日痛飄零退鳳喜見驊騮影是何肯緒此馬此馬何其馴鹽車無為感先民烏孝騫騫不騁莫辞道旁光直須悲絕是後塵君不見將軍旅旅馬空聲胡氛掃盡秋陽曛汗血功名在青史從頭收拾旋乾坤又不見縱橫關塞森天骨山川閱歷慶重新麒麟肯使天地上行振鬣終教萬馬瘖穆王八駿之一節送日不使稜稜一馬冠古今

湘嵐以其極李伯時五馬圖之一索題酒後放歌

適口或傷鼻娛目能損神逃名欲處食入世崇韜真哭笑我非主長歌懷苦辛聖哲皆如是遺言徒為珍君言

玉箴檟我喜酒入唇無名在世有意
從懷仁絕聖並棄智伯陽非超人仙屋
六有傷豈其在孜譽
細人記細故臣滑為聖言 細故人方歎
聖言人欲存文夫本色語聽者嗤其昏
曾公自銘墓正言何其純 我喜聞此語
千載已寡倫 曾文正一日戲謂友某曰我死請墓文 公不得辭銘則我已自為之矣 友
請其語公曰只三言四句耳 不信書信運氣公之言告
萬世

三十年九一八夜歸見入睡悠然放歌

雲開無錢常飲酒五年海上老醜妻子憐我腳
底忙交游許我情意厚自嗟所憂非我力煎熬躞
蹀還緘默世法已緣無寐多沉吟起視天如墨
但聞車夜千車聲又見高樓百丈明通衢不得
森壁壘多金但恐嬰甲兵廁身一島異天地有
聲狂笑無聲淚銷金好是不夜城訴飢卻
遇無情罵千金一衣不堪著萬金一屋難伸腳
不道沿街席蓋頭西風一夜魂飄泊噫吁嚱沮
溺如何嗟孔耶貧賤驕人我亦羞飢寒死者歲
萬人誰知駿骨無道周君不見盡日買米得
一斗可憐得米不能負又不見富家積藥非
醫病貧家病重聽天命

醉歌行

冀翁刻劃傳古泥功力即今寡與齊快刀脫手三
四印欲起苦鐵論高低草行初學海日翁擬山
後轉梅堇東肎教健筆損天骨楚人面目
疑未窮吁嚱已哉卅年禿管長霜毛腕斷目
瞑歌我勞頗獲小休傾觴酹從容背底敲
胡桃醉數天地然消豪卧向北窗聽桔槔
冀翁出此年所作註覽後此將度藏筆
研啟門習靜云走筆為贈

小山青隱櫵和一生愛好是天然

別腸有縈朽訓言權叩關悲喜雜疑信忽為
沸淚潛鬱勃酒分論時復朱其顏迴從二三
子相惜在癡頑初雪濟高會天意良未慳平
生飛動意相鬢已斑飲此莫復道得路亦多
患勝事那可易兵在歲月艱玄暢耽文字散
木鑄斑斕白丁栽桃李腸熱心自熾高生故後彥
四表相追攀河清去可俟歸耕與貧閑憐彼相

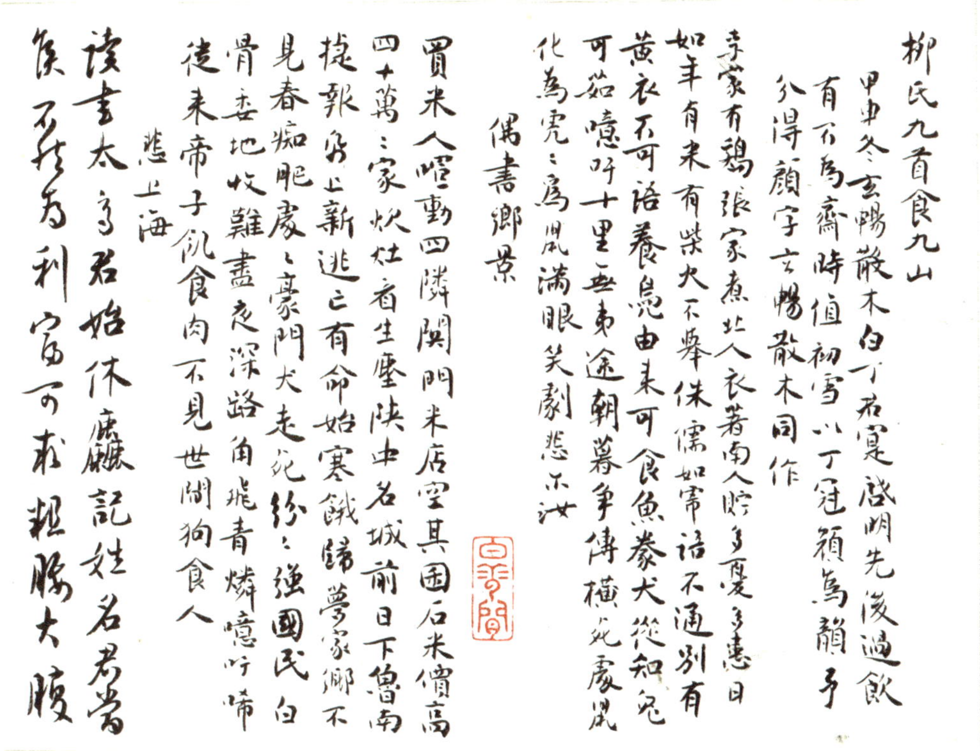

柳氏九首食九山

甲申冬玄暢散木白丁右寔陶明先後過飲有不爲齋時值初雪以丁冠領爲韻予分得顔字玄暢散木同作

李家有鷄張家煮北人衣著南人貯多夏多憂日如羊有米有柴大不舉侏儒如常語不通別有黄衣不可語養兒由來可食魚豢犬從知死可茹噫吁十里無東途朝暮争傳橫死處鼠化爲兕兕爲鼠滿眼笑劇悲不汝

偶書鄉景

買米人喧動四隣閉門米店空其囤石米價高四十萬家家炊灶有生塵陝中名城前日下魯南捷報亦新進進有命始寒餓歸夢家鄉不見春痴肥處處豪門犬走死紛紛强國民白骨無地收雞畫夜深路角飛青燐噫吁啼徒來帝子飢食肉不見世間狗食人

悲上海

讀書太多君始休磨礪記姓名君當知不能爲利寧可求粗勝大腹

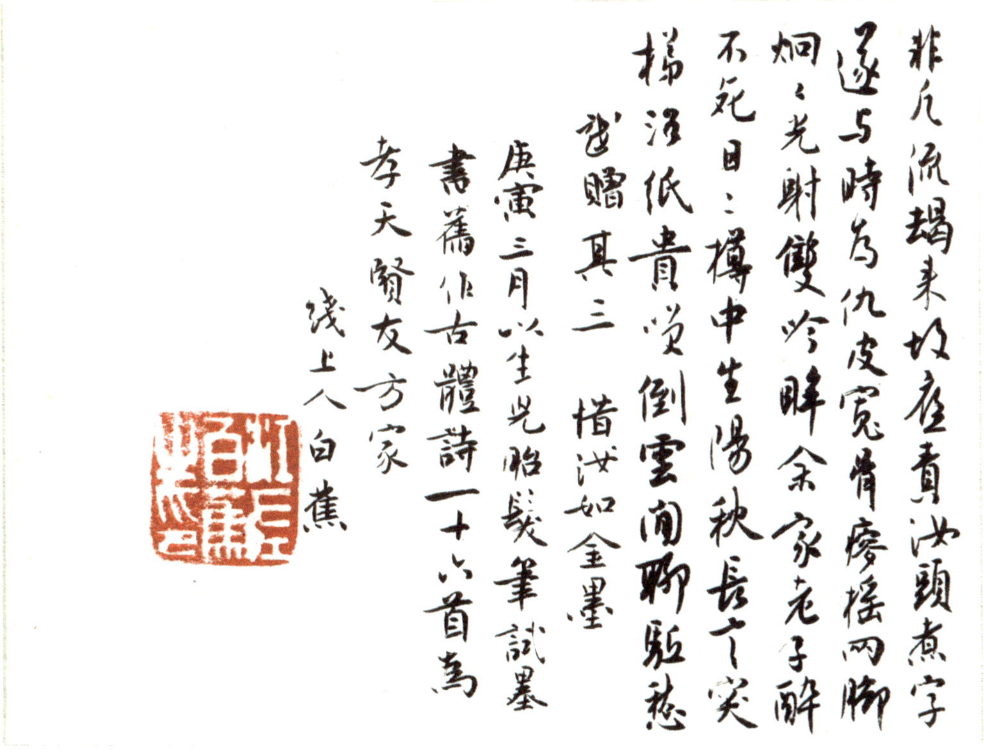

非凡流蝎來坡在責汝頭煮字遂与時爲仇皮寬骨瘦搖兩腳炯炯光射雙吟眸余家老子醉不死日日樽中生陽秋長亡笑楊汝紙貴倒雲間聊驅愁

戲贈其三　悟汝如金墨

庚寅三月以生兕胎髮筆試墨書舊作古體詩一十六首爲李天賢友方家

綫上人白蕉

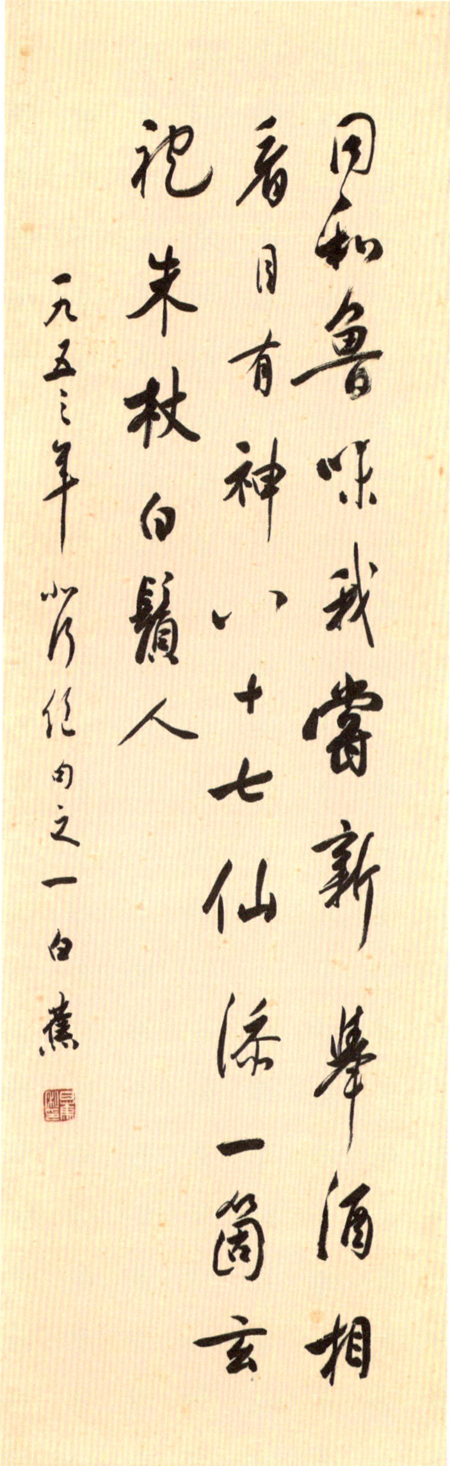

1953年自作詩立軸

梧桐入夏亡...衣知了閒靜

見尚持旦憶四膝陳吹晚相

逢故舊十年遺

去臺陳殘紫頌蘭盃高絮

大元花繁倚天一頃君雖見

是素何曾不是丹

杜甫及先作者俞禧霞之作在今

海先無中趙琴面了 一月未印

蕭題何曾書法鐵六試墨字寫以

芳一篆又比囿新嘗到解放瓜好

極同係廣東臺云云北京方到召順生

八月 日

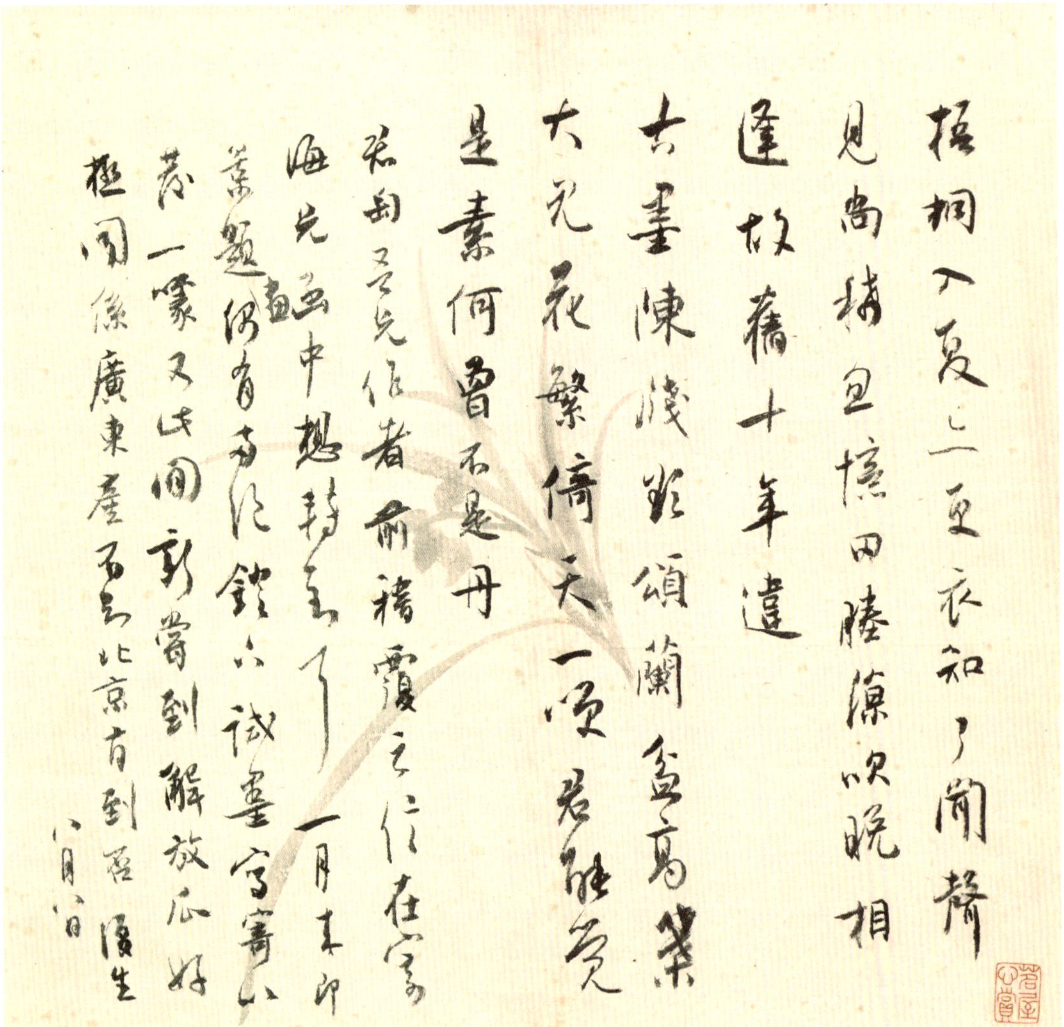

1955 年詩札

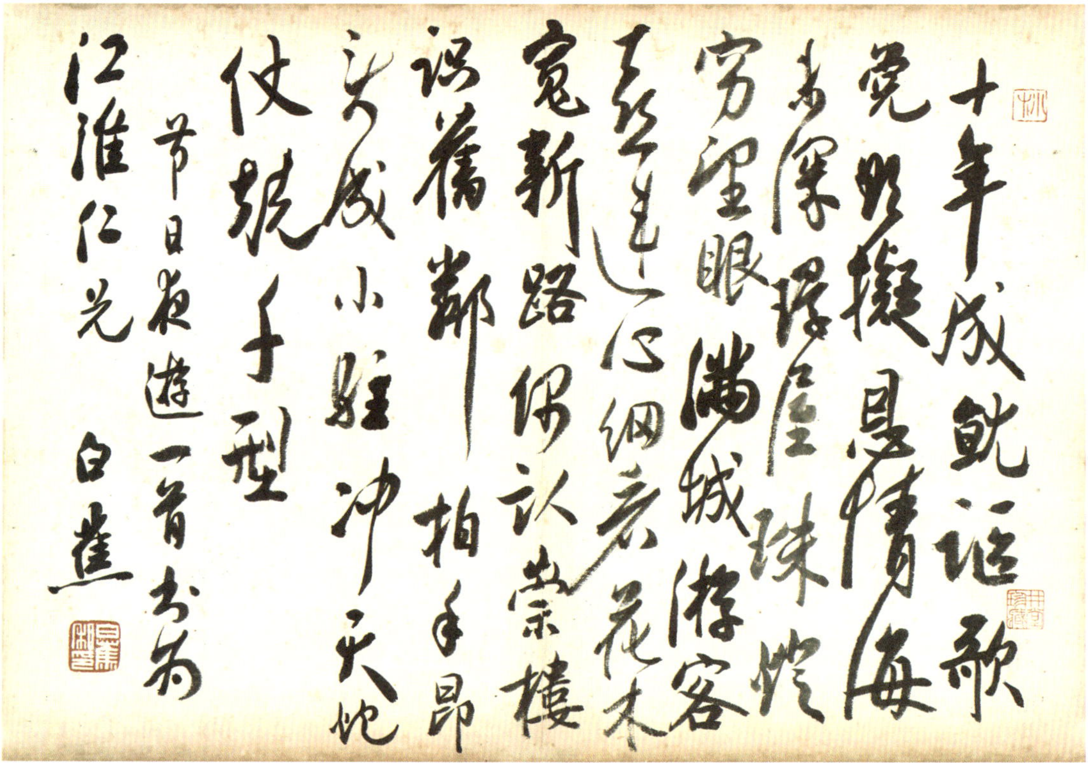

1959 年自作詩册頁

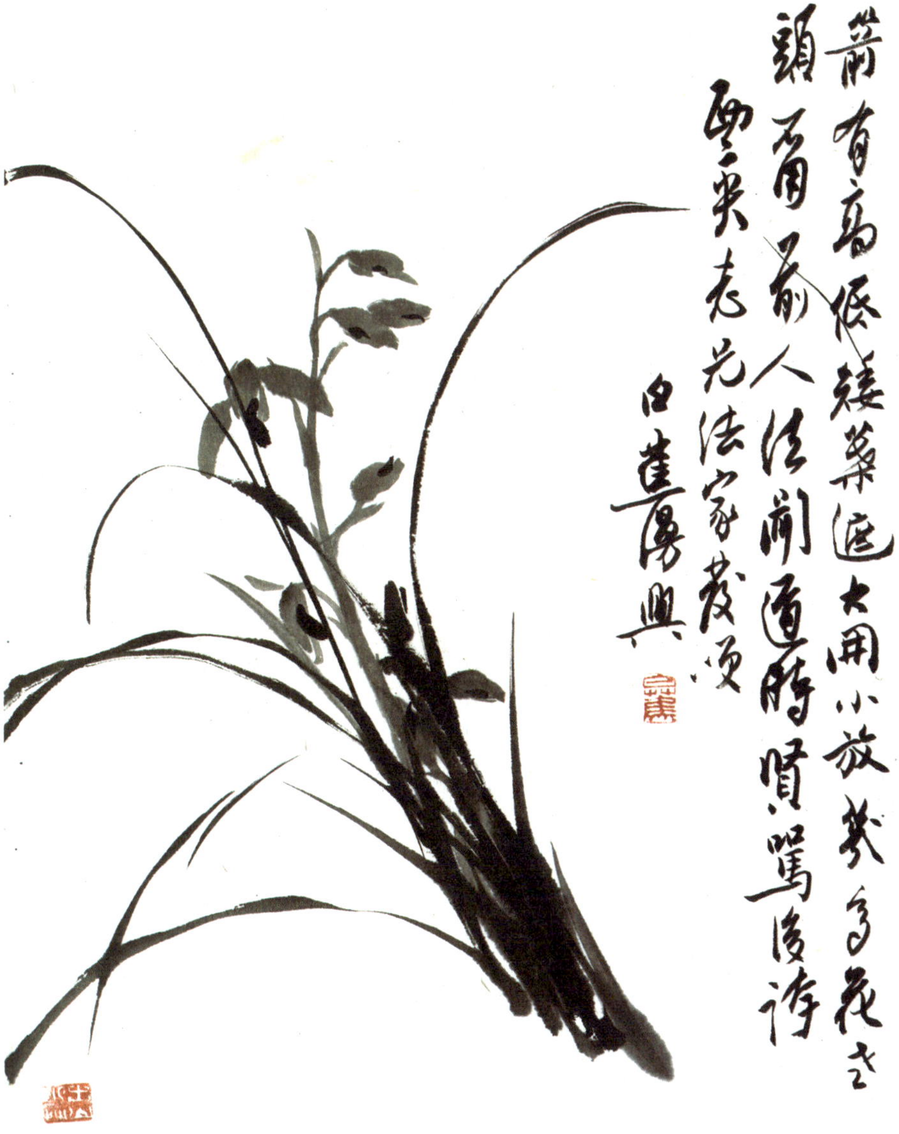

20 世紀 60 年代題蘭詩小品

1962 年題蘭詩扇

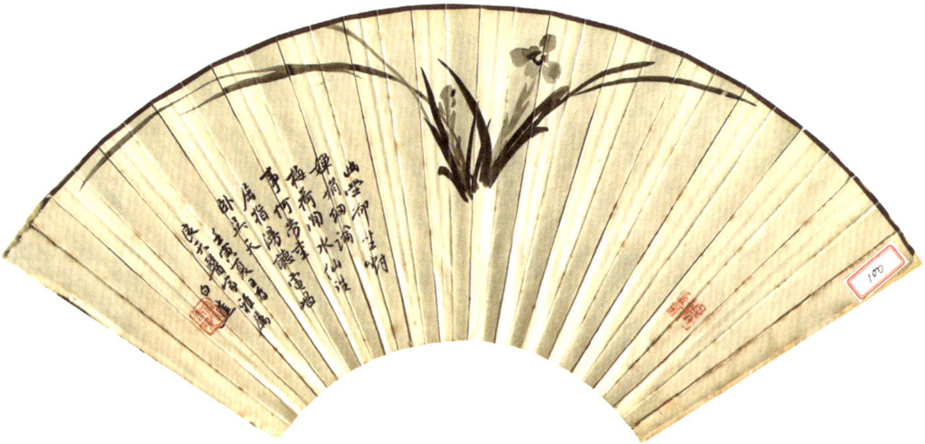

1962 年題蘭詩扇

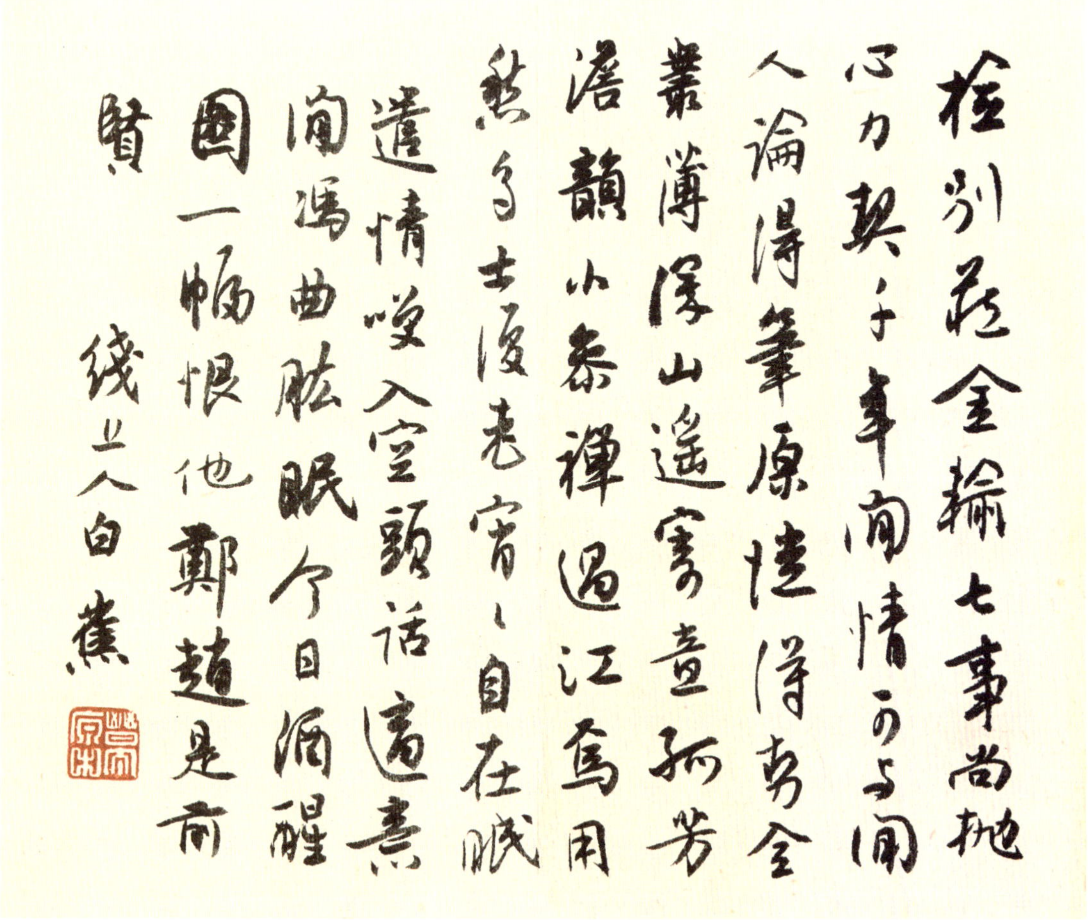

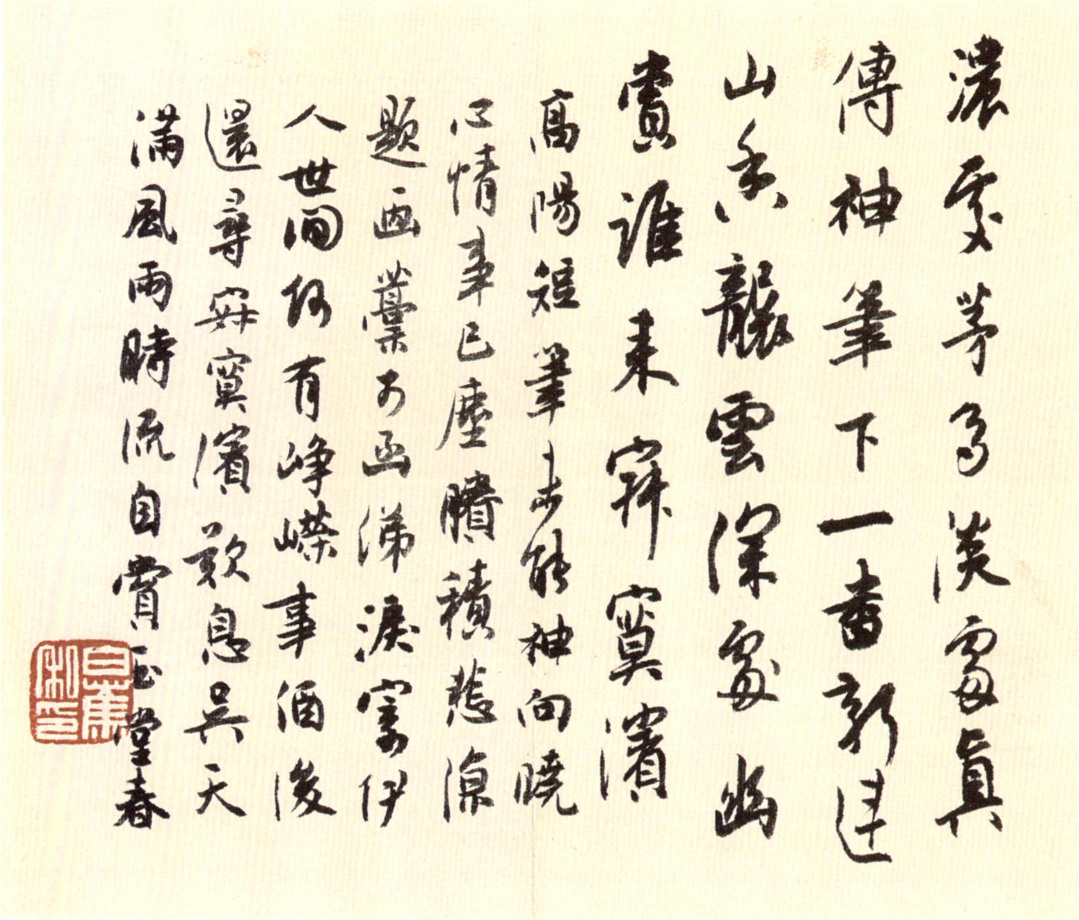

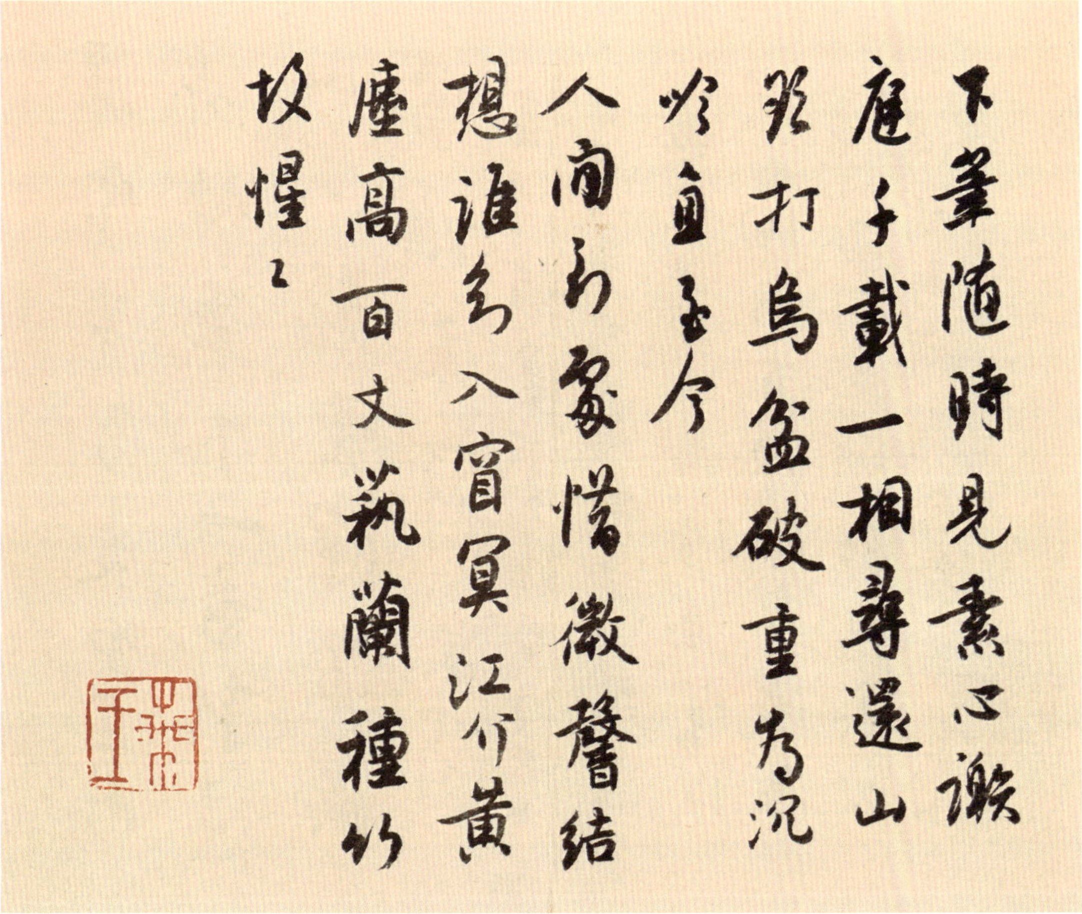
下筆隨時見素心瀨
庭千載一相尋還山
雅打鳥盆破重為泥
於今
人間多惜徽聲結
想誰為入窅冥江介黄
塵高百丈葯蘭種竹
故慳〻

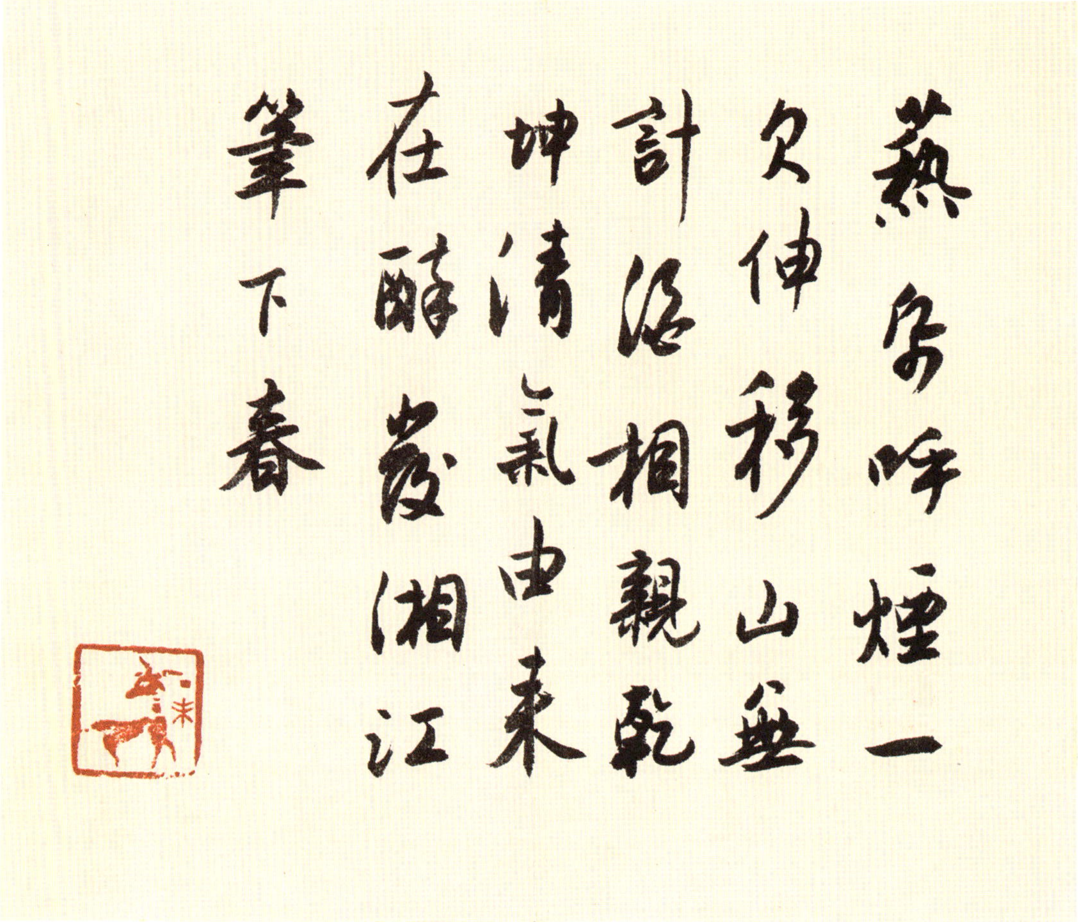
燕呑吐煙一
夕伸移山無
計洛相親乾
坤清氣由來
在醉後湘江
筆下春

耕獵頻年守硯田大
筆一揮傾清眠庸心
更在霜毛外日暖江
南四月天

此章何頂更細論畫
根未合笛當門先
生卧住遊山計亂
點苔苔補竹孫岑

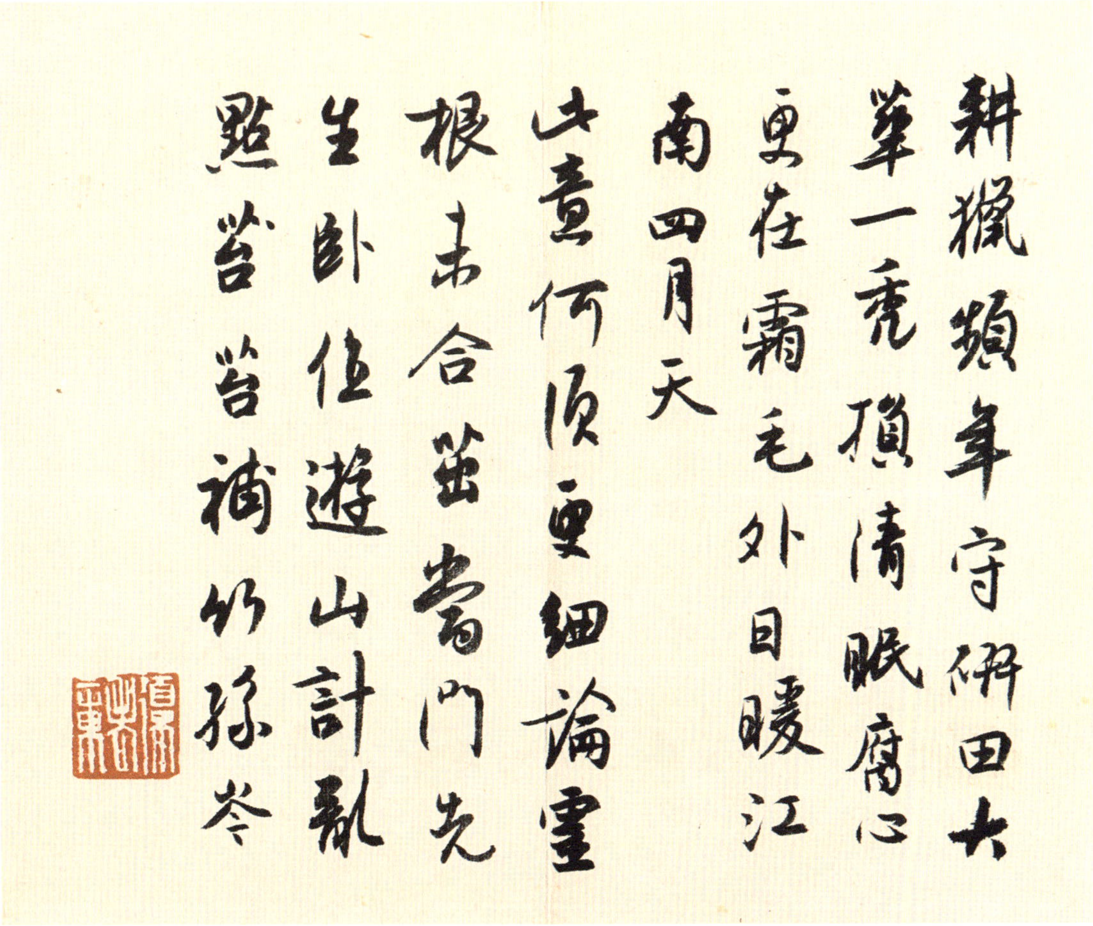

目録

赤子心，曠世才，率性詩——讀《白蕉詩詞集》（代序）

孟會祥

王浩州兄費盡移山心力，大海撈針式地蒐輯白蕉先生詩詞，蓋已無所遺漏，將付剞劂，囑予弁言。嗟予不惑之年，始識平仄，安敢置喙。然而浩州於復翁一往情深，允稱隔代知己，令人感佩。古來詩人詞客，有所吟詠，天下風傳，騷人誦之，白丁亦誦之，香山妙處，老嫗能解，余又何讓焉。

一

白蕉自謂「詩一，書二，畫三」。吾謂復翁書一、畫二、詩三，詩書畫俱第一流。徐渭曾說，「吾書第一，詩二，文三，畫四」，大抵世人認爲他畫第一，文二，詩三，書四。齊白石曾說，「我的詩第一，印第二，字第三，畫第四」，大抵世人認爲他畫第一，印第二，字第三，詩第四。他們都把自己最爲世人所知的畫，放在末位，把最不爲世人所知的書或詩，放在首位。這裏面或許有矯情的一面，但是，就徐渭、齊白石而言，又何曾需要區分自己的詩文書畫印？詩文書畫印，都是人的風采，人的性情，都是他們的一個側面而已。具足三十二種勝相，在不同的領域，有不同的示現。「味摩詰之詩，詩中有畫；觀摩詰之畫，畫中有詩。」大抵藝術的靈魂在詩心詩意，藝術家一定是詩化的人。「詩者，志之所之也，在心爲志，發言爲詩。情動於中而形於言，言之不足故嗟歎之，嗟歎之不足故永歌之，永歌之不足，不知手之舞之足之蹈之也。」如果没有情動形言之致，也大可不必去寫字畫畫刻印了。

就白蕉而言，其書必傳。帖學史上，「二王」造極，爲不祧之祖；顔真卿溯源篆隸，別樹一幟，是一變；宋四家各有各的路數，就其共性來説，是在顔真卿的基礎上，進一步「文」化、「雅」化，把書法與詩文水乳交融，是爲「尚意」，又一變；趙孟頫則越過宋人，上溯李北海、永禪師，而根柢《蘭亭》，又一變，董其昌可視爲趙孟頫之餘波；晚明的藝術觀念變了，創作條件也變了，出現了迥異前代的書風，特別是集晉、唐、宋大成的王鐸，堪稱又一變。之後，帖學不再有里程碑式的人物，所謂「集帖學之成」的劉墉，也不過是顔、蘇雜糅而已。白蕉則無視這若干變化，删盡枝蔓，直取本源，惟精惟一，自初唐直接「二王」。他以逼似魏晉人物的高邁風度和天才的感悟能力，再一次闡發了帖學精神，所以稱得上又一變。「僕師法魏晉，友於隋唐，平視有宋，而盱衡當世，僕竟何敢讓！」將來的帖學史上，三百餘年來，稱得上一變的，袛白蕉一人而已。看當今帖學，極人工之巧，而乏宅心之深、人文之妙，後來難繼矣。

白蕉寫蘭的途徑，似乎比書法更險仄。白蕉之蘭，以藝蘭爲根本，對景寫生，打燈取影，而絕去依傍；以書法爲形質，點畫撇拂，穿插避就，裁成一相；以魏晉風流爲精神，真率灑脱，不拘不滯，手揮五弦，目送飛鴻。無論從筆墨趣味，還是從狷介的君子之氣而論，説白蕉寫蘭盡掩前賢，亦不爲過。當然，僅擅寫蘭，白蕉尚不足以言大畫家，這也無須爲尊者諱。

那麽，白蕉的詩，在將來詩史上，應當是什麽位置呢？我無力回答。我不能因爲偏愛而隨意拔高之，更不能因爲懾於同時人物的聲望而貶抑之。正像白蕉書法有一個接受過程，他的詩也需要一個接受過程，甚至這個過程會很漫長。

二

如果真心理解白蕉，當然會理解詩在他心中的分量。

中國文化有詩騷傳統，「不學詩，無以言」。詩首先來於感發，感於時事，則言志；感於人文，則緣情。志向高潔，涉事成詩，大之「在祀與戎」，小之舉手投足中，有詩。感情豐沛，觸目成詩，内之人倫愛慾，外之宇宙萬有中，有詩。「詞人者，不失其赤子之心者也。」赤子之心，一曰純真，一曰敏感；純真則持正，敏感則多情。「人之所以異於禽獸者幾希，庶民去之，君子存之。」娑婆世界，因爲正義，因爲情感，人生就有意思起來，否則，生物學意義上的生老病死，除了物種延續之外，實在無趣乏味。因而有些君子，有些赤子，格外純粹而多情，又天生異禀，作出錦繡篇章，萬口傳誦，感人深至，讓讀者産生强烈共鳴，不覺也嗟歎之、詠歌之、手之舞之足之蹈之，這就是詩人的價值。而白蕉，就是一個純真的人、一個敏感的人、一個才情卓犖的人，自弱冠至謝世，吟詠不輟。詩裏，有最真實、最細膩的白蕉。「言，心聲也；書，心畫也」，詩書畫皆以寫心，而詩更直接，也更無微不至，或徑直説，詩就是心，書畫是詩的另一種示現。

詩發於心性而成於才情。「人心之不同，如其面焉」，有以詩炫學者，僻典冷字，詰屈聱牙；有以詩交遊者，蟻聚蜂屯，言不及義；有以詩獻媚者，頌聖傳統，源遠流長；有以詩自慰者，餖飣獺祭，顧影自憐，心不正，則詩不可讀。而「天之生材不齊」，生拼硬湊，東拉西扯，捉襟見肘，聲嘶力竭，大抵資質愚劣，腹笥瘠薄，本非香菱，難爲湘黛，才不副，則詩亦不可讀。嚴滄浪曰：「夫詩有别材，非關書也；詩有别趣，非關理也。」即便是正人君子，學富五車，也未必長於詩，奈何。

我認爲白蕉的詩，胸次高而氣息正，敢怒敢言，敢愛敢恨，不故作大言，不委瑣甜膩，不炫學，不强作，必有感而發，必天才躍動，必直擊人心，乃至吟誦其數十近百年前篇章，猶如面對那個玉樹臨風的魏晉人物，聽他劃然長嘯，令人唾壺擊碎。過去，書畫家能詩者多矣，平心而論，才情如白蕉者蓋無二三焉。

三

杜少陵之詩，稱爲詩史。蓋以修齊治平爲任，一人之際遇，亦時代之印痕。白蕉自弱冠發表詩歌，詩人之身世，亦時代之縮影。

白蕉的花季雨季，受五四新文學運動的影響，喜寫新詩。愛情是詩的第一動力，伊人贈以白蕉，即以「白蕉」爲名，而且新詩結集也名之「白蕉」。《白蕉》詩集，爲十九歲到二十一歲所作，寫的是愛、生命和煩惱，風格熱烈而直接。誰都年輕過、鍾情過，最初的悸動，最純潔也最可貴。五四時期第一批詩人的作品，大多稚嫩，到白蕉這一代，語言近於成熟了。「我夢着我是一隻白蝶，我飛到你的懷裏。你微笑地撫着我的額説：『哥哥！你來得正好！』」「來吧，我的愛寵！我好像吻着你的嘴唇。生活該是在夢裏的，讓我們且沉醉，深深！」那一代人的愛情，總是那麼清澈，不沾一點塵土。

二十世紀三十年代，内憂外患，國事日非。一九三二年一月二十八日，上海事變。《悲憤詩四絶》之二：「邊危國亂尚爲家，第宅連雲莫漫誇。四面歌聲連角起，生悲無處哭中華。」一九三七年八月，淞滬會戰。《聞嘉興、蘇州先後失守》：「家蛇日薦食，戎馬正倉皇。水陸連吴越，兵戈接死亡。射雕竟無手，引虎似闖倀。痛憶蘇嘉路，曾傳是國防。」悲慨之中，大義凛然。正是「男兒報國豈爲家，臥薪早覓中華魂」。《悲鴻作喬松爲題》：「莽莽乾坤落落胸，堅貞千尺鬱長松。鐵肩要負興亡責，文弱羞爲陸士龍。」報國之心，躍然紙上。抗戰期間，言及時事，莫不悲憤交併，詩亦沉鬱頓挫。《下鄉道中近句，示冀翁、蝶野、午昌、叔範、小山諸子》：「三歲蓬蒿長，重來此舊邦。殘村入飛雉，荒岸走驚尨。慘惻談兵火，憂危説戰降。可憐天下士，禁得淚成雙。」黍離之感，催人淚下。而《喜聞頑寇乞降，一躍而起，遂至酩酊》：「宿恨繁憂一例删，八年心事判忠奸。用兵自古傳奇正，義戰於今蕩海山。忽看秋容增老圃，從教春意滿衰顔。誰憐師曲終銜璧，三島波濤異世寰。」讀來似老杜《聞官軍收河南河北》。頑寇雖驅，國難未已，殊條共樹，兄弟鬩牆。《鋒鏑》云：「鋒鏑餘生幸得全，休疑九載陷腥羶。小民淚盡甑無火，南望金陵又二年。」此間白蕉詩有透過烽煙的史識，讀者依次披讀，自有會心。白蕉對黑暗的舊社會失望已極，拍案痛駡，曾不顧「溫柔敦厚」，所以，對新社會寄予無限的希望和熱情。

鼎革後，白蕉言時事之詩，風格丕變。一九五〇年作《題四十年來之北京應子曰社》：「前五千年幾獨夫，峨峨宮闕帝皇都。來時經濟新方向，去日風雲老賈胡。馬列斯毛開歷史，工農兵學贊良謨。一邊倒更無疑問，遍插紅旗指地圖。」一九五六年所作《歡呼上海市進入社會主義社會》，有「保證書高有幾抬，動人講話逐人來。煙迷大厦歡成海，鼓掌情深作陣雷」之句。白蕉有滿腔熱血、無限深情，在當時，這些詩是「發自肺腑」的。即便此後的歲月受盡磨難，其一顆紅心，却從未動摇。「古今空此例，歌頌要千篇」「共歌黨是恩人」「無窮意，感關心是黨」「爲民立極四卷，補課要深功」「放眼江山煊爛，到耳新聞興奮，遍地是英雄。領導全憑黨，歌頌滿寰中」等語，時代感十足。大抵一九六五年之後，白蕉略無詩詞，老了，病了，寫不動了。

「每個人都是他那時代的産兒」，「人是一切社會關係的總和」，旨哉斯言，詩亦如是。

四

白蕉詩詞，並不以言時事爲主調，題材十分豐富。

我常常對詩人作家「深入生活」感到不解，大抵人祇要活着，就是在生活中，言何深入？若謂貼近，若謂深入，反而預先置身於生活之外，不免惺惺作態矣。

白蕉的生活，居家爲人夫，愛情詩詞，熱辣婉約。如《浣溪沙》：「檢點新詞感賞音，怯寒記共合歡衾。不應情密尚多心。　書跡肥添三寸厚，酒渦瘦減一分深。宵來惱恨未能禁。」又：「細語偎人頰自親，柔荑閑數指籮紋。紫藤花下草如茵。　乳燕呢喃窺密愛，遊蜂鹵莽惹微驚。相看好處不勝情。」或謂白蕉詞類溫飛卿、李後主，白蕉稱爲「不虞之譽」，但又説：「不過我確並不以爲一個人老是在愛情的小圈子裏打跟斗爲有出息的。」詞是豔科，白蕉詞允稱當行，也是實情。不過，若溫韋之詞，豔而膩；二李之詞，豔而清。白蕉詞更近後者，即便有些讀了讓人面紅耳熱的句子，你也分明感到他的響亮和倜儻。

爲人父，與兒女逗笑取樂，那麽慈愛，那麽毫無做作。此類詩多作古風，與平時所作五言古風不同，不像漢魏古風，更像兒歌，白蕉自謂「白話詩」。在兒女面前，他完全忘了詩的技巧。如《記阿益》：「塗鴉字未成，手指忽已黑。不見小皮球，縱聲淚沾臆。拭却雙淚乾，顯得雙圈墨。吃菜愛肥肉，無事頗鹿鹿。剪刀每在手，碎紙忽滿屋。走路無好步，開口有歌曲。有時捉爺鼻，有時遮爺目。要爺快透氣，要爺不能讀。」「唯大英雄能本色，是真名士自風流」，魯迅《答客誚》所謂「無情未必真豪傑，憐子如何不丈夫？知否興風狂嘯者，回眸時看小於菟」，堪爲寫照。

白蕉好飲，遇酒能狂。一九三六年作《樓外樓小飲，與叔通、君藩、益初、邦屏諸子》：「湖光明滅萬山遥，深淺誰將煙黛描。消息杭州重問訊，三分愁襯十分嬌。」一九三五年《僻徑》：「僻徑青枝夾道遮，疏籬斜上失名花。獨行自得閑中趣，小步何期入酒家。」一九四一年作《沉醉》：「沉醉歸來夜未央，中年未改少年狂。爲雲爲雨期千載，能哭能歌此一場。天下從來多盜賊，史書於古作侯王。尋常衹道閑中好，無事惟聞酒熟香。」先生固貪杯中物，而醉翁之意不在酒，喜怒哀樂，必於酒發之。

白蕉以蘭花爲知己，題蘭詩爲一大宗。蘇軾云：「論畫以形似，見與兒童鄰。賦詩必此詩，定知非詩人。」題蘭之詩，必不離蘭，然而蘭中有故事、有情致、有趣味，詩纔可讀。《妻告金盡，慫余就事》：「後樂拳拳衹一端，何曾厨下問三餐。試從明日爲生計，不寫蘭花畫釣竿。」詩作於生活困頓時，又有與夫人耍無賴的俏皮。《念忱先生席上作蘭册，日女絹子侍墨，予戲問亦欲得此否，一躬到地，喜云：多多拜託了。寫後題二絶句》：「密葉疏花墨韻奇，多緣勸酒小胡姬。題詩付爾好將去，絶代香魂出世姿。」「如此靈芬便不同，醉來腕底足春風。他時歸去誇東國，曾在江南見復翁。」小胡姬的婀娜可人，復翁的平易和簡傲，栩栩如生。至如「爇紙呼煙一欠伸，移山無計酒相親。乾坤清氣由來在，醉發湘江筆下春」，因爲爇紙呼煙，移山無計便不是無病呻吟，筆下春風便不空疏。其甲辰（一九六四年）暮春題蘭詩：「幾多盆盎呈新樣，不食連朝又損眠。祇是尋常一兩箭，錯教長短説三年。」其中曲折，似祇可意會，不可言傳矣。

詩家詞客贈答唱酬，不陷於無聊者百無一二，正所謂「雅得太俗」。而白蕉有所贈答，必翻出新意、深意，以卓越的見識才情，鏗金戛玉，皆成佳什。《己丑五月廿四日，偕姚鵷翁應海翁招午食，飯罷方進茗，忽傳戒嚴，明日而上海解放矣，既步鵷翁見過韻，又賸一絶，兼呈海翁兩正》：「閑日追隨意自親，姚侯文學我鄉尊。却思車下倉皇别，又作相逢隔世人。」誠摯、奇警。《北行絶句》：「同和魯味我嘗新，舉酒相看目有神。八十七仙添一個，玄袍朱杖白鬚人。（偕悲鴻夫婦訪白石老人，老人約飯同和居，《八十七神仙卷》悲鴻所藏）似直述其事，而白石老人仙風道骨，復翁拳拳尊敬之意俱在。《題朱馨谷仿大癡〈江山無盡圖〉袖珍手卷》：「不須慟哭祇歌詩，風雨飄搖此一時。無盡江山都血染，從頭收拾有男兒。」境界之大，感慨之深，掀天揭地。至於贈張大千，寫沈尹默等詩，早爲論藝名篇，更無須贊一詞矣。

詩人就是把生活過成詩的人，涉事有懷，涉筆成趣；而不是以寫詩爲生活的人，字雕句琢，强作激越。所謂「滿心而發，肆口而成」，藴蓄既深，隨機生發焉。

五

白蕉詩的體裁，幾乎無所不有。除自由詩外，自騷體、四言、五古、近體無所不備；詞則小令、長調皆能。平心而論，其新詩在當時雖堪稱高手，但畢竟時代壓之，在實驗時期，恐怕祇能保有「歷史價值」。新文學運動初期，胡適斥舊文學樣式爲「死文學」，然而今日幾人尚讀《嘗試集》耶？新詩舊詩，對峙百年，不分軒輊，相互無可替代，宜其「多極」。而白蕉成就在舊體，也是事實。

其騷體詩偶一爲之，不足論。四言詩並非「詩經體」，而近乎銘辭。五古則頗有漢詩況味，如《良願》：「良願誠易違，高情亦難副。千古一蹉跎，念之濕襟袖。人生不百年，豈如金石壽。憂思日以深，何乃如養寇。遐睇一凌高，我目宜非豆。」白蕉論杜詩，嘗謂：「工部詩能重、能拙、能大。學者能重、能大矣，而不能拙，拙實不易至」。今人作五古，大概最不易處也在拙，説句不敬的話，復翁也未能直攀漢魏。

白蕉最爲擅長的是近體詩，尤其是七言絶句，庶堪睥睨一世。與書法宗法「二王」不同，我看不出白蕉詩的派别宗師，大概像他的畫一樣，自出心裁。就其絶句的輕靈、新穎，似脱口而出，雋永明麗，似與杜牧相近。如「低欄依舊人何在，一角紅樓媚夕陽」「憶向美人墜别淚，江山如夢月如燈」「知我相思了無益，詞成紅豆忽成灰」等句，皆有纏綿悱惻之致。像《龍井》：「坐雨看山一試茶，翻山行過野人家。亭中恰值採茶女，雨濕雲鬟一半斜。」《過雙青樓》：「好是微寒雨洗塵，江干負手有閑身。濃陰已合啼鶯老，滿地槐花不見人。」似乎更空靈，更不著跡象，令人低迴。相對而言，律詩要繁複深沉一些，作手尤以頷頸兩聯中顯手段。白蕉本不屑於此，而學識所在，情感所催，「行所無事」，毫無矜持中自成妙對。如「海上樓臺爭突兀，關中王氣自蒿萊」「埋愁作計終非計，淚眼逢春不是春」「誤盡百年輕一諾，忍將千劫換深顰」「三間小屋主成客，百尺修篁午作陰」「大好江山如有待，細研物理本無私」「詞客漫流萁豆淚，英雄願得一杯羹」等句，似唐非唐，乃成自家語。也許是出於偏私，我認爲白蕉詩的清新俊逸，視魯迅的深刻精警、郁達夫的頹廢綺麗，似亦無或多讓，至於視同時及後世的書畫家詩人，我讀書少，不太清楚。

白蕉之詞，前文已有涉及，小令最是楚楚動人。復翁也寫長調，雄健深婉處，或近於稼軒。

掩卷之際，感觸萬端。如此耿介，如此率性，如此深情，如此多才的人，滔滔濁世，能有幾個？讀白蕉詩詞，隨着他喜，隨着他怒，隨着他愁，隨着他狂，隨着他風流，隨着他無奈，實在是此生有幸！

二〇二四年五月二十四日

整理説明

一、是編收録目前所見白蕉新詩及舊體詩詞共一千零八十一首，其中新詩六十五首，舊體詩九百一十四首，詞一百零二闋。

二、是編各部分詩作均按創作時間編排，創作時間無法確認者依發表時間編入。其中新詩分爲兩卷：卷一爲上海勵群書店一九二九年一月出版《白蕉》新詩集所收共五十一首，按原書形式分兩輯録入；卷二爲散佚新詩十四首。舊體詩共分三卷：卷一收録一九三二年至一九三九年所作三百一十九首；卷二收録一九四〇年至一九四九年所作四百二十九首；卷三收録一九五〇年至一九六四年所作一百六十六首。詞作絶大多數作於二十世紀三十年代，且以小令居多，故不分卷，按詞牌字數由少到多編排。

三、是編白蕉詩詞據出版物、報刊發表及墨跡（影印本）整理。詩詞之後統一註明創作時間、發表（轉録）出處及發表時間。作者自註按原作形式直接在詩詞中標出。同一詩詞於不同出處有字句出入者，加註説明。個别字詞有疑問者，加註説明。

四、是編所收詩文原出處爲報刊者，保留所用繁體字、異體字、通假字，原出處爲墨跡（含異體字及簡化字）者，以正體繁體字録入。原出處缺字或無法識别處皆以「□」代替。

五、白蕉生平喜作韻語，長短不拘，生動自然，此不能細分諸體，因附於後。

六、書後附有白蕉論詩詞文字及諸家評騭，方便讀者進一步了解白蕉詩詞創作理念、觀點及影響。

七、白蕉一生所作詩詞甚多，絶不止此。輯佚補缺，請俟來日。

新詩

卷一 《白蕉》新詩集

序

在這書裡大都是愛的悲愁和欣喜的歌詠，在將失去的情緒中的僅有的捉獲。牠來得太快，去得也太快，所以我常常想把牠暫時關在腦的籠子裡。可是牠逃走了，飛去了，這不是太可惜麼？我簡直再没有法子找牠回來！

經驗有時能使你快樂，但也常常帶來了更多更深的痛苦。

接受那個一種力在説，我漫應着。我又因爲這一種力而走向前去了。

白蕉

一九二八·一二·七

第一輯

白蕉

I

在神秘之稚年，
我早已愛了你了。
可是以這樣地神秘，
我的雙親没有知道；
你的雙親也没有知道。

你雪樣地白，
月樣地皎；
坐了翡翠之車，
來自天國。

你這樣活潑而嬌小；
可是沐後薰了香，
還是你的呼吸，

有這樣芳菲繚繞？

我怎樣愛你，
但是你何等遙遙！
我深恐太冒昧，
對你説：「我已愛你了！」

呵，我的愛！
你是那麼好，
我也正年少！
我日夜在祈禱——
恐你也没有知曉？

太陽催時間老去，
春夏過了又是秋。
呵！秋來了，我多麼歡喜，
我欲留住不讓牠杳！
人永遠是那麼糊塗可笑：

時刻在盼望他的愛人，
何不來得早？
可是盼到的時候，
又隨便辜負了！

愛人，你又去了，
儘來春會再見抽苗；
但是我煩惱：
爲何不把我的衷誠先告。

喲，見面時恨自己怛小〔一〕；
不見時又是無聊；
離別了空自登高，
恨我身不爲飛鳥！

三冬的草木蕭條，
青山也早瘦了，
風雪歡樂地在跳舞——
呵，我的愛人呀，白蕉！

你的消息何其渺渺？

冷月在寒空這樣地高傲，
又好像在嘲笑：
「呵！河干的獨行者呀，
你何以這樣悄悄？
你不討厭你的孤影
伴着你過如此良宵？」

我羞慚地不答，
回來躲在床上哭了。
我的愛人呀！
我深深地在自悼。

我夢着我是一隻白蝶，
我飛到你的懷裏。
你微笑地撫着我的額説：
「哥哥！你來得正好！」

人們認不出我和你，（註）
我倆在微風中飄姚〔二〕，
在芳菲中醉倒。
我望着你的眼睛說：
「寶寶！我的寶寶！」
（註：白蕉花似白蝶。）

〔一〕見面時恨自己怛小　「怛小」似應爲「胆小」。
〔二〕我倆在微風中飄姚　「姚」今一般作「摇」。

Ⅱ

人們如此說：
「人生是一個夢，
夢境又是不真。」
但便是夢吧，
何必清醒？

愛人呀，我是永遠愛你，
即使你已把我抛忘！

——願把我身一握的灰燼，
來助你的長成！

我不求你什麽，
我求你聽得我心跳的怦怦；
我求你聽得我枕上的哭聲！
這都是爲你的緣故，
我不願牠們隨地下而長泯！

無端又害了心痛：
飛來這一陣哀雲，
你爲什麽説：
「忘記我吧，
我永不是你的；
你自有你的愛人！」

呵！我一片真情，
却會起你的疑心！
我的衷誠，

連你也不信，
這世界上還有何人？

唉，低能者屈服，
弱者犧牲！
敢呪咀神祈之無靈？
我愛！我倆將永遠
這般遠離而寡聞問?!

我在野林的歧路彷徨，
看落葉的飛黃。
愛人！你可無意？
我隨斜日之西沉而悵望！

即是你課忙事忙，
難道你不能偷些時兒
寫寄我一行二行？
你不顧我朝朝暮暮的焦急，
接不到你的信時，我便要想：

許是你病着；
或是給青衣誤了？

人事的變遷，
菊園早變成棉田。
花叢中獨立的花神，
本能幾見？

榆下透漏的月光，細碎如錢，
在我俩的袍上；
階前的小語，鶯鶯燕燕。
往事之回憶，
「如千年的懷古。」
這樣地清晰呵又是如煙。

而今舊地徘徊，
怎不令我悽然？
愛人，你可爱的影子，
猶作蝴蝶之舞態，

在晚風中翩躚：
對我嫣然而笑，軟語芳菲！

Ⅲ

我望你永遠活潑而芳菲，
如泰岱之崇高；
我望你永遠愛我，
如太陽之臨照！
你呀，早已是我生命的主宰了。

然而你是那麼遠悠，
春天過了還有長夏。
我常常這樣想：
爲什麼不明天便是秋，
爲什麼我没有生一隻迴天的手！

「一回想見，百方做計」，
愛人，相見的難，
怎不增加我倆離别的痛苦？

然而我倆是終于離別了！

愛人呀，讓我的淚流罷，
你的手帕不能乾我的悲傷！
但是倘使我能在你
顫動的嘴唇上死去時，
我便是永生了！

我是怎樣一個幸運者，
我聽到你這樣説時：
「日月永遠發光，
那我也便永遠愛你；
長江之水是永遠充滿的，
我的愛你也不減少一分！」

啊啊！我没有希求；
我願煩惱，憂愁，辛勞……
都是爲了你——
我愛的白蕉！

野墓前

你顫動而晶瑩的淚眼，
告我以你不能語之愛情。
呀，愛呀，我對你説些什麽好？
我只有嗚咽，我只有悲哽！

當時 Cupid 的金矢，
射貫了我倆的雙心；
早從甜密的情話裏，
已躡來了痛苦之足音。
説甚麽 Venus 的一對白鵝，
我倆能如他們的永不離分？

「恨不遲生十年：
到現在呀，
你年才十一，
我年才十三！」
然而未來無憑，過去奚恨？

我愛，你看，野花多美麗；
鳥兒的歌多清新？
呵！眼前的一切，他們
都似乎在祝福未來的新生！

一九二七，五，一二。

我已懂你了

我已懂你了，
最親愛的！
什麼是你對我説的：
——在你淺笑的秋波裏。

我已懂你了，
最親愛的！
什麼是你對我説的：
——在你嘐弄的唇兒上，
在你流動的注視裏。

寄白雲之歌

呀，太空之雲濤呀，
你，可是天神之噫氣？
你的偉大的靈動：
攝跑了遊子和情人之心，
飛向他們所嚮往
而不可至之鄉。

你如歡悦之來，
忽又模糊地過去。
泛濫于八垠；
飛馳于一瞬
而不可以久留。

你又如戰士之大羣，
駕着白馬奔赴戰場；
仗大風之呼號，
勇敢地，威壯地，陷陣就死
而毫不彷徨。

啊啊！你的神速，
——飛向天外，
直欲決賽我的幻想。
不假休憩之須臾
而追逐于曇花之既喪。

芳草

情如原野芳草，
在春陽溫暖的光下滋長。
詩人不來，
供牛羊踐踏！

願我的——

願我的愛做池中之水，
我做水中之魚；
水有一日涸了，
魚也於這時死了！

願我的愛如廬山之瀑，

我做瀑底之石；
瀑有一日竭了，
石也永遠沉默了！

憶

她給我以一雙愛的手，
我的靈魂獲得了住所。
一雙愛的手是個圈兒，
我的頸兒成了一個甜蜜的囚犯了。

新生

假使我是一朵飛絮，
風喲，藉你的力，
周遊乎地球而歸來：
任沉在太平洋之底，
落在崑崙之巔，
或詩人之硯裏，
與美人之鬢邊。

再從太平洋之底鼓起了巨浪，
衝擊彼碩野之艦而爲碎片；
從崑崙之巔發了高歌，
去驚醒人類之蠻性——
這世界之聲瞶；
從詩人之硯裏寫成美麗的長篇，
呼彼村漢與賞自然之美而使悲喜；
從美人之鬢邊揚沁骨之奇香，
透入動物之嗅官而使沉醉在愛裏。

啊！我於是又創造了新生！

高邱之上

我捷足而登彼高邱，
晚風滿挾悲涼之氣而撲來。
草木如毛，人如蟻，河如帶……
望四大的遼廓，
恨濃碧之煙，
遮斷我遠去之目！

僅留夕陽在我的眼中斜掛，
天末晚霞，銀峰聳峙，
如富士之蓋雪
而又鑲以黃金之奇麗！
烏鴉落在古樹之枯梢，
擊着倦飛之翼而放歌。

憶

走了一會兒，
我們要撤手了〔一〕。

她要我先走，
我不走；
我要她先走，
她不走。

我們同時走吧？
好的！
我們同時走了。

同時走了又同時回顧：
不知誰的頭頸兒先扭轉，
我們大家望見帽兒底下的微笑。

〔一〕我們要撤手了 「撤」疑爲「撒」。

「枕兒是我眼淚之銀宮」

眼淚已流成黄漬之荷葉，
在我的枕兒上。
我遲遲地洗去，
欲使伊見我如此
想念着伊。

但又何能致此！
我欲以每一滴思伊的淚，
滴入伊每一個針痕裏。
我愛！誠如你所説：
「枕兒是我眼淚之銀宫！」

使夢也睡去

1

使夢也睡去；
那末你，悲哀來時，
我將以一睡了之！

2

伸手想抱你時，
你不在我的身邊；
睜眼望時，
可怕的黑夜主宰這死之沉默。

3

然而我抱住我的心：
因爲在那裏，
便是我的愛人！

在世上

在世上可有永生的仙人？
在世上可有寫離衷的詩人？
我彷徨而上山，

晴空已見黄昏之星。
黄昏之星閃爍如語；
東流之水死樣沉沉。
晚風吹來，
如我的惆悵之無聲。

我迷惘地下山，
遙聞秋蟲之哀鳴；
悄立山陰，
我竟這般地愚蠢。

愚蠢，我已忘了歸程。
生恐被彼岸之野鴨見笑：
這失路之逃兵。

呵！在世上没有永生的仙人，
但是可有寫離衷的詩人？

心禱

美麗的姑娘：
請以你的白嫩的小手，
放一刻在我的胸前。
（我只要一刻！）
當你覺得我的心在忐忑；
氣在頻促時，
我將告你：
「我愛你！」

美麗的姑娘：
請以你的白嫩的小手，
放一刻在我的額上。
（我只要一刻！）
當你覺得我的額上灼熱；
看見我的緋紅的雙頰時，
我將告你：
「我已醉了！」

美麗的姑娘：
請以你的白嫩的小手，
放一刻在我的手上。
（我只要一刻！）
當你覺得我的手在顫抖；
我的脈搏在急躍時，
我將告你：
「我欲病了！」

美麗的姑娘：
請以你的嫵媚的雙瞳，
望一刻在我的眼裏；
我的唇邊。
（我只要一刻！）
當你覺得我的眼裏有微笑之淚；
我的唇邊如玫瑰般紅時，
我將告你：
「我已復活了！」

中秋之夜

莫再種相思之種了吧！
深斟嫩緑之酒漿，
倘使你果已忘了一切，
請盡此一觴！

多少情人與離人，歡悦或惆悵，
共着這銀宇寒芒？
我不安地想：
過去，未來與遼遠之鄉。

呵，請你弗望我以多疑之眼；
因爲這是使我哭的緣故！
我的心原何惜辛勞在奔走之中，
但可能葬遺恨在金風？

月夕

她已把銀氈滿鋪了叢林溪澗，
來招我去歌唱贊美的長篇。

我踏過樹梢，坐在溪澗之邊；
溪澗靜止着，爲我平張一詩箋。

我用沉默之筆，在詩箋上，
寫了無數「愛」字與「念」字；
她却羞了躲在雲幕之背後，
還輕輕地語着：不要胡謅！

但是我說：這是真實！
你，你摸呀，我的心跳得多快！
澎湃的浪又層層起自我的腦海；
我的面孔，何等發燒呀，正在！

她淺笑着自雲幕之背後出來，
吻我的髮，我的額，我的耳朵和手……
她難過地說：呵，我不能使你歡悦；
只有眼淚和憂愁，從我倆別後！

寄——

我的心早從秋草枯萎，
春風呀，你重來何爲？
在你的親吻裏：
使我的心溫暖而又長新葉。

索性再坐一會兒罷，
春風呵，"Beloved"！
抱我緊緊地；
你的嘴唇且不要離開我的！
知道麽，你，
明天我死了，
你能來再見?!

灰色的音響

陽春裏的樹木毿毿，
爲秋冬的飄零而抽芽發葉。
你不見門前三尺的白雪，
乃是爲融消而積疊？

我生原不爲人類，
不爲美，不爲善，
也不爲一切……
我生的目的是滅絕！

什麼説是千金虚擲，
倘使是笙歌醉舞撤夕？
享樂是生與死中間的過程，
儘這裏都有凄苦與甜蜜！

荒原中自有崇美的天堂；
人叢裏也有無垠的沙漠。
且莫問今是何世，
中腸的洗滌，且向杯中沉溺！

地球上終究擺着的是殘棋一局，
人與人永是相殺的仇敵！
古來血流的最多處，
説是將軍之奇績！

世界原是一最大的舞台，
每一個生物便是登台的角色；
他們時刻在扮演自己的悲劇與喜劇，
伊古以來，没有一個站在台前的看客。

鄙夫終日在經營身後的浮名，
好像要教這短命之燈火不熄。
莫再迷信古代聖哲的説夢，
喂，醒吧！永生是滅絕！

你，且和我清歌一曲，
呀，何必追問曾在何處相識。
回憶都是悽惻，無益；
今昔之變遷，正如日月的遞易。

快樂時會當盡情狂笑；
悲傷時原何妨放聲痛哭。
人生裏没事便更平凡，
命運之神本非慘酷！

因爲有厭棄乃又爭逐；
因爲有愛所以恨是需要。
倘有人問我這是爲什麽，
我説這便是人生之秘奥！

呵！美麗的花好在萎謝迅速，
所謂偉人每恨他死得不早！
哦，你 Sweet maiden 呀，
到你老醜了，空自令我哀悼！

聽呵，狂飆在吼，洋海在嘯；
詩人更深夜在遥遠之山巔號叫。
不知你感着的是快樂或煩惱，
在你沈默的時候聽到？

生命真似波浪中水花之細泡，
要你能把細泡中盛滿快樂！
朋友，到那天我走盡了這過程，
你當笑着，遥爲我舉杯祝福。

池畔

那裡倒映着丹楓，碧落，
與那紅屋之一角。
爲金魚兒的親吻，
看，你在笑了！

老了的弱柳再不能柔媚地舞蹈，
殘了的荷梗再不能在風裡飄搖。

黃葉飛來告訴你秋的消息，
看，你在笑了！

晨起至顧家花園

愁痕

To Miss Lily

能把你雙眉間的愁痕取去麽，
用我的灰白而又殭冷的兩手？
姑娘，倘使我生來有兩顆心，
我發誓，我一定給你一個；

因爲你已愛我得使我如此難受！

我向日隨着秋蟲吟出一個哀調，
想把我的心跡向你坦白地一奏；
但有翅的哀調出口便已消亡，
飛向何處再也不能尋究：
祇見小池裡起了波紋細縐——

此處許是失戀者之淚的匯集，
哦，未來的愛早寫成悼詩一首。
哭聲不能把死人向黑道上追回，
如古寺的木偶彼此相守。
悲歡呀，於凶頑之造物何有？

唉，太陽之光四垂流照，
獨不照幽泉在山谷之背後。
牠悄悄地在此抽咽終古，
祇有一詩人曾一度注視而他走。
悲哀呀，原是長新而不舊！

酒前

儘你隨西風訪遍了宙宇，
愛如東流之水永不再回！
休我柔媚的痕跡在秋後之柳；
我們的青春恰似春光一般。

時間永不走乏牠長途之足，
當年的勝筵容你幾多徘徊？
朋友！許你依戀處會得依戀，
昨晨枝頭的燦爛，今日已離此而飛。

呀，崇麗之天扉不見開啓，
何方去叩問這人生之謎？
哦！即使此是酖而甘〔一〕；
我亦得乾此一杯！

〔一〕即使此是酖而甘　「酖」疑爲「鴆」。

失去的美夢

當一個美夢在黑暗中消失，
心頭浮現着淡漠的悲哀。
安能在夜半喊出嘹亮之聲，
如華亭的鶴唳，
波動着原野之平靜？

向何處追尋這既失？
你便在惆悵中囘味罷！
鐘擺滴滴地走着，
如伊人的心跳：
我將伸手愛撫麼？

美夢呀，何不少留呢？
無有於你的歡樂或淒凉，
這都是一樣，使我的心
有一瞬間珍貴的充實！
你，何不少留呢，美夢？

希有的伴侶呵：
不給我以可憐的滿足，
而竟孤絕地如負氣而去；
背後追戀的呼聲，
於你竟毫不動心而回顧？

祝福

讓過去的不幸，在
我你的嘴唇相遇時過去；
一如夜來之寒露，在
朝陽的溫暖中消滅。
我爱呀，快樂罷！

西風吹結野流之冰，
到能發震裂的碎聲；
向人們的耳邊波動，
這已是幸福了！
我愛呀，而況我你呢？

我已發見了一個生動的世界，
在你和諧的笑渦裡。
喝呀，我愛！這裡已酌了
Eros 的芬郁之天酒，
祝福這跳躍的誕生罷！

小詩五首

1

太陽浴雲波而起來了，
小蟲們都在歌舞。
你，爲重愁所壓的草們哟，
將永遠低頭而流淚麼？

2

一時過了還是一時，
一天過了還是一天的相思呀！

3

寂寂的黄昏，
在窗下的燈前，
百無聊賴地

把頭側臥在桌上；
在茶滴裏，
無意又寫成了
你的名字！

4

儘詩人得意之筆，
何似你枕邊之淚的忠實！

5

半夜的風如死之音樂，
發長夢之歌咏，
淒清之聲，襲那
不眠之人的心國，
哭聲起了！

我的心裡有一張翅

我的心裡有一張翅，
迷惘地鼓動着。
似一顆閃爍的小星，
却不能飛去。

又似一隻被獵之鹿，
不能再向小徑中奔避；
倒臥着，絕望地，
看着淋漓之血滴在毛尖。

在五月之晨。
你曾神往麽：
見了太陽之金箭
射向大地？

哦，這美麗，
原是不可消滅！
但是淒苦的細草，
何以開始濕了頰臉？

這將永是神秘的消息，
無人會告你！
且莫用驚異的記號，
也莫去窺探。

昔日我見一對白鴿，
飛翔在雪天；
噫！有兩個灰色的影，
在雪地上移動！

飛吧，心裡的翅呀，
背上太陽之金箭！
飛到那裏……
………

那裏有個人
將毫不驚異地說你美麗：
因爲你的翅已折了；
有鮮紅的血在毛尖！

第二輯

愛，你現在忘了我多好

愛，你現在忘了我多好：
從此，一定，你没有煩惱；
過去的莫再去回想牠，
只當是一個碎了的水泡！

但是這個做到原是幸福，
明知是空言還是不説的好。
我没有你教我怎樣生活？
并且你原也不能把我少！

倘使我早在無知無識的時候死掉，
我想像我哥哥般多麽乾淨——
但是現在還有你，我的愛！
這教我那能成？

往日我的多心，說的無情，
害你濕了多少次眼睛。
現在我想到真是恨；
愛，任你怎樣責罰我，我都肯！

你爲我犧牲，爲我憂悶，
真掛念呀，我倆無多的青春！
這原是：我没有你便没前程，
你便是我的命！

你說：「愛！我夜夜夢見你，
彷彿站在我的床邊；
你對我說些什麽話？
能醒來只有眼淚……」

然而我枕上的淚你也没有見！
兩地的人兒多可憐！
「愛死」，我是何等願意，
爲甚還想把此生留戀？

甚麼是自由？這都是胡説，
人間充滿的本是憂愁！
呵，但看春來美麗的花。
爲什麼一忽兒都没有？

你聽，窗外的風聲雨聲多響，
在這世界上是何等淒涼！
唳，有這一天麼？我要緊抱着你，
把頭倒在你懷裏哭，儘量儘量！

平日你關心我的飲食，我的寒冷，
你又叮囑我不要過于思想……
我爲什麼不聽你的話；
但我不信離了你的生命能安全久長！

看！這樣悵惘，哀傷，掛念你，
只有水能流到你的脚下，
只有風能吹到你的懷裡……
什麼便是了，我眼還没閉?!

給我勇氣，給我力量，
帮助我，呵，上帝！
我不能忍這個分離，
便死也願在一起！

不是白雪

不是白雪，
這是月的流光。
看罷，這萬彙的和諧，
似一個睡了的孩子，
發 Ignorance 之微笑。

這盡是詩意的宇宙，
説呀，可不是預示着
將來世界之美麗？
呵，Beethoven 的 Moonlight
今夜可有誰在何處奏呢？

許有一雙離人之眼，

與你爭着明亮吧？
訴説着無垠的哀思吧？
然而月，你本是一切的悲愁與歡喜，
一切的希望與神秘！

惠山之詩

我止于半山，
乏力的遊子——
濃碧裏：一線一線，下面，
這叢林之墓道，
山鬼所徘徊。

看那麼渺小的屋子，
何殊鴿兒之所居？
披了春服的阡陌，
有白龍彊臥着；
委延，委延，不見。

好容易，登了山巔，

蒼鷹在下面，蹁躚；
四山裹，如此迷離。
灰白的太湖裹，點點，
帆影似閒鷗之戲。

你聽，朝山的老婦，
爬得這樣喘氣，
在説你太高哩。
呵，惠山呀，是的，
你爲什麽不能再低些？

對街的一個她

她在跳着哩，現在，
這樣優美，可愛；
她倚着欄哩，現在，
這樣嬌懶，可愛。
你是誰家的女兒？
那裹是你家的所在？
我私自忖着：

「爲美，你去一探聽她，你敢？」

她在看我哩，逃罷！
我怎麽是好呀，嗳？
我也要看一看她，
她却驟低了眼！
呵，你也同我一樣——没胆；
但是你的心兒可有感到震顫？
有微妙之火燒得你不自在；
我私自忖着：
「爲愛，你正視着她，你敢？」

她不在窺我麽，手帕之背後？
我一定也要看着她，勇敢！
目光剛接觸了，呵！上帝知道：
爲什麽四隻眼兒逃的更快？
我明天是要走了，……
呵！你是不是在愛——？
我私自忖着：

「爲她，你再留在這兒一晚，你敢？」

二八，三，一九二八。無錫

水與石

黿頭下起了點風，
湖潮便洶湧。
水石間起了咀唔；
却不防巖石之後，
竊聽的有我。

湖邊的石埋怨説：
「你幾時才平静，
像這樣地朝朝暮暮，
嘰哩咕嚕，
吞吞吐吐？」

湖邊的水回答説：
「到我的心兒再不起波汶，
等我的身變了泥，牛兒可耕；

要不是這樣，
我便不能平静！」

湖邊的石説：
「這是什麽話？
我不是要你的生命；
因爲我厭聞了這聲音，
非没同情，呵，這是不能！」

湖邊的水説：
「但這是我的實話，你看：
我的心兒這樣不平！
我尚有生命，
我不能沉静！」

這時風兒跑了，
湖潮也更小。
湖邊的石莊嚴着臉，
湖邊的水微聞幽咽。

猶有

猶有殘梅幾樹。
似爲我遲來之信守。
喂，這是風？
我聞山靈之悲吼！

且望湖山在
濃白之煙裡；
我欲常留，
然此福非我有！

這兒，那邊，處處，
謝慇懃之山僧指點！
呵，宇宙之勝境，
多爲此輩所佔！

青春的走

青春在白髮上跳舞而去；
又回顧我以狡猾之笑容，

牠說：「去了，你的青春，
你便要追尋，也已無從！

「你也莫須傷感，
這都是你自己辜負。
我曾在最先的一根白髮裡
警告你：你的青春已無多！

「但你見了只是嘆息，
你的心依舊是模糊！
你不想以前的怎樣過去，
所以以後的仍把牠蹉跎。」

我聽了想振作一下，
年齡和力量笑着：「呵呵……」

南嶽

這裡可以小住：
在早上看太陽起來，

紅的像一顆愛的心；

在白天裡於千萬株竹下，
和着清風的微吟；
在晚上聽遠峰上野獸
號嘯的悲聲；

或在蒲團上參禪；
同和尚談些兒經。

把一切掛心的忘掉，
并埋葬了青春。

呵，這個生活，
豈不和平，恬靜？

但這只是一個理想，
我有一個到處不安的心！

獻給處女之詩

我沉醉在你的溫和，美麗，
如黃葉之與秋風般——
寧把我的生命埋在泥裡！
然而你果心愛我了麼，你？

當我在發掘這愛情的喜壙時，
只見，「愁慘」在四週浮游着。
處女！這難道是你的賜予？
這難道是你給我的見禮？

然而我總不關心這些，
你總是會愛我的！
呵，只要你愛我，爲你
我便死也甘心，願意。

我不見你的時候，是：
想見面時看你一個仔細；
到見面了又不敢看着你，

怎的，這可真是有點兒神秘！

噯，不知你可曾記起：
當日我擁抱着你長吻，
那個開滿了花的園裡，
照滿了月光的夜裡？

從我倆的舌尖上交流着
我倆的生命——融和一片？
你恬靜地把雙眼兒緊閉；
我也微笑着紅了臉。

這和諧的媚嫵，
真使我永不忘記！
呵，處女，你不曉得那時
我真想死呢，是的！我不騙〔一〕。

從此，我每個脈博裡，
便像有個你。

你真好像是拏走了我的心，
我想念你没有一刻兒已。

別離，這個常使我淌着淚，
要我倆在一起，總須想個計；
成功果然好，便失敗也不要緊：
一塊兒走，或一塊兒去死！

我曾把我倆的一切都思量過：
走是，你看呀，這世路多險！
況且我倆的身體也喫不了許多苦；
還是去死，那真是美麗！

在死前還得留下幾個字，
給我你的爸爸媽媽知，
（這幾個字我打算這樣寫：）
「營造起墳兒來須要加倍大，
一塊兒死的人須要一塊兒葬！」

儘他們老人家在我倆
生前是怎樣顽固地；
現在，我想，在我倆已死後，
不見得不依順一點兒我你的意？

〔一〕我不騙　依押韻，「騙」後似少一「你」字。

我怕

我怕走進這個樹林，
因爲在那裡有一條小徑，
和怎樣和輭而黄的泥，
留下我和她當時的脚印。

儘時間使一切成爲過去？
美麗又使記憶與時更新。
許是你想忘了她，忘了她罷！
但你是總時常牽記不禁。

料那裡兩邊的垂緑沉沉，

胆小的太陽弄着蔭影，
微風送來一陣陣花香，
樹林陰森處囀着黄鶯。

然而過去了過去了，
美景已不是爲我們。
我們的腳印早被人們的亂了，
正如過去之愛的不能尋追。

我有一個

我有一個理想的愛人，
我想，我找了十年未見。
儘現在我是減了胃口，
失了睡眠更瘦了臉；
然而我總未去心意。

她像是一個母親，
又像是一個先生；
但是有些時候呢，

真是一個淘氣的孩子；
不，是一個我需要的天使！

當她是一個母親的時候，她說：
「天氣已冷了呢，乖乖！
快去找件衣兒來穿起，
不要等傷了風發寒熱，
累得我又要急死！」

當她是一個先生的時候，她說：
「四四！（呵？這是只有她叫我的名字！）
你不要儘是玩呢，
未完的功課已做了可不是？
可是也得常到外面去散散心，
老是坐着要不是累了你的身子！」

當她是一個孩子的時候，她便
纏着我要糖，或是什麼一點小喫；
要是有一點兒不稱意，

噘起了小嘴便把我不理；
要我陪了一個不是，才又歡喜！

然而她終究是我的愛人，
是呀，她又是我的天使！
她常娬媚地對我笑着：
顯了二個圓淺的酒渦；
露了一口雪白的牙齒。

有時她撒嬌撒癡地掛在我的懷裡，
溫柔地挨着我要給她親個嘴！
但是我更愛看她須臾間的斜視，
消受了這真使人死也情情愿愿的！
可是我不能告訴你這是什麽一種滋味。

無字的墓碣

在荒凉的原野，
有一個古代的幽室。
我欲訪問這不醒的長夢，

哦，不能！說是人鬼相隔。
（於是我這樣想見：）

許是一個寂寥的將軍，
年壯時曾馳馬殺敵；
在震天的喊聲裡，
耀日的大刀曾爲變色。

許是一個美麗的女神，
年輕時曾使人戀思成疾；
國王曾爲她的一笑，
便輕輕地放棄了社稷。

許是一個隱士，
終年的書聲如出金石；
或有一些時候，曾長笑
俗人的患得患失。

許是一個詩人，

曾爲受難的生靈而號泣；
他沉湎在血一般的酒裡，
也爲寫一首長詩不寐終夕。

但是這些，誰知道呢？
而今只賸一抹濃碧！
呵！我爲什麽到這兒來，
想憑吊這渺茫的遺跡？

這顆淒涼之心，
爲什麽如許悒悒？
你，年青者，在生命的路上
有未被發見的異蹟！

然而你聽！浪跡的長風
已這樣疲憊地無力；
他宣示這秘密説：
整個的宇宙太仄！

他告訴你他的經歷：
這世界上只有些濕和黑；
没有光亮也找不到人，
只有大小的蟲兒相食！

我蹀躞着似有什麽尋求，
不，我又想到這神秘之幽室。
驀地發見一塊長方的頑石，
倒臥在蒙茸之荆棘。

灰色的，斑剝的，無言的，
蜉蝣的足跡像是篆額；
苔蘚寫着死者的歷史，
哦，這是一塊無字的墓碣。

後世

你爲什麽説後世呢？
後世的事誰也不能知！
未來是渺茫與荒唐的，

該把眼前的事仔細思。

況且便算是到了後世，
我倆那會一定能相見？
是的，便相見在兩地，
不又是相思無窮已？

這是一張白紙

這是一張白紙，
我把牠寄給你。
在紙上原没有一句詩，
也没有半個字。

但這裡有無限的情思，
是的，有無限的哀思！
思緒多了心兒要亂，
怎麼教我成功寫一個字？

呵，我未説的話語，自然，

只有你全都會會意！
但恨我自己不便是一張紙，
不然，倩風伯伯吹在你的手裏。

到了那個時候呢，
也許我能訴説一些些；
但是請你不要儘把摯愛的眼睛望着我，
看着我時，恐怕我會流着更多的淚！

依麗雅的髮

依麗雅——
請相信我罷：
你的髮像絲一般的柔和細，
但是牠的光潔和黑潤，
漆還不及牠一半呢！

依麗雅——
你可知道麽：
我的愛情藏在你的髮裏；

倘使我能變成一隻木梳，
我多願你的髮兒常亂着呢！

依麗雅——
呵，這幸福的一次：
我在門隙裏窺見你
在鏡台前掠着你的美髮；
我簡直要瘋狂了呢！

依麗雅——
我不能形容你的髮的美：
百分之一或千分之一；
總之史乘上載着婦人的美髮
都不能拏來比擬你的呢！

依麗雅——
你肯答應我麽：
讓我做你的理髮匠罷！
我要用一塊絲手帕來裹起

你的脩下來的美髮呢！

依麗雅——
不，這還不够：
我欲倩人做一隻繡着花的絹袋；
把牠盛好懸在我的胸兒前，
每一個時候我可以展開牠來玩呢！

再不用疑心

愛！
再不用疑心，
人家説我倆痴，
那便痴；
説你愚蠢，
難道我是聰明？

也不用灰心！
説死，
誰知道？

到了那時，
你死，我也是，
誰是愛情的騙子！

（小草如怯風吹，
不該生長山巔；
倘我怕煩惱，
早不愛你！）

摧殘，
怕甚麽！
不勇敢，
活着也死；
失敗，
死也是勝利！

眼前，
愛！
只一條路。

想！
在那端，
是幸福的日子！

不要退縮！
前途，
看——
多光明？
你，就是
我生活的意義！

我不知細雨的心事

我不知細雨的心事，
更不知微風的意志，
爲甚鎮天兒飄個不住。

天宇像這樣的幽闇，
地面像這樣的潮濕，
浮雲又帶去了我的遐想。

秋的風雨本是相思，
不知多少的秋夜，
曾在沉默中消逝。

便説這好似夢境，
但也得顧惜些時晨，
到了醒時怎能追尋？

摘星歌

摘了星兒當金鑽，
以之飾着一頂花冠：
我雙手捧了贈所歡，
呵，雙手捧了贈所歡！

捉了月亮當明鏡，
放在所歡的妝檯上：
我對伊説：這是我的心，
呵，對伊説這是我的心！

我問所歡你信不信？
我的心裏有你的倩影！
愛呀！與天地永無盡，
呵，愛與天地永無盡！

嫦娥姐姐害心病；
織女姑娘停織錦：
她們妒忌我倆太親近，
呵，妒忌我倆太親近！

樹在呻吟

秋夜睡了，
樹在呻吟。
何處偷偷地跑來了
桂花之清芬，陣陣？

來吧，我的愛寵！
我好像吻着你的嘴唇。
生活該是在夢裏的，

讓我們且沉醉，深深！

回頭我望着天幕：
星兒麗着，如此清醒。
呵，這樣夜深人靜，
你不去睡麼，星星？

月兒西沉，路上滿是陰影，
只你是我眼前的光明。
哦，這喜兆信而有徵：
你笑着瞅我，頻頻！

感謝你，星呀，在你的眼裏
顯出這樣仁慈又溫存，
似在祝福未來的成功——
如此低音語着，輕輕。

秋夜睡了，
樹在呻吟。

何處偷偷地跑來了
桂花之清芬，陣陣？

小雀兒

我站在窗前，
望着園中的一切。
每天清晨起來，
當太陽爬向茅亭尖。

小雀兒跳着，叫着，
在衰柳的肩頭：
「啃！啃！早上好！」
牠說了便飛去了。

我站在窗前，
望着園中的一切。
每天晚上散步回來，
那時已日落西山。

小雀兒跳着，叫着，
在衰柳的肩頭：
「啨！啨！晚上好！」
牠說了便飛去了。

好幾天不見小雀兒，
我想念牠心如焚煎。
我每天呆在窗前，
看太陽没落又昇起。

莫不是遭了厄運：
被貓兒抓去？
或受了彈丸？
或喫了暗箭？

一天在月亮裏牠飛來了，
和從前没有一些改變；
牠帶來了一首歌，
牠唱得非常動聽。

牠說在路上曾遇一詩人，
他的手裏捧着一顆心。
要獻給自然獻給愛；
她們也都笑着接受這可貴的禮物。

從此「憂愁」不能相侵，
「頹喪」也不能相尋！
這裏好，那邊也可愛，
世界裏滿是和諧的歌聲。

「笑笑……
笑笑……
跳跳……
跳跳……

春天好，
秋天也好，
夏天冬天没有不好；
一切都是生的創造！

笑笑……
跳跳……
跳跳……
笑笑……」

小雀兒唱着飛了。

這老頭兒我恨他

這老頭兒我恨他，
跟着别人也説你不好。
他説我倆的事總難成，
硬要我斷絶你得早。

他説叔叔會替你嫁給上好人，
幾千元的妝奩也替你備；
否則不要再姓我們姓，
一切親族也都不來認。

愛，只爲你，我寧不願與决裂？

難苦難痛總須受，你的人
誓言跟着你向一條路上走；
只望你不要半途把心兒變！

同里的薩麗

Henry Carey

在攏總活潑伶俐的姑娘們裏，
沒有一個像嬌美的薩麗；
她是我心上的愛人，
并且她住在我們的同里。
沒有一個淑女在這世界上
有像薩麗一半的美麗；
她是在我心上的愛人，
并且她住在我們的同里。

她的父親是結有花紋的網，
經過街上叫賣她們的；
她的母親是賣一條條花邊
賣給這些喜歡買她們的；

但是自然，那樣的人決養不出
這樣一個可愛的姑娘像薩麗！
她是在我心上的愛人，
并且她住在我們的同里。

當她走過時，我停了我的工作，
我愛她如是地真摯；
我的主人走來像一個土耳其人，
并且痛打我非常厲害——
但是讓他像肚皮痛打罷，
我完全忍着爲了薩麗；
她是在我心上的愛人，
并且她住在我們的同里。

在一星期的日子裏
只有一天我得深深地愛戀——
這是星期六與星期一中間的一天；
爲此我穿了我最好的衣服
到外邊去散步同了薩麗；

她是在我心上的愛人，
并且她住在我們的同里。

我的主人帶我去做禮拜，
常常又把我來責譴；
因爲在困難的境地裏我離他
剛是宣讀了聖經不一會；
我離開教堂正當在禱告時，
偷偷地溜了到薩麗邊；
她是在我心上的愛人，
并且她住在我們的同里。

當聖誕節再來的時候，
呵，那時我將有了錢；
我將把牠完全儲蓄着，
我將把牠給我的寶貝：
我恨牠不是一萬個金磅，
我得完全把牠給薩麗；
她是在我心上的愛人，

并且她住在我們的同里。

我的主人和鄰人們，
都取笑我和薩麗，
爲了她，我寧願做
一個摇槳的奴隷；
但是當七個長年過去時
呵，那我將要娶了薩麗——
呵，那我們將要結婚，同床睡眠……
祇是不在我們的里裏！

後記

自一九二六年至一九二八年止，這些是我生活的遺留了。我很寶貴着牠，因爲牠是我的過去的存在。一九二六年所寫的不比後來的少，但在這裏衹收入二首。二年來所寫的差能滿意些，所以撕掉的也比較少些。寫詩的日子，除一二首外我都没有加上，因爲我覺得没甚意思。而且詩的前後，也並不依寫的前後編的。本集係我自己手定；除删去若干首外，現存的我自以爲可以不必再删。本來我的詩要請我的朋友蔣丹麟兄選的，他也曾答應爲我一選；既而我因他一直病在宜興老家，郵遞呢，我怕着萬一會遺失，而且也懶得抄出副本，所以到底没有那樣做。現在他已漸康健了，——祝福他！——並且很喜歡：因爲曉得我的詩集快要出版。

李雲岩兄爲我作封面畫及插畫；趙梓藝兄爲這書的印刷方面，費了很多麻煩，幸因他的帮助，所以裝訂方面也得像心像意，在此敬誌謝忱！

還有，這書的校對是我自己擔任的，但是自己校對，有好處也有弊處：好處便是自己能够隨意再有更動；弊處呢，便是小錯的地方自己校不出來，因爲自己的詩很順地唸下，最容易疎忽過去，加之我本來又是粗心的。褚士超兄在這方面帮助我很不少；我很是感謝他。

一九二八，一二，二〇。白蕉又記

卷二　散佚新詩

一隻長鍼〔一〕

愛真是一隻長鍼，
她會刺入你的深心。
如果有一天竟被拔去，
填不滿那個深的鍼痕。

説甚麼多情癡情，
既刺入了怎又拔去？
這可不是永久的疑問，
請告訴我，呵，先生？

累了這些無辜的年輕，
鬧翻了心的安寧清靜。
是活該，那頑皮的孩子，

把鉛矢亂射，裏了眼睛〔二〕？

愛真是一隻長鍼，
她會刺入你的深心。
如果有一天竟被拔去，
填不滿那個深的鍼痕。

〔一〕發表於《白露月刊》一九二九年第一卷第三期。
〔二〕裏了眼睛　此句原刊如此，似不通。

她的禱告〔一〕

「這風，這雲，你看——
你畢竟是要走了？
嘻嘻，那我便不留你；
去好了，儘去罷！
愛的，我給你禱告，
什麼，成麼？」

她望着我癡笑，

合着掌活像個觀音：
「天哪：風儘飄着罷——
雨儘下着罷——
明天呢，不差，
大些，更大些——
街上成了小河罷！」

我笑了吻着她的粉頸：
「一定的」，我説，
這是一個虔誠的禱告！
給——

説話兒要低，
脚尖兒要輕，
呵！怪可愛的樣子，
乖乖，你真聰明！

爲愛你，親櫻唇；
説恨你，我何曾？

我說我的小鳥兒，
怎樣才使你不疑心？

莫是你怪我臉太沉，
像親近又像無情？
不呀，在人前——
也得避避眼睛！

那老太婆是多嘴舌的，
流言，總不會毀了我的人！
倘有一天竟「人遠天涯近」，
我要去看你那可成?!

聽我的話，你留心：
眉毛裏不要有愁痕；
心心只要相印！
來！給我吻個醉，吻個深！

〔一〕發表於《長風半月刊》一九三三年第一卷第二期。

她指着井裏説〔一〕

曾過了許多不眠的長夜，
星空在我的眼底；
曾爲了一個絶艷的女子，
瘋狂在我的心裏。

「看！這是我的心。」
她指着井裏説。
「但是」，我説，「天哪，你的
媽媽將不由你作主哩」！

孩子們多的本是眼淚，
説你在那時多多流些；
成人的淚呀，
可便不許你流在人前。

你的顰蹙，早
是人家的懷疑；
你的笑語，原

是人家的流言！

呵呵，瘋狂罷，
只在我的心裏！
望穿呀，你——
永在我的眼底！

〔一〕發表於《長風半月刊》一九三三年第一卷第二期。

閉着眼睛〔一〕

我下次見着你要閉着眼睛，
因爲我要秘密着我的愛情，
防你掛在我懷裏挨着我説，
「望着我！我要看你愛我的淺深。」

秘密着像這個悠久的歲月，
秘密着像那個幽夜的鬼神。
噯，如果我對你傾吐了一切，
你再不向我無厭地探索追尋。

〔一〕發表於《長風半月刊》一九三三年第一卷第二期。

醒後的睡歌[一]

這是夢，是騙你，
愛！不用去信他；
爲甚麼自找煩惱，
要快活，我們大家！

我是大陸，
你是大海，
你吻着我擁抱着我，
唱小曲兒每朝每晚。

太陽永照着我們，
星星永顯在頭上；
睡着吧，不要響，
幸福等着你我倆；

誰能把我倆分開？

誰來攪亂這和諧？
除非是上帝——
不，便是她，也不會。

〔一〕發表於《長風半月刊》一九三三年第一卷第二期。

逗〔一〕

我懊惱地哭，
你偏要看我，
還要逗我笑，
淘氣的你呀！

讓我安靜些，
不要再惹我！
看着我流淚，
你倒得好過?!

〔一〕發表於《長風半月刊》一九三三年第一卷第二期。

等〔一〕

每一分兒過去，
準像一個世紀；
這顆心，跳躍着，
那能把時計來比！

你不信，自然，
那還用我提起。
你的嘴會説謊，
去問你的心裏！

甚麽，你説——
給你説着玩意？
喉！上天——下地——
站在面前的是你！

〔一〕發表於《長風半月刊》一九三三年第一卷第四期。

來了一隻蚱蜢〔一〕

我的心上來了隻蚱蜢，
怎麼，是你放的？
我的安寧到那裏去了？
儘跳，跳，跳躍地？

我的心上放着一隻提琴，
怎麼，是你奏的？
我的安寧到那裏去了？
儘顫，顫，顫動地？

〔一〕發表於《長風半月刊》一九三三年第一卷第四期。

这光景〔一〕

誰説我你擁抱的太緊，
要透不過氣來，那親吻？
孩氣的話兒不厭重説，
那眼兒裏，深情無限。

俏俊，聰明……
道我你不够稱？
幸福，那不用説，
在兩個小的方寸。

那古老了的話，
甚麽是定命？
這是怪可憐的，
我不信，你信？

死，便即刻也好，
離别嗎，誰肯？
要這是個夢呀！
甚麽也不願醒！

除掉那夜的皇后，
她唱澈良夜三更，
和那兩顆心的跳躍；
四圍是這樣静静。

（註：夜的皇后是指夜鶯）

我們的話，月，
她便是證人——
從窗子裏，那眼睛，
賊模樣兒偷進。

是的，再没有别個，
比我你更孩氣更蠢，
呵呵，這光景——
想吧，先生呀，請！

啊！人類的哭聲，
永不達天聽，
你説是不吧，
給我什麽印證？

説并不是矛盾啦，
夏天是暖，冬天是冷。

這是一樣的哲理嗎，
有了愛，便有了恨？

我從來不敢細想，
那從前的噩夢會準。
但是現在呢，再聽不見，
你替我詛咒那夢境！

呵呵，這般分明，
怎教我去不信？
幸福的人們裏，
從今我没有分。

唉！熱酒在前，
怎不會盡情痛飲？
你離我而走了，
怎教我能安靜不病？

死麽，現在——

做了鬼也單身隻影。
愛，上帝，傻人，
問甚麼天，「天問」？

昨夜我醒來喊你小名，
癡！你那裏會應？
呵呵，這光景——
想罷，先生呀，請！

〔一〕發表於《長風半月刊》一九三三年第一卷第四期。

濕了睫毛〔一〕

濕了睫毛，
滴上枕衣，
這味兒，
人家說是甜的，
是甜的麼，
我的上帝。

怕被人在夢中聽去，
還是低低抽咽，
湧在眼裏是熱的，
淌在頰上是冷的，
但不管冷的熱的，
料只有你能想見！

〔一〕發表於《長風半月刊》一九三三年第一卷第四期。

哦，Revolution！〔一〕

你曾在我的夢裏，
攪醒了中華，
但那是可憐的騷動，
哦，Revolution！

戰士的碧血濺向腐草，
從那裏飛不起一個流螢。
當日瘋狂地前進，前進！
問你是爲魔鬼？爲人民？

再不許你怨恨，
再不許呻吟，
死一般的沈寂裏，
只有魔鬼的笑聲。

我應當祝福你們，
猶得爲國的榮名。
但是那個笑呀，
不使你們震驚？

永遠是沉默的了，
你們不幸的鬼靈；
呼嘯在昏昏的夜裏，
能叫醒幾個魂夢？

戰士是死了，
夢便成永恆？
你是個可憐的騷動，

哦，'Revolution'！

〔一〕發表於《長風半月刊》一九三三年第一卷第四期。

悲哀〔一〕

癸酉十月舊作。

悲哀是一支神箭，
牠來時真有些奇異，
從來没有一個詩人，
曾把他的蹤跡發見。

那可不是人間的神秘，
浮在心上的幾片雲翳？
但是你有甚麽魔力，
敢把我的信心改變？

東西看來是容易差誤的，
倘説是一雙相思之眼；
不過這個算得甚麽呢，

一萬個人裏我會認出我的愛！

雖説前途是一個不知的所在，
我是有無窮的希望，期待，
自然，愛是太陽的趕路，
她決不會感到一些疲憊！

「我只當不曾見過你，
你也要譬如不曾見過我，
這也許便是我倆註定的命運，
我的愛，你決不要自苦！」

這些話可不是便毁滅了我？
呵！今天我認識那殘酷的天父！
我是怎麼能夠没有你呢，
如果説我還有光明的前路?!

〔一〕發表於《大日報》一九三五年十二月八日第三版。

毛澤東同志當選中華人民共和國主席，歡呼作歌[一]

毛主席，
您是光明和永遠勝利的象徵，
您是六億人民的一顆心。
誰啊，使我們生活在陽光裏。
誰啊，使我們呼吸在春風裏。
毛澤東的黨領導着我們從
勝利走向勝利。
我們掌握了武器，
保證社會主義社會的早日實現。
我們體現了我們是國家的主人翁。
我們要保衛和平。
我們一定要解放臺灣。
我們要把祖國建設得美麗更美麗。
我們和全世界愛好和平的人民在一起。
毛主席，
您是光明和永遠勝利的象徵，
您是六億人民的一顆心。

我們歡呼，生活在陽光裏。
我們勞動，呼吸在春風裏。

〔一〕墨跡發表於上海《新民報晚刊》一九五四年九月二十九日第二版。

年輕的夢〔一〕

做夢時一九五四年九月三十日晨二時半，寫詩脱稿時四時。

人睡一起，
夢裏在做訪問。
摸了幾個灣，
懊惱着不見你。
醒來推推你，
隔着甜睡的孩子。
任你笑吧！
這把年紀，
做着年輕的夢。
我開着燈，
看你睜不開眼睛，
你怎麽説着，

别轉身打呵欠。

愛情永遠年輕的，
正好又到使人年輕的時代裏，
笑吧！笑吧！
就愛看你笑着，
可别説我上了年紀。

〔一〕録自蔣炳昌《白蕉金學儀的情感世界》。

舊體詩

卷一　一九三二—一九三九年

滬戰哀〔一〕

一馬降〔二〕，三省失。不抵抗，禍乃烈。田中執政昭和初，大陸遺策謀貫澈。碩鼠逐逐竟無厭，又向江南圖囊括。敵艦如鯨啣尾來，要塞之砲成廢鐵。戰雲攘攘一月寒，不夜城頭天如漆。噫嘻賊氣一何驕，誇謂攻城月可掇。糾糾三將軍，聞言怒難遏。拔劍斫地吼如獅，蕞爾幺麼爾何物。今日之事無他言，寧爲玉碎不瓦全。別妻揮手上馬去，民族生存唯向前。深宵傳令出虎幃，槍如連珠砲如雷。竦鐘不語簫聲咽，昏夜漫漫飛劫灰。廬舍爲墟火半天，血流漂杵欲紫泥。一以當十聲勢闊，前仆後繼敵氣奪。敵機如鶻鶻時落，敵艦如鯨鯨身裂。利器疇言烟幕彈，渡河渡河盡魚鱉。一戰先捷蘊藻浜，再戰又見捷江灣。三戰三捷廟行鎮，敵屍不收堆如山。又須十萬劍橫磨，碧眼胡兒驚則那。十九軍非垂辮比，青白旗豈黄龍科。昔言華軍善屈服，此日方知昔言訛。嗚呼！認仇作父當時任宰割，不屈男兒今日有南八。如何後援竟不至，坐使蝦夷逞豕突。全師總感將軍威，謀國何人真咄咄。不見蝦夷重洋隔，源源增援來倏忽。嗚呼！援兵援兵，如何聞聲不見臨。抵抗抵抗，中樞何曾有決心。和戎自古誤大計，秦庭哭訴羞喑喑。狐裘蒙茸國三公，洛陽冠蓋徒淫淫。君不聞，壯士沙場爲國殤，臨死高呼中華民國萬歲聲。君不見，後方折臂斷足衆勇士，創口未瘳奮起欲從征。

〔一〕發表於《申報》一九三二年四月十二日第九版。

〔二〕一馬降　又作「一夕驚」。

書憤〔一〕

和戰紛紛最可歎，江山半壁欲偷安。食牛英氣今猶在，首鼠如何學二端。
對酒歌風涕欲瀾，千秋生死誤忠奸。獻圖聞道椒親在，淞滬空餘白骨殘。
廿載干戈幾劫灰，滔天禍至尚疑猜。我鄉我土人蹂躪，誤盡蒼生一黨才。
牧馬長城頂上來，秦人何處竟堪哀。愁言國破山河在，莽莽神州幾戰才。

〔一〕發表於《申報》一九三二年四月二十六日第十一版。

蔣兆和畫馬索題贈宋子文，時馬占山將軍孤軍抗戰於東北也〔一〕

窮邊立風雪，長歔蹴倭奴。雪染千山碧，應憐一馬孤。

〔一〕發表於《弢名旬刊》一九三三年第五／六期。原詩墨跡落款時間爲「壬申五月」。

沈信卿先生三疊「孤」字韻見和，因學步邯鄲，仍疊前韻三首〔一〕

碧草青燐萬骨枯，鬼雄能作不爲奴〔二〕。黑山正氣今猶在，一馬如龍奈勢孤。
荊棘銅駝淚欲枯，和戎早識有洋奴。秦庭痛哭羞謀國，誰念龍沙一馬孤。
劇憐涸轍有魚枯，新國人才幾老奴。識得世間羞恥事，離宫掩面肯稱孤。

〔一〕發表於《弢名旬刊》一九三三年第五／六期。原詩墨跡落款時間爲「壬申五月」。

〔二〕鬼雄能作不爲奴　墨跡作「寧爲雄鬼不爲奴」。

信老先生八疊見和，又成二首〔一〕

未必蒼松竟後枯，有家誰敢滅匈奴。黃金縱築川堤固，西去人心勢已孤。

獵獵邊風春草枯，抽刀如雪刃倭奴。關東子弟多豪傑，長白山頭落日孤。

〔一〕録自墨跡，落款時間爲「壬申五月」。

古意四章〔一〕

丈夫云有淚，不洒兒女私。酒人多伊鬱，達觀徒有詩。愁來如驟雨，歌哭不相宜。天涯共此月，悠悠我所思。江水深盟在，一劍不斷絲。夢中綢繆語，千里不相知。誰言同相夢，夢亦有參差。吁嗟同心人，長別安可支。不如春來絮，因風任所之。

宿昔相見日，常恐別離時。別離洵可念，觸處成相思。握手期偕老，出涕不自知。薄言以相慰，相慰轉相悲。父母終我愛，庶幾念兒痴。

黑風來北方，分飛比翼鳥。遂使一參商，文采俱相杳。偶亦有傳言，消息難分曉。畫中伊何人，我心乃有標。市聲何喧喧，我心何悄悄。悄悄安足云，哀情不可了。皎皎明月光，照我孤影山。

女也心無他，士也行無貳。東門女如花，一月三過視。遺我以繡羅，慰我以素字。豈不念慇懃，言亦有我志。歲寒多雲霜，松柏終無異。吁嗟念遠人，戚戚靡所寄。皓魄又團圞，我心常如醉。

〔一〕發表於《申報》一九三二年八月五日第十七版。

贈某投義勇軍〔一〕

自有千秋在，曾無百歲人。引刀呼殺敵，看我挽沉淪。

〔一〕發表於《申報》一九三二年八月二十六日第十九版。

對酒二絶示同席嶠若先生，並寄介子先生〔一〕

我自胸中有五嶽，人從眼底失千杯。大風歌後難成醉，落落乾坤幾霸才。

種菜鋤瓜多處士，竊鈎盜國盡奇才。江南愁讀蘭成賦〔二〕，如此湖山亦大哀〔三〕。

〔一〕發表於《申報》一九三二年八月二十六日第十九版。

〔二〕江南愁讀蘭成賦　「讀」墨跡作「説」。

〔三〕如此湖山亦大哀　「湖」墨跡作「河」。

三邊吟〔一〕

偶集譚嗣同句。

一騎龍沙道路開，願身成骨骨成灰。邊風冽冽沉悲角，劍帶單于頸血來。

填胸孤憤誰堪語，已是共工缺陷天。自向冰天鍊奇骨，馬頭還我好山川。

〔一〕發表於《申報》一九三二年九月六日第二十一版。

不屈〔一〕

關外義軍聲勢壯闊，敵人疲於奔命。

不屈男兒在，將軍馬李丁。轉看白日盡，翻愛黑風腥。碧血流金甲，丹心照汗青。平倭問何日，鑄鼎我能銘。

〔一〕發表於《申報》一九三二年九月六日第二十一版。

悲憤詩四絕〔一〕

我來愁唱大風歌，廿載中原蠻觸多。枉道文章能救國，不如投筆學操戈。

邊危國亂尚爲家，第宅連雲莫漫誇。四面歌聲連角起，生悲無處哭中華。

國殤何處屍盡被燬血成流，塞外王爲關内侯。慟看河山非往昔，憤彼肉食爛羊頭。

健兒熱血潮千丈，何日真隨馬首東。猶有頭顱堪一擲，軍歌高唱和沙蟲。

〔一〕録自墨跡，約作於一九三二年。

其石先生畫梅見貽，即題其上〔一〕

風吹鶴夢落誰家，玉笛離聲怨暮笳。苦憶春申江畔路，深情負却萬梅花。

色自傾城影自斜，宫妝點額壽陽誇。重來漁父休相聞〔二〕，不是桃源洞口花。

〔一〕發表於《金剛鑽》一九三三年一月十九日第二版。
〔二〕重來漁父休相聞　「聞」疑爲「問」。

黄金行〔一〕

黄金買盡人爲狗，匍伏猶能獅子吼。相看一笑風前柳，高名欲在千秋後。吸血能張如鯨口，揶人爲借遮天手。白日飛昇雲中走，放言氣節無忸怩。骷髏昔造人中豪，賊民從來誰帶刀？青史祇傳盜似毛，紅泥疇惜民爲螬。讀書惟見書中嬌，十年窗下誠徒勞。老馬眼瞎笑爾曹，狂歌一曲傾芳醪。

〔一〕發表於《申報》一九三三年三月二十九日第二十版。

雪中鳩〔一〕

雪中鳩，尋糖粃；果腹飱，飛不起。年年寒暑相循環，一飽一飢俱欲死。潰癰決痔故侯門，牧奴驅走遼東豕。當日吹簫吴市兒，座上無人誇國士。入籠馴却虎似貓，渡淮化盡橘爲枳。羅綺消磨氣食牛，酒後花前談國恥。黄金三窟溫柔多，衣錦還鄉儘雄視。屠龍孰若屠狗能，吾道空傳直如矢。

〔一〕發表於《申報》一九三三年三月二十九日第二十版。

四謠〔一〕

途入華胥，周遊中國，聞童謠云云。

畫諾畫諾，天下愕愕。香檳獻爵，枇杷無脚。安有食其肉而皮不削。畫諾謠。

甘木有蠹，自伐而仆。金龜傷我穡稼，西來無數。誰不我顧，羊城公子美無度。農邨童謠。

買雞不飛，賊來云希。兄弟則那，臂粗拳大，下蛋督過。買雞謠。

豐年苦饑，或營其墓。出見農死於路，謂青天則如故。豐年謠。

〔一〕發表於《申報》一九三三年六月十三日第十八版。

跋自書詩卷〔一〕

我心有鍾王，筆被鍾王裹。幾時無鍾王，我書乃有我。

〔一〕發表於《茸報》一九三五年六月二十四日第四版，作於癸酉國慶日。詩題爲編者所加。

朝陽篇〔一〕

朝陽欲出朱雲堆，叢林歌鵲方自媒。江南處處迷芳草，之子不歸魂夢哀。朝陽朝陽窺牆上，莫照離人泪眼來。韶華老去愁常新，東流江水深復深。微風又送楊花渡，長竿難釣鯉魚沉。朱雲朱雲不可採，離別從來多苦心。

〔一〕發表於《武進商報》一九三三年十二月二十二日第四版。

飛花詞〔一〕

飛花誠燦燦，相思亦無算。時哉不我留，倏見韶光換。思多夢亦勞，中夜發長歎。牽帷看疎星，默坐以待旦。豈無安琪兒，顧盼多幽姿。修眉與窄袖，裝束皆入時。遺我金約指，欲我長相思。長揖不復顧，兩兩成行路。君看沾泥絮，何如膠漆固。花月年年新，人情我愛故。

〔一〕發表於《武進商報》一九三三年十二月二十二日第四版。

深夜有感〔一〕

街車欲靜市聲空，蛙笑先生夢大同。淡月低窺花有影，牢愁漸覺酒無功。少年詞筆空能健，老去乾坤氣不雄。易水蕭蕭人寂寞，披襟猶想楚王風。

〔一〕發表於《武進商報》一九三三年十二月二十二日第四版。

月夜寄懷謝玉岑〔一〕

風送清商百感稠，生憎鄰笛惹新愁。落花庭院詩都瘦，新雨江城氣盡秋。春去更無鸎勸酒，夜來差有月當樓。相思又過端陽節，臥對青山憶謝侯。

〔一〕發表於《武進商報》一九三三年十二月二十二日第四版。

題弘一爲江問漁畫像〔一〕

時事付悲吟，絲絲白髮侵。畫師徒畫象，未畫渡江心。

〔一〕録自墨跡，約作於一九三三年。詩題爲編者所加。

賀蔣頌孚先生八十壽〔一〕

武進神仙舊世家，先生風骨更應誇。卅年文幕兼戎幕，一棹歸來却種花。
自然美意足延年，長策由來種福田。堂上老人開笑口，兒孫滿眼悉能賢。

〔一〕録自《晉陵蔣氏宗譜》，約作於一九三三年。詩題爲編者所加。

寄懷朱涇陳幹臣〔一〕

眼看世事幾乘除，大隱朱溪早結廬。共道留侯如處女，何年已讀太公書？
我邦之妙應非誇，北海河南共一家。別有騷情陳古白，雲深南浦寫湘花。

〔一〕録自《白蕉文集》（東方出版中心二〇一八年版），約作於一九三三年。詩題爲編者所加。原詩三首僅存二首。

側帽〔一〕　録二。

側帽西風不夜城，衝寒疇識有關情。維摩休遺成消瘦，一笑相扶煙篆清。

還似盈盈水一涯，新詞空憶浣溪沙。酒杯浮怨聽吴語，惆悵歸途別謝家。

〔一〕發表於《文藝春秋》一九三四年第一卷第八期。

歲暮一首用問老見贈韵〔一〕

破碎河山入夢頻，少年肝膽自輪囷。何曾斗室能容我，又上層樓買好春。一片天花猶滿眼，十分詩意未全貧。却憐此日黄金貴，悦耳文章盡病民。

〔一〕發表於《文藝春秋》一九三四年第一卷第八期。

松滬道中〔一〕

飛車轆轆走輕雷，一日雲間去復回。未必牢愁催我老，最憐風雪逼人來。蕭條門巷炊烟瘦，冷落江邨犬吠哀。賺盡梅邊消息好，年年空上望春臺。

〔一〕發表於《文藝春秋》一九三四年第一卷第八期。

雪夜絕句〔一〕

天風嫁雪到高樓，裝點明窗引黯愁。孤坐已憐詩骨損，却教今夜夢杭州。
一分密意十分愁，有夢爭如無夢休。澹到梅花猶有恨，宵來寒勒玉枝頭。

〔一〕發表於《人文月刊》一九三四年第五卷第三期。

乃乾先生屬題《共讀樓圖》〔一〕

此福人間第一流，百城坐擁海東頭。丹鉛問向妝臺上，豔説陳家共讀樓。
扶肩莫説夜三更，自有奇書照眼明。明日敞門且謝客，爲傳晝夢落書城。

〔一〕發表於《人文月刊》一九三四年第五卷第三期。

壽黄賓公先生七十〔一〕

是翁矍鑠不言老，七十年華首尚黔。踏遍名山開畫派，囊將奇景入詩心。四王八怪皆沉寂，五絕三多自古今。
海上一廛成市隱，書城常護白雲深。

〔一〕發表於《人文月刊》一九三四年第五卷第三期。

夢中詩〔一〕

待駕輕雲返帝鄉，春風不送柳花香。低欄依舊人何在，一角紅樓媚夕陽。

〔一〕發表於《文藝春秋》一九三四年第一卷第九／十期。

遣懷〔一〕

風漾清芬月有痕，小樓獨倚又黄昏。新來愁絶緣何事，春好西湖尚閉門。

〔一〕發表於《文藝春秋》一九三四年第一卷第九／十期。

即景〔一〕

三日晴添柳綫肥，宜春辛苦喚春歸。斜陽芳艸徘徊處，驚起鶺鴒貼地飛。

〔一〕發表於《文藝春秋》一九三四年第一卷第九／十期。

不死〔一〕

不死應留萬恨長，題詞休擬杜秋娘。東流江水何曾悔，又見鵝黄拂短牆。
天留何處縱奇情，獨立蒼茫夜一更。芳艸未青寒料峭，樓頭痛哭總無名。

〔一〕發表於《文藝春秋》一九三四年第一卷第九／十期。

讀史有感〔一〕

誰憐塞内有沙蟲，南渡朝廷勢早窮。居士清涼能惜死，鄂王畢竟誤「精忠」。
終古何人勢最豪，可憐青史筆如刀。武夫誰解論功罪，偏有書生惜羽毛。

〔一〕發表於《文藝春秋》一九三四年第一卷第九/十期。

無題〔一〕

十里鵝黄二月天，東風垂柳兩纏緜。無邊密愛藏千意，有約春愁又一年。夢自多情魂自怨，花能長好石能堅。人間留得關心處，只合惺惺未向仙。

〔一〕發表於《文藝春秋》一九三四年第一卷第九/十期。

登樓〔一〕

登樓萬感集無端，一醉圖歡亦大難。六合陰霾涵殺氣，諸天風雨作春寒。曹騰依舊人先餒，生活能新鬼未安。欲向崐崙山上望，沙蟲百刦幾時完。

〔一〕發表於《文藝春秋》一九三四年第一卷第九/十期。

靜晝〔一〕

不堪靜晝熱如煨，又作江鄉夢一回。安得種蕉三萬本，緑天許約醉僧來。

〔一〕發表於《人文月刊》一九三四年第五卷第五期。

赤雲〔一〕

赤雲流火堪爍金，五月江南毒熱侵。故老變色若談虎，前六十年今相尋。四十八日不得雨，嗟哉南畝枯秧鍼。大河水淺河床高，小河龜坼如棗糕。勞者歌沉聞太息，十日不雨十無毛。吁嗟十日不雨十無毛，黄河揚子泛濫何滔滔。安得吸取江河之水深復深，蟄龍飛起興甘霖。

〔一〕發表於《人文月刊》一九三四年第五卷第六期。

應高介子招飲徵詩〔一〕

三十稱翁高介子，華人俄相一奇士。病中留得髯鬚長，兒童相顧莫敢指。無端忽訝虬髯公，胸懷亢爽時相同。閑閑秦麓歲月美，往往沽酒來市中。白雞肉老憎嵌齒，黄酒年陳差可喜。留溪二居留前蹤，大杯小杯從量止。海上盤餮月上時，主人招我安敢辭。相逢剛是新秋夜，論酒論菜兼論詩。梅村濃艷白傅淡，天然工細各無憾。公度豈是革命家，群彦亡羊堪□歎。舊瓶新釀有靈魂，摹古食古如戴盆。不知此意論唐宋，新體舊體徒紛紜。甘苦未諳偏搖舌，主人笑許狂言出。記此留待他年看，七月十三歲甲戌。

〔一〕録自《白蕉文集》（東方出版中心二〇一八年版）。詩題爲編者所加。

夜坐〔一〕

青鐙照白室，涼雨鳴殘荷。獨客黯無語，宵深秋更多。

〔一〕發表於《人文月刊》一九三四年第五卷第八期。

寄顧嶠若鎮江〔一〕

秋去吴天夢路遥，寒盟空説渡金焦。相思石墨英靈在，焦山寺聞有舊拓《瘞鶴銘》。也似江頭來去潮。

〔一〕發表於《人文月刊》一九三四年第五卷第十期。

寄悲鴻首都〔一〕

秋深，與有訪棲霞紅葉之約，余以事不果行。書來，謂畫得枇杷一幀，尚不惡，已題賤款，託蜀友蔣兆和轉遞，而兆和一去杳杳，並此相遲。

西風有恨盟紅葉，蜀客無家去不還。結想未妨涎一尺，月明夢入洞庭山。

〔一〕發表於《人文月刊》一九三四年第五卷第十期。

外灘街車中偶成，示潘伯鷹式、林庚白學衡〔一〕

豔説人間不夜城，隔江鐙火綴波明。層樓處處摩天起，别有榮枯無限情。

〔一〕發表於《人文月刊》一九三五年第六卷第一期。

贈朱其石〔一〕

括蒼山人以三絶之才，蜚聲海上，頃出其歷年所作山水二百點展覽，以飫時人。其中山水多擬古之作，自倪黄以下數十家，尤蔚爲巨觀，詩以贈之。

三絶爭傳第一流，阜民居士曲江頭。漫驚畫裏關山色，自鬱蒼茫萬古愁。得魚竟道已忘筌，遥接風流七百年。我亦胸中有五嶽，共君筆底欲摩天。

〔一〕發表於《茸報》一九三五年三月十五日第四版。

試舌〔一〕

試舌禽歌信可聽，枝頭相惜亦惺惺。漫無些事閒庭院，漸有沉思入窅冥。淺艸緑濃春日夢，斜陽紅淡楚天青。誰憐弱柳添眉嫵，又向東風説醉醒。

〔一〕發表於《人文月刊》一九三五年第六卷第二期。

畢任庸見懷原均〔一〕

掃日還東氣欲沉，問天何事足開襟。眼中吴楚空無物，井上芭蕉枉有心。春至迎愁催夜短，憂來乾酒入杯深。高樓百尺容酣臥，賸有詩成字字金。

〔一〕發表於《茸報》一九三五年三月十八日第四版。

寤歌〔一〕

側身面白壁，凝視忽見人。顰眉有千意，含情殊未伸。迢迢分南北，春風日月新。飛夢常不達，安知此非真。

嗚嗚門前車，得得水泥路。知是伊人來，足音審非誤。長吻擁纖腰，笑指口脂度。相思多苦心，薄言表情素。歲月其如馳，兩情矢永固。

〔一〕發表於《茸報》一九三五年三月十九日第四版。

投閒一首寄雙梧書屋主人〔一〕

投閒意境四時新，爇紙呼烟一欠身。月滿忽驚今我瘦，時衰每念故人貧。關中豪傑傳誰是，海上風波認未真。待信公言告萬世，憐渠骨相自嶙峋。

〔一〕發表於《茸報》一九三五年四月九日第四版。

少年〔一〕

少年自有氣難降，却道尋詩向緑窗。何事鄰家牆角裏，火雞聲作吠人尨。

〔一〕發表於《人文月刊》一九三五年第六卷第三期。

自訟〔一〕

夕照危枝最上頭，江南春盡尚登樓。門無雞狗三千客，夢有燕雲十六州。白眼青天多負負，黄金赤幟兩悠悠。獨看江表行雲起，憔悴空懷百歲憂。

〔一〕發表於《茸報》一九三五年四月二十七日第四版。

绝句〔一〕

啼鶯歷歷柳絲嬌，新野風來漲緑潮。遊子自添春去恨，斜陽無語暮山遥。又道三春客裏休，老紅落盡水空流。東風最是無情思，輕薄楊花尚有愁。

〔一〕發表於《茸報》一九三五年四月二十九日第四版。

哭玉岑〔一〕

武進謝玉岑觀虞，詩詞書畫，世多知者，於四月二十日逝世。初陸君丹林以電告，粤語不可解。繼朱君其石續電來，始悉丹林之電亦以此，爲之悲慟。玉岑在病榻爲其邑賑災會力籌書畫諸事，距死前三日尚有書至。余於間日續寄書畫件去，曾不知其及見否？展視絶筆，豈勝怛悼。

猶爲哀鴻博廣施，獨撑病骨切憂思〔二〕。仁心竟遺傷無禄，淚眼終教苦費詞。遲我報書容及見，問天何疾不能醫。哭君别有私情在，後世誰能定我詩？

清談莫憶西門路，絶藝難尋南國才。儘有文章能壽世，已無笑語到深杯。却翻墨札添新淚，賸覺庭除長緑苔。誰道麟鸞都化鶴，六年兩慟故人來。宜興蔣丹麟，於庚午下世。

〔一〕發表於《金剛鑽》一九三五年四月二十九日。詩題又作「哭孤鸞」。

〔二〕獨撐病骨切憂思　「切」一作「撰」。

題蘭〔一〕

素心花對素心人，相賞無言契性真。山谷水涯奇絕處，風枝雨葉盡精神。

〔一〕發表於《茸報》一九三五年五月三日第四版。詩題爲編者所加。

壽破帽〔一〕

阿蕉有破帽，十年不肯棄。風神一側多，鄰女添詩意。

〔一〕發表於《茸報》一九三五年五月十七日第四版。

僻徑〔一〕

僻徑青枝夾道遮，疏籬斜上失名花。獨行自得閒中趣，小步何期入酒家。

〔一〕發表於《茸報》一九三五年五月十七日第四版。

讀唐人絶句[一]

出淺入深了未思，醰醰好句不矜奇。　𪉒盡瓜子三百粒，只味唐人八絶詩。

〔一〕發表於《茸報》一九三五年五月十七日第四版。

戲作[一]

佳士曠不逢，小兒乃無禮。　句死生拙奇，硬號山谷體。　詩料應難尋，會恨無癡弟。

〔一〕發表於《茸報》一九三五年五月十八日第四版。

曉起[一]

靜挹晨風細，朱陽欲上枝。　甯言無悶客，啼笑過花時。

〔一〕發表於《茸報》一九三五年五月十八日第四版。

花飛[一]

花飛又報一年春，緣到樓窗柳葉新。　行樂自輸金紙子，慰情會有鳥相親。

〔一〕發表於《茸報》一九三五年五月十八日第四版。

春暮八絶[一]

談龍老子有深心，朝市如雲不化霖。憂樂自關天下事，花間袖手一沉吟。

紅白相看有失名，低徊獨起在平明。園花解得相憐意，自去何郎寂寞生。

甯須洗耳就驚湍，我有便便腹自寬。何事人間不可笑，夢中恩怨更無端。

坐覺銀牆花影移，經春消息有猜疑。水萍猶爲東風聚，人自傷情月未知。

只吟梁父不垂綸，不續離騷但送春。入世漸憐生事拙，何妨遇我作詩人。

策杖東風月一彎，何人詞賦動江關。衹今猶笑唐天子，却倩書生草詭蠻。

了了乾坤落落胸，東風何處一相逢。市樓赤脚吟梁父，醉去滄江作臥龍。

試研宿墨動詩情，寫了倭牋夜一更。我自閉門無冷暖，不妨門外有陰晴。

〔一〕發表於《茸報》一九三五年五月十九日至二十日第四版。

沈心老屬畫箑，螺溪女士爲余捉筆，戲題[一]

支磯石畔十分秋，織就七襄意自足。誰信何郎乞巧來，先生倘笑微生曲。

〔一〕發表於《茸報》一九三五年五月二十一日第四版。

陳乃乾四十初度，即題商笙伯所寫《綏山瓊實圖》[一]

商山一皓貢瓊實，其色如丹甘如蜜。共讀樓中歲月長，等身著作邁前哲。

〔一〕發表於《茸報》一九三五年五月二十一日第四版。

朝發張堰至松江輪中〔一〕

我惓但思寐，征船擬草廬。江風不識字，故故學翻書。

〔一〕發表於《茸報》一九三五年五月二十二日第四版。

新松江社曉起〔一〕

遐想偏多曙色中，江湖寥落古今同。五茸舊是傷情地，十丈朱陽大麥風。
酒興當欄還憶酒，元龍豪氣未全删。尊鱸自是文章事，入洛機雲尚有山。

〔一〕發表於《茸報》一九三五年五月二十二日第四版。

贈瘦狂兼示頣園主人〔一〕

沈生今可人，相見亦多樂。飲我太白樓，恨我不落拓。虛己能下人，率真有未鑿。風月幻文章，綺言良不惡。東方有深心，才情無矩矱。世人復何知，顧謂子輕薄。
我眼有青白，我飲能一石。行雲無定蹤，所恨在一昔。頣園人境廬，樹石能留客。主人更多情，臨歧意自惜。雲間覓酒徒，高會幾詞伯。會當驅車行，一醉忘形迹。

〔一〕發表於《茸報》一九三五年六月九日第四版。

題《萬竹叢中一艸廬圖》爲南滙吳鏡湖〔一〕

瀟灑人間未有儔，七賢六逸渺千秋。舞風篩月催詩思，不數渭川千戸侯。
他年相約海東去，乞取一枝作釣竿。莫學永嘉張高士，避人深入碧琅玕。

〔一〕發表於《人文月刊》一九三五年第六卷第五期。

東風〔一〕

興言時恨，謬託風懷。海内無方新之氣，塞外有未招之魂。而况剜肉難呻，尚誇黛色；吮脂易涸，猶道紅顔。已嫁狂且，復何怨乎？彼二三子者，辭有微波，盈盈相望，甯云無意，將期鼎臠之睨而已，豈不哀哉！

不須搖落怨東風，春去春來一夢中。腸斷祇應無處説，北池昨夜漫飛紅。
慣將眉嫵逗閒情，衆裏無言有目成。塞外不傳鴻雁信，江風吹落管弦聲。
病謁文園枉有詞，無心却怪藕生絲。不勝惆悵還相憶，悔得相逢未嫁時。
昔昔横風總未休，却教海外有沉憂。莫將脂粉誇顔色，銷瘦檀郎不自由。

〔一〕發表於《茸報》一九三五年六月二十日第四版。

無題〔一〕

最憐輕夢有沉哀，淚向清宵第幾回。一日心期千刼在，更緣何事費疑猜。

尚欲投懷訴向汝，沾衣贉覺一身孤。何曾天意能憐我，眼底空量十斛珠。
不關公子獨能愁，咫尺吴天語亦休。病酒一朝成百廢，却餘哀怨入心頭。
風雨朝來只唱蛙，爇香癡絶待香車。青邱若誤芊芊路，應憶詩魂到謝家。
鎖向紅樓寂寂過，無人有怨待如何。故知緣在情常在，莫遣心多恨更多。

〔一〕發表於《茸報》一九三五年六月二十七日第四版。

神刀歌贈糞翁〔一〕

東陽吕夢蕉，屢爲余道糞翁藝事，遂心識之。日者，糞翁復屬夢蕉招飲於大吉春，始讀其分書聯，大氣磅礴，健筆淩雲。既讀其《三長兩短齋印集》，直欲使古人立於下風，不禁叫絶，真當世第一流作家，非局於皖浙門户者所能知也。余於藝事，多方而少可，治石亦偶爲之。今見糞翁，敢告擱筆。昔南田艸衣不作山水，意微似之。己亥六月下旬。

神刀入入鏤雲牙，獨發古春開奇葩。作者四代皆寂寞，只今此事誰堪誇。白眼落落無正視，市樓痛飲逢君子。紅泥顆顆照眼明，三長兩短我心死。信哉湖山其氣鍾糞翁〔二〕，即論此字豈與衆史同〔三〕。摩挲刻畫朝復夕，精能始訝天無功。我聞胎息欲古才大而志密，糞翁刓印至此真呼絶〔四〕。何人小技陋雕蟲，請君試執鐵筆鐵。銘鐘鼎，勒燕然，大書深刻期他年。糞翁不死當此肩，誰則爲文我書焉。

〔一〕發表於《茸報》一九三五年七月八日第四版。
〔二〕信哉湖山其氣鍾糞翁　「湖」一作「河」。
〔三〕即論此字豈與衆史同　「此」一作「兹」。
〔四〕糞翁刓印至此真呼絶　一作「糞翁刻印至此真奇絶」。

纏夾篇〔一〕

聞《茸報》有誤以周錬霞女士爲蔣鶴年女公子者，爲之一笑，戲成縮腳韻詩十九字。

蘇贛二鶴年，蔣周有後先。如何莊仲子，纏夾連篇。

〔一〕發表於《茸報》一九三五年七月八日第四版。

月明〔一〕

月明照不眠，遠客思衰年。聞雅一零涕，媿此黑頭賢。

〔一〕發表於《茸報》一九三五年七月二十五日第四版。

南郊遇老農〔一〕

苗疎迎月浴，風晚無炎毒。却立田塍間，閒話雨水足。

〔一〕發表於《茸報》一九三五年七月二十五日第四版。

紅鑲、白荷寄錬霞女詞人戲緑荷〔一〕

容易鳴蜩喚夕陽，瓣香折取水中央。新詞合寫珍珠字，風貌人傳似六郎。

〔一〕發表於《茸報》一九三五年七月二十五日第四版。

題畫絶句〔一〕

壯士直教捫蝨老，美人常自抱愁眠。牧兒歸犢吹脣角，吾愛畫圖谷口田。

〔一〕發表於《茸報》一九三五年七月二十七日第四版。

無題〔一〕

風飆葉底見文禽，會識青蓮有苦心。千里夢魂曾十駕，只緣一諾重南金。
小朵紅花寂寞開，石堦宿雨上莓苔。已教愁絶催無睡，風揭叢篁度月來。

〔一〕發表於《茸報》一九三五年七月二十七日第四版。

聞鄉人言時事〔一〕

危言昔道續三韓，孤憤重教抉眼看。明月故都狐鬼嘯，西□曾見策偏安。

〔一〕發表於《茸報》一九三五年八月四日第四版。

南匯頭獨行〔一〕

天界青禾一抹遥，尾聲漸近息鳴蜩。清修居士曾無遇，名號飛龍尚有橋。長岸馱墳下黄犢，平湖落日張金潮。眼前正有詩能畫，又聽田歌破寂寥。

〔一〕發表於《茸報》一九三五年八月四日第四版。

懷王傑士〔一〕

長厚人懷訥訥時，王生風度亦堪師。留雲一臥斜陽晚，獨撫修�有所思。

〔一〕發表於《茸報》一九三五年八月九日第四版。

偶成〔一〕

物伴誠堪愛，吾廬有所司。貓才碩鼠避，狗小乞兒欺。喞鳥一相戲，逢餐各訴飢。閒來牆脚下，眠對碧荷欹。

〔一〕發表於《茸報》一九三五年八月十日第四版。

寄漯谿索畫〔一〕

野樹孤邨遠水平，篔簹似見緑雲生。危灘獨釣留溪雪，莫著羊裘恐近名。

〔一〕發表於《人文月刊》一九三五年第六卷第六期。

過西門路懷玉岑逝者〔一〕

天長地久有遺圖，歸去孤鸞應不孤。海上秋風今又起，別來此地痛黄壚。

〔一〕發表於《茸報》一九三五年八月十七日第四版。

宿雨吟〔一〕

喚夢同來鳥有心，晨窗清課寫林禽。瑤姬聞道忘西笑，一雨含情洗緑陰。

〔一〕發表於《茸報》一九三五年八月十七日第四版。

有別〔一〕

此後星期問則那，心頭眼底共微波。牽帷驚落窗間月，執手難爲醉後歌。正是相逢猶悵惘，豈堪一別隔江河。東西來去千車過，何似申郎離恨多。

〔一〕發表於《茸報》一九三五年八月十八日第四版。詩題一作「此後」。

聞鄉人言時事〔一〕

未必牽羊始式微，上邦咳唾有奇威。故知渾沌何曾死，野老能言國事非。

殘碁千古著奇贏，夢挽天河洗甲兵。正是年年多釀酒，祇宜長醉不宜醒。

〔一〕發表於《茸報》一九三五年八月十九日第四版。

即事〔一〕

即事多幽思，雲行未有方。一鳥忽驚起，淩霄紅過牆。

〔一〕發表於《人文月刊》一九三五年第六卷第七期。

中秋寶山觀海月爲風雨所阻，曹老師同作〔一〕

觸熱駈車斗大城，相期海上弄潮生。良宵倘許添詩稿，風雨何心妒月明。

〔一〕發表於《茸報》一九三五年九月二十日第四版。

輕寒〔一〕

輕寒斜日獨成嗟，葉落猶疑蝶去花。不是金風添悵惘，會憐多病在天涯。

〔一〕發表於《茸報》一九三五年九月二十九日第四版。

無題〔一〕

葬向深秋無限情，淡黄落日幾回驚。不堪靜處萌千意，恨到無言尚有生。

滅明坐靜吊空齋，賸挂疏簾月入懷。宵半何人聞咽哽，電傳新曲有嬌娃。

〔一〕發表於《茸報》一九三五年十月九日第四版。

陳白荷抗塵出示所作水墨花果册，其間牡丹、白荷尤爲絕詣〔一〕

有意無意全其天，有筆有墨陟之巔。青籐白陽俱已渺，儻儻白荷賡前賢。

〔一〕發表於《人文月刊》一九三五年第六卷第八期。

風搖〔一〕

風搖病緑感秋聲，圓月中宵特地明。涼到詩心人有淚，浪添蟲絮若爲情。

〔一〕發表於《茸報》一九三五年十月二十一日第四版。

自味〔一〕

自味杭州雀舌茶〔二〕，桂香菱嫩不還家。維摩一室宵深後，猶聽街頭流水車。

〔一〕發表於《茸報》一九三五年十月二十一日第四版。
〔二〕自味杭州雀舌茶　「自」一作「細」。

枕上〔一〕

鼠欺殘夢月窺人，千種愁懷一欠伸。自是情多供憔悴，不關又見小眉顰。

〔一〕發表於《葺報》一九三五年十月二十六日第四版。

乙亥生日呈阿父〔一〕

危邦食粟未能奇，竟看洪流蕩虎皮。一作「蒙馬胥臣乏虎皮」。豈意才名天下重，願持金橘作嬌兒。

能供甘旨樂天倫，薄有田園可食貧。兒具人間第一福，曾無三立答雙親。

不誤蒼生未作官，狂歌江左若爲歡。局成晉宋如天福，却夢東山有謝安。

暮靄東來暗大河，笙歌待問夜如何。文章經濟吾何有，猶恨今生識字多。

風雨高樓萬馬聲，何曾板蕩見羣英。青山尚作留仙夢，心疾難瘳洛下生。

高騎怒馬踏山平，一發彈丸窺巨鯨。未讀陰符先左計，浪傳攬轡志澄清。

落盡秋花風尚顛，誰言巢覆卵能全。錯教官國尋民氣，已過重陽莫問蟬。

功罪千秋問若何，河山信美血痕多。書生猶作承平想，彊敵雄心早枕戈。

涕淚東南意氣多，三山海外有謳歌。神仙不喫陳平肉，今日何人執太阿。

刻玉鏤金夜損神，欲緘紅淚寄詞人。相逢百輩海東道，見惜娥眉憶最真。

側身長顧欲誰懷，爲憶留雲小舍佳。艷福只應憎慧骨，修名差共決頭鞋。

〔一〕發表於《葺報》一九三五年十一月一日至二日第四版。

看大滌子畫册〔一〕

冬來人瘦却肥詩，稱意揉毫一寫之。風竹如文工跌宕，畫師造化兩能奇。

〔一〕發表於《茸報》一九三五年十二月十一日第四版。

廿九夜紀事〔一〕

清夢宵宵溷乃公，何仇與爾到書叢。未妨我亦成屠伯，失喜如狼鼠入籠。

〔一〕發表於《茸報》一九三五年十二月十一日第四版。

聞雞〔一〕

初陽欲上小窗明，惡魘從教醒五更。雞夢自縈天下白，寶刀空向匣中鳴。

〔一〕發表於《茸報》一九三五年十二月十一日第四版。

夢見故友蔣丹麟君葬牯嶺〔一〕

入夢能生陳死人，夢醒愁計幻和真。匡廬埋骨庸生恨，名勝詩魂作主賓。
無奈年來遠酒魔，漏長夢重夜難馱。九原何世我頻問，爲道人間鬼哭多。

〔一〕發表於《人文月刊》一九三五年第六卷第十期。

參禪〔一〕

大化神機未可思，匆匆今古亦權奇。夏雲胸次多丘壑，恩怨天心別四時。

〔一〕發表於《人文月刊》一九三五年第六卷第十期。

無端二首〔一〕

軟風貼水意千層，天上靈扉叩不應。憶向美人墜別淚〔二〕，江山如夢月如鐙。

相尋曾至白雲隈，隱隱天風挾怒雷。知我相思了無益，詞成紅豆忽成灰。

〔一〕發表於《學術世界》一九三六年第一卷第十一期，作於一九三五年十二月。

〔二〕憶向美人墜別淚　「墜」墨跡作「垂」。

爲陳乃乾寫蘭倒和其題牡丹韻〔一〕

衆香便任各相誇，獨向深山紀歲華。昨夜騷魂來筆底，明鐙和墨寫湘花。

此是人間第一花，休疑墨瀋氣能華。出山直使衆香歇，入室曾將友道誇。又和原韻。

〔一〕發表於《學術世界》一九三六年第一卷第十一期，作於一九三五年十二月。

還鄉感所見[一]

辛苦田間日月長，寅年常喫卯年粮。成語。絕憐菜色農家子，此地從稱魚米鄉。

[一] 發表於《學術世界》一九三六年第一卷第十一期，作於一九三五年十二月。

晨興視露海棠[一]

寂寞秋庭三兩枝，寵伊幾度欲題詩。泫紅似下才人淚，許共深宵明月知。

[一] 發表於《學術世界》一九三六年第一卷第十一期，作於一九三五年十二月。

宿願[一]

喜憂堂上正高年，慚媿烏私損客眠。宿願會償三十後，看花常伴地行仙。

[一] 發表於《學術世界》一九三六年第一卷第十一期，作於一九三五年十二月。

憶侍賞醉白池菊會，當時予未有詩也[一]

忽動歡顏老眼明，名園相訪侍長庚。家大人今年正六十。萬花勸酒秋如海，擱筆重教髀肉生。

[一] 發表於《學術世界》一九三六年第一卷第十一期，作於一九三五年十二月。

籽出花，有姿態，顔色絶美而尚未有名者，花主慇懃索題，因擬爲「鬆雲暈玉」，明秋當更爲詞寵之〔一〕

燒鐙良夜對花容，蹤跡他時憶五茸。待錫嘉名書艷遇，爲題玉暈合雲鬆。

〔一〕發表於《學術世界》一九三六年第一卷第十一期，作於一九三五年十二月。本詩中「鬆雲暈玉」，「鬆」字疑爲「松」，然兩處發表版本皆作「鬆」，故此字存疑，仍按原樣録入。

江行遣興〔一〕

一月之間來去頻，東行何事薄鱸蒓。沉沉暮靄吴天病，蘆入江風似有人。

濁水滔滔笑醉醒，千邨黄葉又飄零。百年容易堂堂去，願學神仙骨未青。

〔一〕發表於《茸報》一九三六年一月十六日第四版。

感事三首〔一〕

敢言世事馬牛風，漫付低眉一笑中。止殺爲仁吾未信，不衣萬姓却衣弓。

雲溼從知雨意濃，寒花尚醉細腰蜂。畫師筆下删松竹，芳譜今時重耐冬。

纖手停彈塞上腔，迎郎笑指影成雙。郎行莫畏宵多露，早道兒家未豢龍。

〔一〕發表於《茸報》一九三六年一月十六日第四版。

舟行過鳳凰山〔一〕

去時路是來時路，波闊清溪我獨還。有雨正如添別淚，無情好是鳳凰山。

〔一〕發表於《茸報》一九三六年一月十七日第四版。

深算〔一〕

深算終須仗老謀，要將鐵血奠神州〔二〕。三公從道貽伊戚，十國何時切隱憂。敢信乾坤擎隻手，還期風浪警同舟。黄花萎去丹心在，定有忠魂叩石頭。

〔一〕發表於《茸報》一九三六年一月十七日第四版。

〔二〕要將鐵血奠神州　「將」一作「憑」。

喜明道風雨夜至〔一〕

豪情俱減夜光杯，愁向昆明話刼灰。海上樓臺爭突兀，關中王氣自蒿萊。似聞南渡非長策，從覺中興要霸才。風雨今宵知有意，休吟我馬已虺隤。

〔一〕發表於《人文月刊》一九三六年第七卷第一期。

無題〔一〕

水樣情懷待語誰，惺惺猶是玉葳蕤。故知有恨非無意，却爲多情最耐思。九曲河流終到海，十分天險亦如夷。樓頭雙燕明相見，爲報春風到卷施。

〔一〕發表於《茸報》一九三六年二月二十九日第四版。

無題二首〔一〕

不語沉思悶苦辛，消寒静對眼中人。埋愁作計終非計，淚眼逢春不是春。誤盡百年輕一諾，忍將千刦换深顰。袖間枉覓啼痕在，尚信相逢定有因。

剪恨淞波春復秋，柳絲何意學溫柔。篆將此夕懺情句，籲向他生化石頭。準欲無思猶有淚，豈圖詛夢仍箋愁。月明昔昔成孤負，不是人間第一流。

〔一〕發表於《茸報》一九三六年三月一日第四版。

與沈心老觀四歐堂藏珍，歸寄湖帆〔一〕

路入嵩山别有鄉，古歡喜結四歐堂。水巖能已三年渴，余求研三年，未見水巖。刀法新知顧二孃。

一生低首邕禪師，應笑覃谿未見知。此是人間三第一，謂歐書第一，四歐堂所藏四歐帖中第一，榻本第一。山陰家法不參差。昔嘗謂率更書直到内史，見《化度》而益信。戈漢谿論學王書當由歐入，此言非松雪所知。

最難奇蹟合雙忠湯貞愍、戴文節，翰墨姻緣信不同。倘許桃源重問訊，春風共坐黑頭翁指心老。

〔一〕發表於《越風》一九三六年第九期。

公子行〔一〕

高唐非夢溫香近，黄金買笑兼買吻。世人莫訝臙脂紅，邨落新篁亦傅粉。翩翩公子富且豪，夜夜歌樓擁舞腰。新聲愛聽特别快，新聲有名「特别快車」者，寫近時男女相悦之風。由來金屋宜藏嬌。信誓旦旦甯相棄，鰈鰈鰜鰜兩情膩。文君不作白頭吟，公子韶年擅交際。洋場十里奥斯丁，口操西語人英英。裝成世界西裝號世界裝人爭羨，擲果潘郎疑再生。銷金海上名姝麗，社交公開本無忌。自昔公子號無愁，不信人間有失意。舊歡腹大何便便，新歡天上之神仙。相逢萍水堪膠漆，别窟營成居兩邊。阿父聞之勃然怒，母慈猶諒交遊誤。一瞬新歡成舊歡，未必蛾眉始善妒。何事當年不早婚，豈無窈窕出名門。「不能自由毋寧死」，公子多情那復論。新歡舊歡蹤兩絶，到處花香有花蜜。重婚有罪原未婚，白眼黄金幾決裂。悲哉！鄧氏銅山空，一生甘苦風流中。絶代豪華成昔夢，可憐淪落王孫窮。街頭蹀躞黯無語，枵腹他鄉淚如雨。逢人怕道真姓名，露不療飢石難煮。艱難稼穡爾何知，昨死今生應已遲。鄭人失鹿誰得鹿，莫憶鐙紅酒緑時。

〔一〕發表於《文藝月刊》一九三六年第八卷第四期。

西家詞〔一〕

西家有嬌女，畫眉修入時：長袍美曲線，窄袖露香肌；亂雲烏覆額，高屐步生姿；巴黎名朱粉，適此佳人施。同居與所歡，六月生佳兒。相憐惜日短，相見猶恨遲。相思誓身後，相愛兩不疑。一解。

良朋多高會，交際今禮儀。窈窕歌聲起，鐙光幻舞姿。照見雙顔色，情多不掩癡。膩舞無長夜，語細鬼神知。新歡難爲別，昔昔成相思。二解。

舊人那還憶，新人丰多姿。朝來分手去，暮寄相思辭。行念扶肩夜，坐想摟腰時。芳華易銷歇，對影還自思。三解。

忽忽怨夫壻，日日有違詞。慨慷語夫壻，何事徒「牽絲」？不如爲勞燕，分飛任所之。夫壻咽無語，惟見雙淚垂。尊重夫人意，顧此無母兒。四解。

公庭一相見，舊情那可思。結髮恃恩愛，愛弛何可爲。痛苦爲家庭，不如賦仳離。婚姻須自由，言謝賢有司。五解。

勸彼西家女，莫念舊人癡。舊人貧家子，新人富於資。善事新夫子，皓首以爲期。六解。

〔一〕發表於《文藝月刊》一九三六年第八卷第四期。

步沈心老千齡宴二集韻〔一〕

細雨東風添悵惘，獨憐楊柳意能閒。沉沉春夢何曾醒，滾滾江流逝不還。此日誰提三尺劍，當年客吊六朝山。莫教鑄鐵都成錯，忍看櫻花帶笑顏。

閒道黃金今有價〔二〕，滄波「水鳥」兩閒閒。石頭頑豔城無語，關塞蒼涼璧不還。若有英靈當濺淚，自非宰相亦居山。大江日夕東流急，何處笙歌足解顏。

〔一〕發表於《越風》一九三六年第十二期。
〔二〕閒道黃金今有價　「閒」疑爲「聞」。

今詩〔一〕

大地無私載，昊天無私覆。杲杲日始光，明明無偏燭。方趾與圓顱，奚以别民族？劃界與分疆，漸乃多蠻觸。我許爾以虞，壁壘遂高築。人理無可言，强者食弱肉。語言亦不同，萬事以桎梏。世界有人言，愛斯不難讀。交通便八方，天下如一屋。弘機潛其蹤，庶幾無殺戮。偉哉發明家，人類蒙其福。博愛斯謂仁，此理信之篤。

富者暴其餘，貧者日不足。苦樂既懸殊，勞逸分主僕。獸性日以張，人性日以剥。事理有不平，何能消怨毒？物情雖不齊，人工應無曲。各盡其所能，各取其所欲。粤維心至公，人皆樂其樂。

〔一〕發表於《西北風》一九三六年第一期。

短歌行〔一〕

梅華莫笑何生瘦，世上於菟噬人肥。劃疆爲國多事始，何來志士哀式微？古今一部相斫史，聖人已死猶能欺。春秋而後幾篡弑，哀哉我民有是非。且銜杯，舒長眉。要知杯底乾坤大，莫説眼中人物希。我有酒言君不信，大同之世無仲尼。

〔一〕發表於《西北風》一九三六年第一期。

花燭詞・爲姚花明女詩人作，效子夜體并序〔一〕

花明女士、啓明先生，冰語早傳，無猜有意。錦心共註，此地當年。託永好於三生，爭羨人間仙侣；締良緣於兩姓，艷傳地上天堂。白也躬逢斯盛，韻事能歌。敢博會心之微笑，用播佳話於千春。丙子五月三日。

少小説聯姻，旁人隨口話。焉知小心兒，從此遂牽挂。

魚書初問訊，無猜兩心同。郎遺合歡酒，儂寄紙吴公。今夕同杯飲，笑問郎深衷。

與郎時共食，郎眸何善睞。謂儂亦作客，分羹復分菜。

兩兩嫌疑避，相見不通意。遞郎枕底書，密密相思字。高堂笑語郎，何不修書使。長箋細蠅頭，問郎説何事。

鄉里驚風鶴，海上數避兵。日日郎來視，夜夜送郎行。街車遲不開，見郎笑靨盈。不説哥特罷，郎心有相縈。

郎或淩晨來，揭帳儂初醒。毛面却羞郎，入被呼不應。

阿父來海上，挈儂歸新寓。去去不回頭，郎心悃無據。憶昔已巳夏，儂病苦流疫。雙親客申江，電急恖行色。郎知心如焚，不得插雙翼。郎行不自由，無眠向遥夕。

初夏日漸長，郎來歡無限。齋頭瞞鸚鵡，分脂許郎吻。郎言愛儂專，儂信郎心穩。甯見重洋遥，只覺雙心近。

聖湖多艷迹，郎心當不忘。岧嶢北峰高，黝黝山洞長。同登復同行，攜手共相羊。晚霞多麗色，晚湖生綺芒。聚英初夜静，相伴坐迴廊。輕吻捉儂臂，憐郎敢惱郎。豈惟不郎惱，中心既已臧。珍重郎所吻，時復愛撫將。

岳墓有清境，悄立石堦静。言有輕薄子，持鏡照儂影。儂自不得知，密語郎相警。郎慍怪儂疏，郎心儂自省。

十載臧郎影，五載隔重洋。今夕聯衾枕，交頸作鴛鴦。鴛鴦復鴛鴦，百年同翱翔。

〔一〕發表於《茸報》一九三六年五月六日至七日第四版。

春暮〔一〕

漸是無華結實時，不傷春盡不填詞。　却因風雨連宵起，夢到留雲看竹枝。

〔一〕發表於《人文月刊》一九三六年第七卷第四期。

西園品茗〔一〕

西園獨酌憶當年，□外風光變萬千。　今日凌晨來試茗，雲山恍見惲南田。　四山多雲，變幻成奇觀，故宫藏南田山水小册，直當時所本矣。

〔一〕發表於《茸報》一九三六年五月十五日第四版。

車發杭州，首途富陽，同行者張叔通、高君藩、吴益初、黄士雄，時環湖之席未終也〔一〕

環湖投箸上飆輪，百里馳驅共絕塵。　一帶之江清欲絕，甑看有客獨垂綸。

〔一〕發表於《人文月刊》一九三六年第七卷第四期。

滬杭車中口號[一]

迢遞雲山獨向杭，何須縮地問長房。十分春意終留住，五月楊花未放狂。窗外地猶千婉轉，眼中人自百栖皇。楓涇西去桑條好，一路森森葉嫩黄。

〔一〕發表於《人文月刊》一九三六年第七卷第四期。

泛湖二絶句[一]

三面青山拱一湖，中流容與有天徒。十年不踏杭州路，爲問船孃憶我無。

輕陰微吹水粼粼，天亦含情惜好春。幾處名園新易主，西湖依舊笑迎人。

〔一〕發表於《人文月刊》一九三六年第七卷第四期。

富陽水上歸途口占[一]

未向嚴州緣尚慳，悠悠恰怪水雲閒。富春江上輪飛去，二面看山一路還。

〔一〕發表於《人文月刊》一九三六年第七卷第四期。

冒雨遊九溪十八澗偕黄萍蓀[一]

羣山新沐翠流光，一帶溪聲接路長。我信山神工點染，斜坡閒着紫丁香。江南絶少紫丁香，杭人於山中紫杜鵑每呼爲丁香，其實非也。

〔一〕發表於《人文月刊》一九三六年第七卷第四期。

龍井〔一〕

坐雨看山一試茶，翻山行過野人家。亭中恰值採茶女，雨濕雲鬟一半斜。

〔一〕發表於《人文月刊》一九三六年第七卷第四期。

樓外樓小飲，與叔通、君藩、益初、邦屏諸子〔一〕

湖光明滅萬山遙，深淺誰將煙黛描。消息杭州重問訊，三分愁襯十分嬌。

〔一〕發表於《人文月刊》一九三六年第七卷第四期。

萍蓀飲予太和園即贈〔一〕

黄生情重洵堪多，爲問蓴魚飲太和。却道今年將築室，要同白也作行窩。

〔一〕發表於《人文月刊》一九三六年第七卷第四期。

高壯悔顧我於小曝書亭，不遇而去，賦此寄之，並謝遺扇〔一〕

壯悔公子年未老，却訝款題行輩尊。迎紫軒中我初到，詩句欲招小鳳魂。北地焉支小鳳仙，以洪憲帝制時蔡松坡出京事而名，艷傳獲見寫真，亦壯悔京遊時所眷也。

出入懷袖我珍惜，一扇關情要謝君。憔悴何人不懶散，頗聞粉墨尚空羣。壯悔爲名票友。

〔一〕發表於《葺報》一九三六年五月十六日第四版。

枕邊〔一〕

枕邊蛙吹欲如雷，欞外停雲總不開。輕夢有情偏易斷，閒愁無約却先來。難傳千意終成恨，便道相思亦費才。辛苦年時應未悔，漫勞腐鼠百驚猜。

〔一〕發表於《葺報》一九三六年五月二十一日第四版。

與友夜話歸來〔一〕

事繁親老難爲客，憶苦思多易斷魂。況是艱危丁此際，能甘貧賤欲何存。商量出處雲無語，惆悵歸來酒一尊。有物撐腸發歌嘯，側身遙夜視乾坤〔二〕。

〔一〕發表於《人文月刊》一九三六年第七卷第五期。

〔二〕側身遙夜視乾坤　「遙夜」一作「夢夢」。

呂夢蕉索題《春鐙蕉雨圖》〔一〕

鐙花聞有喜，蕉雨豈成愁。湖上宵深後，近來夢我不？

〔一〕發表於《人文月刊》一九三六年第七卷第六期。

名揚屬題悲鴻畫馬〔一〕

獨立何軒昂，離離衰艸黄。當年只市骨，應笑楚昭王。
未見平生志，霜風起鐵驪。安知非逸足，莫訝道旁兒。

〔一〕發表於《人文月刊》一九三六年第七卷第六期。

題共讀樓校刻清名家詞〔一〕

清代學術蔚盛，度越前修，詞亦其一。清空婉約，深宏柔厚，浙西、常州兩派，前後倡導，各標宗尚，而探其源流正變，以氏於大成。蓋宋、金、元詞之刊，自《彊邨叢書》出而盡善盡美。以清代作家之林林，獨無彙刻，學者以爲憾。海寧陳乃乾先生出其清閟有清名家詞之校刊，卓卓略備，傳先啓後，其功偉矣。

共讀人間有散仙，捃華擷秀此瑶編。萬千哀樂窺清閟，竟接騷魂三百年。
斯道從知託體尊，浙常門戶細推論。於今汲古得修綆，百輩詞流慧業存。

〔一〕發表於《人文月刊》一九三六年第七卷第六期。

送友人北行〔一〕

別子寧言易，同爲作客身。曉星伴殘月，愁緒逐飛輪。天下況多故，予懷亦未伸。明年復何世，儻共甕頭春。

〔一〕發表於《人文月刊》一九三六年第七卷第六期。

鴛湖吳劍寒悼其姬人朱媚川之正集，印遺畫徵題〔一〕

斷楮零縑未等閒，紅霞空復夢珠還。畫圖猶見春風面，恰是人間恨未删。劍寒有別墅在鴛湖之濱曰「紅霞樓」，女史所居也。

〔一〕發表於《茸報》一九三六年八月二十七日第四版。

雨後池上偶作〔一〕

釣魚閒處，舊爲王氏別墅，客冬歸我，與留雲小舍南北相望。昔饒景物，今僅見叢篁亂石，廣池破屋而已。池上夙有五色薇，今存紫、白二株。其大紅一株，石罅猶見萌孽，蓋新被伐者，惋惜不已。獨釣臺矗一隅未圮，而池中時聞潑剌，前居者謂有大魚數尾在尺外云。

別墅王家數舊封，花開不減昔時容。百年回首興衰夢，乍雨來看竹樹濃。亭榭尚臨波一勺，釣臺孤峙石三重。聲聲潑剌終無影，恐有池魚欲化龍。

〔一〕發表於《人文月刊》一九三六年第七卷第七期。

短歌〔一〕

危樓作。

鼓鼙聲死胡馬驕，北風不兢南風消，西行東顧憐纖腰，木末聲疎哀秋蜩，飛騰我夢何逍遥，一舉如鵬凌紫霄，人間歸去未寂寥，危樓風雨來如潮，知命不處將焉逃。

〔一〕發表於《人文月刊》一九三六年第七卷第七期。

靜極〔一〕

靜極翻教有淚痕，浪尋詩卷伴銀尊。吴天咫尺分恩怨，會有傷心未可論。
膽瓶蕉萃落紅英，賸覺春愁細細生。一樹緑陰風未靜，高樓長日不聞鶯。

〔一〕發表於《越風》一九三六年第十九期。

我詩〔一〕

我詩往往非人力，刻意爲之不可得。興來摇筆不欲眠，何以寫之乾隆墨。
詩情酒思作龍門，兩不相降似相寇。待説古人無我詩，下士聞之笑而走。

〔一〕發表於《越風》一九三六年第十九期。

寄題蕪湖懷爽樓〔一〕

太常三疏堪千古，慷慨襟懷了死生。八國旌旗終指闕，九天烽火始要盟。文章經濟今時在，邦國安危異代情。叔世更誰敦氣節，愴然東北鼓鼙聲。

〔一〕發表於《人文月刊》一九三六年第七卷第八期。

題自寫蘭册〔一〕

富貴縱聲華，貧賤役衣食。始省伊古來，人才已難得。蘭生巖之阿，奇芬復異色。移根來玉盆，往往遭殘賊。悦之有幽人，養之寡達識。

〔一〕發表於《茸報》一九三六年十月二十九日第四版。

寄友〔一〕

久别易爲歡，至甘由素淡。賞音豈在多，情好要非暫。鍾生既云逝，伯牙鼓不濫。懷哉彼君子，濟物才學贍。形迹雖已疏，兩心共如鑑。萬里秋月明，我勞亦可念。

〔一〕發表於《茸報》一九三六年十月二十九日第四版。

良願〔一〕

良願誠易違，高情亦難副。千古一蹉跎，念之溼襟袖。人生不百年，豈如金石壽。憂思日以深，何乃如養寇。遐睇一凌高〔二〕，我目宜非豆。

〔一〕發表於《茸報》一九三六年十月二十九日第四版。
〔二〕遐睇一凌高　「凌」墨跡作「臨」。

三十初度〔一〕

我生忽卅年，興言雜憂喜。高堂齒日尊，行役疚人子〔二〕。劬勞倚閭心，所報竟何似。述志待詩成，徒恐笑言侈。本無虎豹文，是亦良可已。不然有未能，將留後日恥。昔賢多悲歌，慷慨忽滿紙。不樂問何如，但恐碌碌死。

〔一〕發表於《人文月刊》一九三六年第七卷第九期。
〔二〕行役疚人子　「疚」墨跡作「愧」。

至乍浦途中望九峰〔一〕

近山蒼，遠山黑。山骨崢嶸山肉赤，綿延十里情何窮。九峰歷歷迎行客。吟肩歲歲秋來瘦，秋心怕到花時候。今歲秋來佳興多，秋心早比秋山秀。九峰一路看無厭，等閒却怪車行驟。戚將軍，摧頑敵，當年此地留戰迹。逃官今日習拋城，故事年年空成憶。吁嗟乎！東西海外盡風雲，愁看萬松山頂森如戟。

〔一〕發表於《西北風》一九三六年第十三期。

過衛城白馬將軍墓〔一〕

牛臥籬根女採葵，離離衰草不勝悲。將軍白馬英名在，一尺荒墳二尺碑。

〔一〕發表於《西北風》一九三六年第十三期。

全公亭録絲娘橋道中口號〔一〕

列陣漁舟一字之，一輪帆影兩爭馳。亭橋十里風如海，李白當年無此詩。

〔一〕發表於《西北風》一九三六年第十三期。

朝發平湖至乍浦〔一〕

飆輪逐日出雲裡，我道如砥直如矢。九峰山色淡煙螺，海上黄潮懶欲死。

〔一〕發表於《西北風》一九三六年第十三期。

澉浦南北河〔一〕

路轉千山樹若齊，河分南北一張隄。入時已笑西湖俗，濃淡相宜慢品題。

〔一〕發表於《西北風》一九三六年第十三期。

澉浦入山竝後兩絕句〔一〕

空山人語雜鷹啼，最愛山家傍小谿。眼底青紅齊不俗，匆匆來去燕飛低。

山骨秋來亦老蒼，驚奇險絕兩高崗。山腰放眼南峰缺，東海潮來一角黄。

〔一〕發表於《西北風》一九三六年第十三期。

雲岫寺題壁〔一〕

相約二三子，放懷南北河。未誇腰脚健，一氣上鷹窠。

〔一〕發表於《西北風》一九三六年第十三期。

下鷹窠留題〔一〕

尚有豪情肯便删，白雲深去採芝還。人間勝地能無我，却笑支公買一山。

〔一〕發表於《西北風》一九三六年第十三期。

晚發澉浦〔一〕

一日清遊三百里，歸車向晚趁斜暉。雞閑桑落牛酣臥，人自栖皇鷗自飛。

〔一〕發表於《西北風》一九三六年第十三期。

海鹽歸途〔一〕

洪濤欲嚙大隄横，淡日寒風客計程。海上青青山欲渡，低昂起伏亦爲情。

〔一〕發表於《西北風》一九三六年第十三期。

古意〔一〕

語君有一言，有目徒研史。丈夫不讀書，器小藐端士。生年十七八，當爲無賴子。寧須長者歡，遑恤人不齒。浪蕩行不歸，交親忘生死。一朝據要津，萬人側目視。親交以之榮，鄰閭媿輕始。劉季薄生産，父不與仲齒。周處方斬蛟，鄉人利其死。蘊玉方在石，安知中有美。良劍未發硎，或以等閒視。潛飛終異途，表裏有不似。知人良獨難，子羽幾老死〔二〕。

〔一〕發表於《人文月刊》一九三六年第七卷第十期。
〔二〕子羽幾老死　「老死」墨跡作「終否」。

聞捷〔一〕 百林廟、大廟先後克復喜成。

連營千里馬蹄驕，汗氣雲蒸入九霄。正是漢兒新破賊，將軍猶見霍嫖姚。積雪風驚日暮潮，鐵丸響處落盤雕。胡兒膽破漢兒怒，逐北當看呼渡遼。

〔一〕發表於《人文月刊》一九三六年第七卷第十期。

荒郊〔一〕

荒郊獨去問如何，疊渡灘邊看白鵝。野水漸添寒意足，疏林肯放夕陽多。推遷歲月常爲客，冷淡情懷靜不波。出處疇分心跡異，漫將微尚答巖阿。

〔一〕發表於《人文月刊》一九三七年第八卷第一期。

丙子歲暮歸途〔一〕

征塵遂已謝，作客十年歸。臘盡春猶淺，寒深雪欲飛。相逢同不約，一醉共忘機。我貴非今日，從來知者希。

〔一〕發表於《茸報》一九三七年二月二十五日第四版。

丁丑歲首山陽舟中〔一〕

蘆荻聲乾水森漫，行程我愛此鄉寬。微波映日銀千點，修竹藏邨綠萬竿。雞犬有情迎野客，亭橋無語向危灘。孤舟一路風相送，坐看嬌兒百樣歡。

〔一〕發表於《人文月刊》一九三七年第八卷第三期。

記阿弘〔一〕

阿弘年六齡，好弄不認字。陳書倦欲眠，掩卷不肯視。玩具時亦厭，縈心惟菓餌。袋中闔百寶，小伴或相示。小專斷石筆，參差俱羅致。花生朱古力，品類各殊異。阿爺多出門，常盼阿爺至。阿爺寧可念，所念惟一事。

小吻出老言，每引老人笑。或見客人來，急足每走告。或寫一字成，愛聞人道好。好動根天性，天寒不戴帽。放學一歸來，入門聲已鬧。有如奏凱旋，開口索慰勞。小姊年亦稺，往往論多少。阿娘歸甯去，阿弘跟我睡。東拉復西扯，絮絮孩提事。勉以勤讀書，自云有志氣。午夜每驚爺，雙脚力撐被。口中若有言，或且繼之涕。如何小夢中，乃有不如意。

〔一〕發表於《人文月刊》一九三七年第八卷第三期。

市樓夜飲歸途〔一〕

好教在手酒無痕，漏夜歸來一醉髠。人盡長街鐙火小，疏林放月照敲門。

〔一〕發表於《茸報》一九三七年四月二十七日第四版。

無題二首〔一〕

紅漸飄零緑漸森，宿酲難醒夢難尋。相思未覺蓬山遠，別恨空量潭水深。池上風光終負爾，人間歲月益傷心。莫傳春色勞青鳥，早爲沉吟直至今。

江鄉三月足春農，到眼韶華愁幾重。碧柳籠烟如戀夢，紅花綴露擬啼容。從知無藥療深恨，猶夢添香賤萬鍾。燕子不來鶯不見，只憑短簡道無悰。

〔一〕發表於《茸報》一九三七年四月二十七日第四版。

題寫蘭軸〔一〕

晝永春長事撥繁，爲花寫照一濡翰。由來不寄長安客，莫買胭脂畫牡丹。

〔一〕發表於《茸報》一九三七年四月二十八日第四版。

雜詩〔一〕

茅齋粗飾遂堪居，瓶有奇葩食有魚。門外榜書乞題鳳，先生方讀活人書。

荳未登盤又種瓜，留雲圃小菜偏奢。看花相石斜陽裏，鄉味朝朝掘筍芽。

負手看花日日晴，山茶謝了牡丹明。沉吟便入琅玕去，靜趣每聞解籜聲。

拖籃水活游魚樂，池角風迴聚落花。浴鵲鷩飛復何事，與君棲息共生涯。
蜂聲池上爲花忙，入夢蕭蕭我肯忘。高出我頭今有幾，凝神閒立數新篁。

〔一〕發表於《茸報》一九三七年四月二十八日第四版。

過錢健中看花〔一〕

歲歲看花尋老慶，種花老慶亦吾師。萬千氣象花撑眼，三兩交遊語有詩。入市竟誰能小隱，投荒笑我作良醫。相期花好人長壽，却立花間有所思。

〔一〕發表於《茸報》一九三七年四月二十八日第四版。

閒居〔一〕

閒居樂遠市聲侵，好是低吟雜淺斟。一艸一花足春意，半酲半醒綻詩心。三間小屋主成客，屋留客居，余僅治書齋一間，日至而已。百尺修篁午作陰。爲跡呼春嬌鳥去，鷩魚入水笑渦深。

〔一〕發表於《茸報》一九三七年四月二十八日第四版。

池上〔一〕

尚有氤氳接混茫，辭枝紅舞野蜂狂。東風也笑人疎嬾，三日不來春草長。

〔一〕發表於《人文月刊》一九三七年第八卷第五期。

下鄉雜句〔一〕

漸見桃花綴緑潮，荳花眼大菜花嬌。先生策杖來何許，兩面垂楊拱小橋〔二〕。

鄉村風物愛田家，各有桃花近水涯。始信胭脂多恨事，村姑顔色勝如花。

〔一〕發表於《人文月刊》一九三七年第八卷第五期。

〔二〕兩面垂楊拱小橋　「拱」墨跡作「認」。

題照〔一〕

履仁出十年前舊影屬題，得二十八字。

十六年前舊黨徒，沉機觀變問何圖。相看我亦頭顱在，頷下鬑鬑頗有鬚。予與履仁，民國十六年前，共隸黨籍，故首句云。

〔一〕發表於《茸報》一九三七年七月十七日第四版。

春老重遊泮水寫梅爲賀，系一絶〔一〕

一樹能回天下春，寒花標格獨精神。水邊消息香初動，只爲江南老逸民。

〔一〕發表於《人文月刊》一九三七年第八卷第六期。

亡命草〔一〕

掘壕去，齊出力。不怕風吹雨打飢無食，自朝至暮無休息。踴躍豈關軍令嚴，正夫大義凜有責。跳梁小醜爾何爲？既固我圉爾敢逼。數十萬工曾幾時，三軍靜伏聊如雌。壯士自憐髀生肉，洪濤不作潮來遲。此鄉共信秦可避，金湯之固言非聾。一夜國道走龍蛇，調兵主將飛汽車。甲士五百立未穩，崇朝但見血成花。金山一點星星火，日走江南百萬家。掘壕。

有身誠大患，有情乃多縈。涕泗忽沾臆，氣塞莫論兵。風雨曾未已，泥淖向前程。所過全無市，鋒鏑皆餘生。競問客何來，日夜何砰訇。爲言敵登陸，共訝失長城。忽忽日云暮，既陰復起霧。歷險筋力疲，如何即長路。口拙慚干請，況是無親故。扣門問投宿，其言每吞吐。世亂留客難，此意吾所悟。慈祥鄰舍翁，慇慇頻存注。問從何處來，問向何邊去。慷慨忽陳辭，其容聞悲怒。兵甲方未艾，喪亂安可訴。我安能幾時，我衰難行路。會死溝壑中，將如涸轍鮒。言罷復唏噓，煮飯留我住。中宵忽已醒，風大更兼雨。寧免行路憂，從生無衣懼。朝來辭謝翁，更著繩結履。風止雨亦稀，差幸能舉步。澄清會有時，翁名記無誤。蔣家浜西投宿農家，翁名姚補生，時未出金山縣境。

託命在行路，立足無寬時。西北越平望，我思原無歧。前途一問訊，路翁忽驚疑。我自平望來，平望盡瘡痍。昨日飛機炸〔二〕，炸聲動二儀。無民但有兵，此路非坦夷。我亦何爲者，吁嗟遘亂離。言謝指迷路，言謝長者慈。舉頭日漸高，急足不敢遲。平望忽在望，市廛何逶迤。沉沉惟死氣，陰森出魅魑。盪空忽有聲，鐵鳥來參差。趨伏在邱隴，若與鬼通辭。少頃亦已過，兔起不顧疲。入市無人聲，華屋頹路基。長巷恍如夜，鬼物翻自疑。戰士曾何有，老者得非欺？越軌方出市，避機撲水湄。野草滋朝露，濕泥無堅皮。小楊援我手，失足不入池。駭目盤空機，低飛若餓鴟。從容繞三匝，去去閒若斯。前路亦云邁，枵腹難忍飢。邨空煙不起，稻實黃自垂。覩此感茫茫，長歎不自知。萬方正多難，丈夫貴得時。賤子本艸莽，一死誰得知。過平望。

問訊俱凄切，沿途聞炸聲。空村不見犬，燒市偶逢兵。河闊欣能渡，程遙喘漸平。翻愁全性命，不勝亂離情。問訊。

杭州地上之天堂，居人面色何倉皇。白日亭午市聲靜，每見行人木立僵。一聲解警車蠕動，交通有具載籠箱。日夜渡江三萬人，紛紛是恐池魚殃。桃源世上何曾有，我亦無家新流亡。書亭把臂驚相見，高、吳二君先後至朱氏小曝書亭。待話流離淚奪眶。漫云情義棄妻子，多因生我有爺娘。預策安全我何有，金湯之固無抵當。力將戰伐正乾坤，攘夷大義千秋存。男兒報國豈爲家，臥薪早覓中華魂。深溝却道無兵守，一日之間棄千邨。從教戰局東南變，潮迴東海來鯨吞。河山信美多淚痕，嗚呼我年卅一我眼昏。次杭州。

共摸頭顱淚欲盈，難中握手倍關情。紛飛那有安巢鳥，馳突偏看略地兵。世亂從知生命賤，邦危已見室家輕。一杯苦茗重相勞，待話戎機有不平。小曝書亭遇君藩來鴻。

重道江南賦大哀，登樓那礙酒懷開。雲迷明月三分白，慘説丹心一寸灰。無淚豈關能脱略，有生終意起頹隤。非緣孤客難爲樂，直是何人誤我來。登樓。

得醉翻長慟，論兵我豈差。蒼生未全啞，淚眼竟成花。去去鄉音遠，悠悠乞食嗟。死生迷骨肉，去住共無家。在途聞邑鎮被焚。

繞道幾千里，慘慽聊棲遲。流亡得飽暖，結交異昔時。凜寒忽云起，重衾尚不支。痛念卅萬衆，嗷嗷多災黎。飢腸豈得圓，風雪寧有私。侵陵良未已，百姓日多遺。將軍計不疎，生還定有期。繞道寧波抵滬。

羶腥塞四海，我死在何時。此地棄民集，常生異國悲。友朋疇慰藉，山水日參差。從道難回首，吞聲夢有知。羶腥。

決策羣公在，憂勞鬢欲皤。地平胡騎入，天闊鐵機多〔三〕。遠易城城幟，近傳處處魔。更愁聞戰報，聲咽大風歌。決策。

豕蛇日荐食，戎馬正倉皇。水陸連吴越，兵戈接死亡。射雕竟無手，引虎似聞倀。痛憶蘇嘉路，曾傳是國防。聞嘉興、蘇州先後失守。

天意多悲吒，烽烟逼上京。昏鴉啼故樹，孤客望奇兵。未覺全生幸，徒哀鄉夢成。可應無涕淚，千檜説忠精。天意。

百慮非多事，風霜近日寒。竄身天地窄，亡命歲時難。志氣窮愁短，關山日夜殘。宵來漸多飲，豈爲酒懷寬。短氣。

〔一〕發表於《紅茶》一九三八年第七期，作於一九三七年十一月。

〔二〕昨日飛機炸　「飛」一作「敵」。

〔三〕天闊鐵機多　「鐵」墨跡作「敵」。

十年〔一〕

十年夢斷城西路，三載驚聞塞上鴻。日暮秋風蟲不語，可憐顏色海棠紅。

〔一〕録自《社會日報》一九三八年八月二十六日第二版，唐大郎轉録。詩題爲編者所加。

遠山〔一〕

遠山含碧夕陽殷，煙翠空明西子鬟。欲去依依有餘戀，晚紅新月霧中山。

〔一〕録自《社會日報》一九三八年八月二十六日第二版，唐大郎轉録。詩題爲編者所加。

秋感雜詩〔一〕

關山極目陣雲陰，飲馬長江寇已深。孤島田横猶忍死，誰憐夸父未馴心。
是何日月忽驚秋，多少堅城又入讎。西望旌旗頭欲白，不關孤客獨能愁。
忍道淪胥得苟存，毛錐應窘鄭監門。傷心幾下輿圖淚，我亦南冠羝觸藩。
人民城郭全非故，蟲語何曾改昔年。却爲稻粱謀欲盡，鬢眉無恙始堪憐。

〔一〕發表於《紅茶》一九三八年第八期。

神氣欲盡，寫此自拔〔一〕

力正乾坤在攘夷，此心億萬未參差。天南將帥多忠甲，河北人民有健兒。三戶亡秦寧獨楚，一成興夏是吾師。
廟堂早定平戎策，賭墅何妨且鬬棊。生死已知誠細故，匈奴未滅分無家。可將肝胆回天地，欲膾鯨鯢礪齒牙。奮起似聞宗大尹，長驅會見李輕車。
總戎妙算操胡運，還告鍾陵願不賒。自力更生語最真，鄰交恩怨漫紛紛。包羞要作奇男子，平虜當封上將軍。策馬誰聽歌出塞，射雕共看裂行雲。
狂胡中酒悲難醒，慘説西山日漸曛。外憂竟動緑林兵，處處罷胡暮夜行。欲砍樓蘭寧惜死，不爲南八媿偷生。前時已道收三晉，何日當看復兩京。
横海況聞飛將在，捷書連日報屠鯨。

〔一〕發表於《紅茶》一九三八年第八期。

題錢籜石畫蘭〔一〕

伏泉一激分山骨，匹練長懸飛珠沫。二叢香艸伊誰栽，迎風浥露已半開。所南跡沉韓魏杳，傳神湘沅世間少。近今作者枉如雲，襟懷孰若錢陳羣。茸茸擻葉何參差，其中着花三兩枝。想見興來一染翰，顛倒不厭千回看。噫吁嘻！此花空谷自芳潔，萬松居士亦奇絕。楚國王孫哀怨多，秋風裊裊愁汨羅。獨不見此花歲歲秋來肥，深山不畏秋霜飛。

〔一〕發表於《紅茶》一九三八年第十一期。

悲鴻作喬松爲題〔一〕

莽莽乾坤落落胸，堅貞千尺鬱長松。鐵肩要負興亡責，文弱羞爲陸士龍。

〔一〕發表於《紅茶》一九三八年第十一期。

江小鶼屬題其樵不寐道人墨梅册〔一〕

喜神妙筆豔江郎，韻事爭傳聘海棠。花裏誰家吹玉篴，也應不助壽陽妝。
料得孤山夢未孤，西風合寫歲寒圖。上陽聞道梅精怨，樂府空傳一斛珠。

〔一〕發表於《小說日報》一九四〇年六月二十六日第三版。第一首曾發表於《紅茶》一九三八年第十一期。

海上雜句〔一〕

海上雜句，書奉靈犀先生。靈犀多時不見矣，知能賓我書者，並望以示大郎。

奈他觸手鬚根硬，柳眼今來二度青。慚愧當年無賴子〔二〕，天长月黑看妖星。

一往憑君莫掉頭，英雄有淚特溫柔。誰知刦外猖狂意，腸斷江南買酒樓〔三〕。

脫管圓鋒看漸盡，獨撑瘦骨尚嶙峋。敢是少年能崛强，莫將哀樂過於人。

醉後能歌此日佳，獨噓煙卷走長街。看花清麗人如玉，頗笑癡婆是女媧。

〔一〕發表於《社會日報》一九三九年三月二十日第二版。

〔二〕慚愧當年無賴子　「年」墨跡作「時」。

〔三〕腸斷江南買酒樓　「買」墨跡作「賣」。

喪家〔一〕

喪家若狗不須還，有氣如虹在兩間。此日黄金操國命，偏師要復舊河山。

狂河風走刦灰高，自是男兒色不撓。了了恩仇我自記，□□□□□□□。

〔一〕録自《社會日報》一九三九年三月二十四日第二版，陳靈犀轉録，並言第二首第四句白蕉當時未得。詩題爲編者所加。

贈周梅豔〔一〕

頗聞海上周梅豔，色藝於今第一流。我亦逢場能作戲，眼前了了是恩仇。

〔一〕發表於《錫報》一九三九年三月三十日「周梅豔特刊」。詩題爲編者所加。

題《三長兩短齋讀藝圖》〔一〕

糞翁三長詩書刻，拏提皆到全身力。不眠不食自年年，動筆抽刀窩胸臆。堅精宏肆集衆難，坐使前賢皆失色。自有樂地在此中，不向深山誅茅棘。一塵海上韞古春〔二〕，小李將軍畫不得。天下齊道翁名家，此意劬劬無人識。吾眼常白不白翁，翁口善罵不罵吾。談藝往往三更盡，二瓶兩盞興不孤。可懷咳唾多珠玉，豈獨貪咀黑豆餔。翁家滷製羊糞豆味絕香美。人言翁作乃得陽剛美，翁言自患氣力麤。內功外功別宗派，我意拳家不論高下論功夫。武當何曾薄少林，同歸於道非異途。嗚呼！糞翁吾鄙之健者非酒徒，日日江頭爛醉何爲乎？三月卅日歲己卯，雲間白蕉題之圖。

〔一〕發表於《社會日報》一九三九年四月三日第二版。

〔二〕一塵海上韞古春　「塵」疑爲「廛」。

寄軼劉〔一〕

軼劉南走今幾時，臨行無話祖亦遲。報頭忽讀馬尾作，大聲喝好驚侍兒。雄渾典雅今無匹，不論襟抱只論詩。天下滔滔尚宗派，恨無癡弟供詩資。

〔一〕發表於《社會日報》一九三九年四月五日第二版。

世亂〔一〕

世亂何多五絶才，藝徒誤我有餘哀。蕪城獨上無人處，遥看天邊一雁來。

〔一〕墨跡發表於《社會日報》一九三九年六月二十三日第五版。詩題爲編者所加。

即事〔一〕

歸途渾欲斷，暮雨急江潮。敗葉先秋落，因風直過橋。

〔一〕墨跡發表於《晶報》一九三九年八月十二日第三版。

秋至〔一〕

秋至景非舊，蛩吟愁更新。始知羈旅者，難得無情人。

〔一〕墨跡發表於《錫報》一九三九年八月十五日第二版。詩題爲編者所加。

浩蕩〔一〕

浩蕩天風送萬輪，孤城日暮起黄塵。平生襟抱曾何異，亂世人情更見真。江上偶然成一醉，夢邊猶是鬱千辛。家書喜到翻添淚，白髮飄蕭說老親。

〔一〕發表於《社會日報》一九三九年八月十八日第二版。

薄暮〔一〕

薄暮秋江帆影稀，征鴻遠逐白雲飛。橫溪一帶秋山瘦，只有南風鯉浪肥。

〔一〕録自《社會日報》一九三九年八月二十二日第三版，陳靈犀轉録。

九月九日晨二時爲墜物聲所驚醒，遂不寐，詩示乃乾、禹鐘、野鶴、冀翁、小山、燕謀、晴湖、默存、之碩、瘦鵑諸子，並寄嶠若成都〔一〕

飢驅自昔問何傷，多少鬚眉□稻粱。貧旅且安鼠跋扈，壯心閒看鳥飛揚。關山直北原無恙，賊□從來豈有王。爲惜魚鹽東海曲，艸間七尺故堂堂。

〔一〕發表於《社會日報》一九三九年九月十八日第三版。

油俚之句有寄〔一〕

瘦翁偶註風人之詩，其有難於索解者，則仍闕疑焉。油俚，刺貪污而冀地方政治之清明也。

道有流言記昔年，江陰風至障烏烟。賦也。江陰者，江之陰也。陰盛則陽塞而不見天日，故烏烟爲瘴，此蓋見風至而惕然懼其長也。「陰」又同「北」。或謂江陰地名，風所來處。三千以外施刑罰，賦也。五刑之屬有三千條，三千之外而有刑罰，則於爰書無據，其言枉法甚明。七九之間失毗連。興也。此殆謂貪污之混賬忘八也。八者，孝、弟、忠、信、禮、義、廉、恥。以其有失，故風人憂之。羅漢有神開黑眼，比也。按，羅漢之數有五百尊，或稱番佛袁頭，當有所本。有神者言其通靈，黑眼而開，必有所覬於黄白，足證羅漢必爲金屬所鑄。與「三千」句對看。民人無處問青天。賦也。此蓋風人痛在青天白日之下而有無告之民，殆指當時人民有受覆盆之冤者而言。下車此日求民隱，賦也。前人註「下車」之「車」指黄包車，疑有誤。肅政相期邑令賢。興也。能求民隱而肅政，故風人喜賢令尹之至矣。

〔一〕發表於《茸報》，作於二十世紀三十年代。詩中註解爲《茸報》主編沈瘦狂所加。

聞道〔一〕

聞道拋城早失驚，春寒客子夜談兵。雞蟲自昔爭蝸角，人物於今合鼎烹。義戰糊塗偏勝敵，密盟策定不屠鯨。□□□□□□□，□□□□□□□。

〔一〕録自《白蕉文集》（東方出版中心二〇一八年版），約作於二十世紀三十年代。詩題爲編者所加。

無題六首〔一〕

當戶鋤蘭祇養蓬，百年定策在和戎。東南新冢連東北，塞外胡旗入塞中。贛水塵飛頭欲白，蜀山花發鳥啼紅。書生作賊尋常見，甲士真憐枉化蟲。

拋却山城昔號金，將軍謀國具深心。川中棋局神交瘁，洛下書生鼻共吟。南國葵花開北地，東來胡馬向西駸。戟門灞上真兒戲，敢信神州陸不沉。

安攘紛傳漫失驚，密盟策定不屠鯨。早傳偶語干秦令，又見胡塵障漢營。一掌寧遮天下目，九疑先着腹中兵。英雄入彀天南盡，十八年來帝項城。秦淮重道有脂凝，百劫今過第幾層。冀北衣冠工袒肉，江南父老枉填膺。藍衣目慘花成血，赤幟心傷雀逐鷹。水出高原徒濯足，何人傲骨尚崚嶒。多少飢民尚戴頭，誰知瓶罄總罍羞。簞瓢在巷猶堪樂，竈突無煙始是憂。黄葉有村多鬼哭，頹垣滿地剩蟲謳。莫教德水終成禍，已見清流向濁流。始信東施善效顰，成王敗寇論難真。乃公馬上爭千古，豎子名成槁萬民。身後文章還炳炳，眼前狐兔太紛紛。微言大義今安用，絕筆何曾爲獲麟。

〔一〕録自墨跡，約作於二十世紀三十年代。

未濟廬一首，廬前高榆有鳥，白羽，高足，長喙，俗呼白鶴〔一〕

小廬能閉客軒無，早起披書味轉腴。一寸陽光窺野馬，三分秋色上高梧。露蟬訴恨聲先咽，粉蝶尋香夢已孤。長唳天風聞白鶴，九千雲路作南圖。

〔一〕録自墨跡，約作於二十世紀三十年代。

題《尋親聞耗圖》，代贈乃乾〔一〕

回想當年九室空，棲皇南北復西東。三千里外頭飛雪，十六年間淚掩紅。聞耗枉尋骸骨處，報魂悽向畫圖中。天長地久親恩在，李密陳情未可同。

〔一〕録自墨跡，約作於二十世紀三十年代。

不道〔一〕

不道行雲失遠期，閉門衹有睡相宜。却憐洛下楊風子，竟擅書名疾未醫。

〔一〕録自墨跡，約作於二十世紀三十年代至四十年代。詩題爲編者所加。

途遇庚白戲贈〔一〕

夜風兜面霞飛路，夾道相逢一駐車。襟上紅花嬌欲滴，傳將春色到誰家。

〔一〕録自墨跡，約作於二十世紀三十年代至四十年代。

與小友學詢談鬼〔一〕

百感何曾成一哭，萬哀至竟作狂歡。中年舌在宜談鬼，倦眼能開向汝看。

〔一〕録自墨跡，約作於二十世紀三十年代至四十年代。

莽莽〔一〕

莽莽風塵裡，淹留却爲何。不才功罪少，久賤世情多。蟲鼠欺貧寓，稻粱惜逝波。敢求安枕席，壯士正荷戈。

〔一〕録自墨跡，約作於二十世紀三十年代至四十年代。詩題爲編者所加。

贈林庚白〔一〕

眼看時代有縱横，左右休教誤宦情。早歲聲華驚絕艷，中年哀樂苦難名。孑樓未合詩人老，滄海真憐髀肉生。此日莫愁湖上路，可將消息問雲英。

〔一〕録自《白蕉文集》（東方出版中心二〇一八年版），約作於二十世紀三十年代至四十年代。詩題爲編者所加。

寄徐悲鴻故都〔一〕

圖存策在竟如何，日向江頭看逝波。席上清狂空盪決，春來消息祇干戈。遥憐月色平天下，乍許詩情動澗阿。河朔故人無恙否，畫獅應惜有睡叶平魔。

〔一〕録自墨跡，約作於二十世紀三十年代至四十年代。

卷二　一九四〇——一九四九年

市樓夜歸，時二十九年除夕〔一〕

三日梁間有好音，悲歡酒國枉能深。黄金已作人情主，紅粉何知歲暮心。欲笑世間工感慨，却看天上更深沉。東南甲子柴桑在，猶許詩名出醉吟。

〔一〕發表於《社會日報》一九四一年一月十九日第二版。

出吉羊蘭若復夢一首〔一〕

一夢遂無寐，三年願獨居。艱難千萬意，歷刦問何如。

〔一〕發表於《社會日報》一九四〇年二月十七日第三版。

梅龍鎮醉後句〔一〕

不礙詩魔入酒腸，江湖寥落未還鄉。雲間心事滄桑外，我惜當年洛下楊。

水樣溫柔月樣嬌，豪情一例酒能消。何妨毁我緣卿淚，三夢安排第幾宵。

〔一〕發表於《社會日報》一九四〇年二月二十一日第三版。

寫蘭近句，并寄心老、陶老、任亞老、定老、問公、小蝶、瘦鵑、小山、禹鐘、鍾書、燕謀、午昌、糞翁、叔範、晴湖、靈犀諸子〔一〕

卓絕誰知鹿豳椿，養花欲覓歲寒身。野人笑哭無多事，夜寫南陔一段春。

開眼長宵已損神，江干沉醉復何因。春風何處無芳草，獨爲伊人閟苦辛。

風雨何心畫折枝，湘湄一顧有餘思。春寒料峭春泥滑，説與狂童豈得知。

千秋紉佩獨何人，潑墨湘江一段春。最惜清狂鄭思肖，空餘肝胆尚輪困。

〔一〕發表於《社會日報》一九四〇年四月六日第三版。

題蘭〔一〕

高陽酒徒何爲乎，日日尊中尋糊塗。興來一夜盡百紙，筆底湘魂若可呼。

〔一〕發表於《社會日報》一九四〇年六月六日第二版。詩題爲編者所加。

題蘭〔一〕

種花有老叟，春風逐笑顔。枝枝皆競秀，生我庭階間。

〔一〕發表於《社會日報》一九四〇年六月十三日第二版。詩題爲編者所加。

題蘭詩〔一〕

居士靈根在，三年此食貧。東風甯可假，愁絶浦江春。

〔一〕發表於《社會日報》一九四〇年六月十六日第二版。詩題爲編者所加。

題蘭詩〔一〕

伊誰惜芳菲，伊誰伍豕鹿。應有同心人，攜手入空谷。

〔一〕發表於《社會日報》一九四〇年六月十八日第二版。詩題爲編者所加。

照天侯楊老爺三十大誕之前夕，瘧疾大作，有夢希奇之極，遂爲賦此，並祝無量〔一〕

寒熱從來號大頭，壽星昨夜走其油。熱昏一夢人奇偉，冷到三衾氣屢抽。見説塌車行腿上，饞涎虎肉隔牆流。噁心自道系來喜，此事荒唐世莫儔。

〔一〕録自墨跡，作於一九四〇年六月十九日。

江東楊二宏農達邦阿根哥三十榮慶〔一〕

此日祝長庚，客來吃有名。雖在吉羊寺，言非吃和尚也。陰陽一同慶，是日阿根哥尊翁建亭先生七秩仙慶，故懶人云云。生死兩重情。進廟頭三個，壽翁叫幾聲。奶奶疼板櫈黑漆的，莫遣老爺醒。請照應阿根哥對不起。

〔一〕録自墨跡，作於一九四〇年六月十九日。

呼烟〔一〕

呼烟看墨暈，相於一室春。辛勤千載意，一笑問前因。

〔一〕發表於《社會日報》一九四〇年六月二十一日第二版。詩題爲編者所加。

六月十六日吉祥寺天禪室晝寢紀事，即題石瓢上人寫蘭爲馬公愚〔一〕

午倦得佳睡，醒來天亦好。上人笑我濃睡如孩兒，不酒不醉和衣倒。問我何所夢，所夢倘可告？不夢周公不夢蝶，不夢蕉鹿得失少。不在睡者或在夢，居士此言非鑿空。我非至人却無夢，無夢以何覺空洞。居士醒來真成夢，白駒過隙不可鞚。起看公愚興中醮墨作隸忙，又看壁上湘花風吹動。上人寫蘭好論法，撇葉開花工穿插。清湘老子是前師，工力早知頗不乏。居士筆先並無意，筆後往往意不恰。此□能者古無幾，我與阿師今兩甲。

〔一〕發表於《社會日報》一九四〇年六月二十三日第三版。

題蘭詩〔一〕

默默欲何言，忽忽過炎夏。我本芳於秋，東風不相借。

〔一〕發表於《社會日報》一九四〇年六月二十三日第二版。詩題爲編者所加。

題蘭詩〔一〕

師法留雲本我家，春來腕底茁蘭芽。風晴雨露多新樣，一筆何曾擬苦瓜。

〔一〕發表於《社會日報》一九四〇年六月二十五日第二版。詩題爲編者所加。

爲花明女士題《明月樓圖册》〔一〕

明月樓頭滿，春風柳線稠。空搖千萬縷，不綰别離愁。

〔一〕發表於《小説日報》一九四〇年六月二十七日第三版。

題朱馨谷三十自畫像〔一〕

朱子自畫象，松竹前後向。我亦畫朱子，溫良恭儉讓。三十年後相見各無恙，爲子抽豪添鬚復添杖。爬山腰脚健，畫山心手暢。飲酒賦詩能跌宕，朱家老子無老樣。

〔一〕發表於《小說日報》一九四〇年六月二十九日第三版。

題石瓢和尚寫蘭〔一〕

阿師寫湘花，風姿何窈窕。持與我佛看，拈之而微笑。

〔一〕發表於《小說日報》一九四〇年六月二十九日第三版。

子馨谷抱西河之痛，繪圖徵題，爲進一解，即步原韻，用以爲慰〔一〕

稗魂若化丁令鶴，歸去應難認故鄉。忍讀畫圖好山水，人間何地說彭殤。

〔一〕發表於《小說日報》一九四〇年六月二十九日第三版。

題朱馨谷仿大癡《江山無盡圖》袖珍手卷〔一〕

不須慟哭只歌詩，風雨飄搖此一時。無盡江山都血染，從頭收拾有男兒。

〔一〕發表於《小說日報》一九四〇年六月二十九日第三版。

糞翁畫竹〔一〕

枯竹青霄已可疑，况於無節更離奇。差信糞翁有操守，春花嬌豔不相思。

〔一〕發表於《小說日報》一九四〇年六月三十日第三版。

贈施叔範〔一〕

鬚眉七尺自堂堂，生死微聞有大防。劫外相看天亦老，夢中一笑我還狂。談龍莫道人間事，醫世猶存肘後方。最愛餘姚施叔範，固然嫵媚更能剛。

〔一〕録自墨跡，落款時間「庚辰夏仲」。

下鄉道中近句，示糞翁、蝶野、午昌、叔範、小山諸子〔一〕

三歲蓬蒿長，重來此舊邦。殘村入飛雉，荒岸走驚龙。慘惻談兵火，憂危説戰降。可憐天下士，禁得淚成雙。

〔一〕發表於《社會日報》一九四〇年九月十四日第三版。

題明人畫卷〔一〕

繡閣朱簾故主情，斜陽細柳試身輕。過橋春色渾如夢，猶逐東風數落英。
明月胡笳喚夢回，河山未燼刧餘灰。呢喃莫話前朝事，巢幕由來劇可哀。

〔一〕發表於《小說月報》一九四〇年第三期。

贈陳寶鴻〔一〕

不作暄寒語，相親意獨深。時吟七八句，日或二三尋。適事無閒議，論文更細心。稜稜好風骨，若與世浮沈。

〔一〕發表於《社會日報》一九四一年二月七日第二版，作於一九四〇年十二月。

雜興十首存九〔一〕

雞群惡有鶴，雜菅蘭被疑。仲尼亦多毀，釣翁是可師。拔劍一何怒，憂天寧非癡。窮途哭奚補，負鍤亦何爲。且盡壺中酒，聽我歌新詩。

蹩國有强寇，廿年悲龍鬥。災眚方荐侵，如何使民壽。南山虎死多，北山蘭有秀。蘭馨不可聞，虎死蠅逐臭。君看今長安，大腹多長袖。拙哉爾書生，乃問蠹魚瘦。

有獸不可射，有鳥不可弋。我有良弓矢，風雨愁破蝕。出門如有失，入門徒相憶。秋蟲鳴砌下，月明三歎息。

曲徇豈有骨，直言况多悔。水深蛟龍藏，堯行桀犬吠。閔騫每不言，回也愚在外。不虞與求全，無喜亦無憂。世情豈可窮，持謝悠悠輩。

飛雲挾大風，海上瀾翻碧。出籠疑有鳥，忽振青冥翮。扶搖上千里，欲擊無高的。豈使凡鳥驚，戢翼誰能識。

蟬鳴高樹枝，聒耳無清音。緑竹豈能語，吹之生鄉心。項王不歸去，垓下淚沾襟。體用本不同，靜躁亦殊情。託身在高處，秋霜先相驚。

恃險虎居山，忘危鳦巢幕。鳳凰獨高飛，選樹思堪託。有里名勝母，曾子去不樂。所以古君子，往往棲林壑。時若有可爲，豈謂甘離索。孔丘何棲皇，孟軻何諤諤。

蚓不知地厚，鶡不信天高。語蛙江湖闊，笑聲何喧嘈。獨斟一斗酒，百篇氣能豪。往往過深夜，操筆如操刀。良朋阻晤對，我心斯鬱陶。

築室題留雲，養竹待棲鳳。竹孫有秀枝，阿父勞分種。補石更移花，樂此長抱甕。日日欣留連，腰折不呼痛。家釀豈不多，時時杯酒共。願親壽百齡，兒心薄世用。

〔一〕録自墨跡，落款時間「庚辰」。

戈子湘嵐以擅寫動物名於時，頃以其橅李伯時《五馬圖》之一索題，酒後放歌〔一〕

不須敲骨知銅聲，不遇伯樂休長鳴。有馬有馬輕千里，歲月堂堂靡知名。燕昭當年能市骨，涓人之識非無明。肥死欲令羣臣喪，楚莊徒使優言昌。識途夷吾信其老，豎子閒謳同牛羊。噫吁嘻！軼塵不信道路長，雲衢蕩蕩無龍驤。相皮誰在驪黃外，坐使千秋誇九方。戈生畫馬一何靜〔二〕，披圖使我一重省。畫皮不學郎世寧，畫骨直追龍眠穎。骯髒趙皇孫，能事非同等。論藝更視人，自昔貴忠耿。河山此日痛飄零，追風喜見騂騮影。是何意態此馬此馬何其馴，鹽車無恙感先民。烏虖！騫騫不騁莫訝道旁兒，直須愁絕足後塵。君不見，將軍赫赫馬空群，胡兒掃盡秋陽曛〔三〕。汗血功名在青史，從頭收拾旋乾坤。又不見，縱横關塞森天骨，山川閲歷慶重新。騏驎肯使地上行，振鬣終教萬馬瘖。穆王八駿之一號逐日，不使稜稜一馬冠古今。

〔一〕發表於《小説月報》一九四一年第四期，作於一九四〇年。

〔二〕戈生畫馬一何靜　「一」墨跡作「氣」。
〔三〕胡兒掃盡秋陽曛　「兒」墨跡作「氛」。

沉醉〔一〕

沉醉歸來夜未央，中年未改少年狂。爲雲爲雨期千載，能哭能歌此一場。天下從來多盜賊，史書於古作侯王。尋常只道閒中好，無事惟聞酒熟香。

〔一〕發表於《社會日報》一九四一年一月十二日第二版。

崧澤邨〔一〕

暫得安閒去，此鄉擬故園。有情草更綠，無事鴨偏喧。迢遞迎山色，依稀數黛痕。野塘水清淺，入夢使重溫。

〔一〕發表於《社會日報》一九四一年一月十六日第三版。

送孟克之去蜀〔一〕

重逢應唱太平歌，海上相遲意若何。此日不妨人欲殺，異時須備鬼揣摩。豈憐生長當憂患，直喜飛騰出網羅。自詫頻年多感慨，新來經慣是風波。

〔一〕發表於《社會日報》一九四一年一月二十日第三版。

呻吟。

寄叔範浙中〔一〕

歷險聞無恙，如何絕好音。人經憂患老，思到別離深。斷續還鄉夢，栖皇報國心。知君情亦苦，對酒每呻吟。

〔一〕發表於《社會日報》一九四一年一月二十三日第二版。

江浦〔一〕

江浦一衣帶，鄉關路未遙。米鹽今日貴，兒女昔年嬌。不飲盜泉水，愁聞吴市簫。王孫故流落，劍氣總難消。

〔一〕發表於《社會日報》一九四一年二月五日第二版。

留滯〔一〕

留滯嗟何補，家園不可居。堂堂白日去，落落故人疏。草木年時意，乾坤兵馬餘。平生有微尚，頗挾萬言書。

〔一〕發表於《社會日報》一九四一年二月二十日第二版。

酣舞[一]

酣舞傳新曲，迷人處處鶯。誰憐小兒女，行樂滿孤城。

〔一〕發表於《社會日報》一九四一年五月二十三日第二版。

看阿洪喫肉[一]

一貧知肉味，萬感本無聲。春暖喧飛燕，天高滿客情。夢中雞犬樂，刼外歲時更。家國無窮事，從來不自輕。

〔一〕發表於《社會日報》一九四一年五月二十四日。

記阿益[一]

阿益最小女也，稚態可喜，詠以白話詩。

塗鴉字未成，手指忽已黑。不見小皮球，縱聲淚沾臆。拭却雙淚乾，顯得雙頤墨[二]。喫菜愛肥肉，無事頗鹿鹿。剪刀每在手，碎紙忽滿屋。走路無好步，開口有歌曲。有時捉爺鼻，有時遮爺目。要爺快透氣，要爺不能讀。出門學梳妝，對鏡殊喜懌。點額焉支紅，敷髮香粉白。忽然作鬼臉，自笑復自惜。書聲暫覺停，側首臥已熟。上床忽又醒，手脚頗栗六。泥姐說故事[三]，問娘要飲啄。探囊出花生，滿床花生殼。

〔一〕發表於《社會日報》一九四一年五月二十六日第三版。
〔二〕顯得雙頤墨　「頤」墨跡作「圈」。
〔三〕泥姐説故事　「姐」墨跡作「姊」。

人才〔一〕

人才市井説龍駒，食有魚兮出有車。使我多財宜服賈，近來秀氣滿屠沽。

〔一〕發表於《社會日報》一九四一年六月二十九日第二版。

流轉〔一〕

流轉頻年醒幾宵，黄金赤幟雨蕭蕭。可教有淚無情落，思似山長月似潮。

〔一〕發表於《社會日報》一九四一年六月三十日第二版。

贈葆庠〔一〕

張侯爽氣萬人英，湖海交遊肝膽傾。不怪黄金成糞土，可兒天遣屬狂生。

〔一〕發表於《社會日報》一九四一年六月三十日第二版。

每憐〔一〕

每憐小兒女，爛漫見天真。食羨對門好，衣看鄰舍新。啼餘哼曲慣，夢裏背書頻。生長當憂患，他年知臥薪。

〔一〕發表於《社會日報》一九四一年七月一日第二版。

悠悠〔一〕

悠悠託迹在孤城，幾得江干載酒行。有雨朝看天抑塞，無貓夜聽鼠縱横。由園賸遣供魂夢，辛苦多教憶弟兄。此日異鄉爲異客，他年深味有深情。

〔一〕發表於《社會日報》一九四一年七月一日第二版。

明夷爲言今年休咎有答〔一〕

升沉何必問，少壯不如人。世事成今昨，江山失主賓。四方風正黑，萬姓骨成塵。中夜常難寐，烏私媿老親。

〔一〕録自《力報》一九四一年七月六日第二版，謝豹轉録。

遲暮〔一〕

遲暮亦何感，兵叢得苟全。衣冠陳百戲，戰伐盡三年。淪落無常故，風波幾變遷。江南形勝地，豈復舊時妍。

〔一〕録自墨跡，落款時間「辛巳夏」。詩題爲編者所加。

聞道〔一〕

聞道將安默，難禁涕淚潸。氣沉多難後，愁起大風間。漢賊能憂國，雄狐尚滿山。誰爲危苦語，我亦二毛斑。

〔一〕録自墨跡，落款時間「辛巳夏」。詩題爲編者所加。

立夏〔一〕

立夏驚心過，杜鵑飛正忙。亂離空歲月，梅柳憶江鄉。我意安耕鑿，天心福犬羊。自憐勞出入，衹見髮鬢長。

〔一〕録自墨跡，落款時間「辛巳夏」。詩題爲編者所加。

三十年九一八夜，婦兒入睡，悠然放歌〔一〕

適口或傷鼻，娱目能損神。逃名欲慮食，入世祟韜真。哭笑我非主，長歌懷苦辛。聖哲皆如是，遺言徒爲珍。君言玉藏櫝，我喜酒入脣。無名在叔世，有意徒懷仁。絕聖並棄智，伯陽非超人。仲尼亦有傷，豈其在獲麟。

細人記細故，巨滑爲聖言。細故人方歎，聖言人欲存。丈夫本色語，聽者笑其昏。曾公自銘墓，正言何其純。我喜聞此語，千載已寡倫。曾文正一日戲謂友某曰：「我死，誌墓文公不得辭，銘則我已自爲之矣。」友請其語，公曰：「祇三言四句耳：不信書，信運氣。公之言，告萬世。」

〔一〕録自墨跡。

孤島行〔一〕

一作「醉歌行」。

雲間無錢常飲酒，五年海上生老醜。妻子憐我脚底忙，交遊許我情意厚。自笑所憂非我力，煎熬躞蹀還緘默。世味正緣無寐多，沉吟起視天如墨。但聞半夜千車聲，又見高樓百丈明。通衢不礙森壁壘，多金但恐嬰甲兵。厠身一島異天地，有聲狂笑無聲淚。銷金好是不夜城，訴飢却遇無情詈。千金一衣不堪著，萬金一屋難伸脚。不道沿街蓆蓋頭，西風一夜魂漂泊。噫吁嚱！沮溺如何笑孔丘，貧賤驕人我亦羞。飢寒死者歲萬人，誰知駿骨委道周。君不見，盡日買米得一斗，可憐得米不能負。又不見，富家積藥非醫病，貧家病重聽天命。

〔一〕發表於《新聞報》一九四一年十一月十五日第十五版。

匀碧社五集知味觀，限「微」韻，高髯翁不至，即以寄懷〔一〕

美髯高介子，刧後見還稀。每想重裘冷，常悲萬事非。市樓宣痛飲，隴畝緩歌歸。豈意蒙頭臥，朝朝到夕暉。

〔一〕發表於《社會日報》一九四一年十一月十六日第二版。

秋梧行〔一〕

秋梧秋，秋楓丹。鬼事諠，人道殘。鼠樂夜長蟹乘寒，士憂家室僧苦單。多財爲患無財酸，男工伺候女能閑。海上百態呈千觀，金身彌勒常笑顔。老子夜飲三杯酒，獨啓東窗看月彎。

〔一〕發表於《社會日報》一九四一年十一月十七日第二版。

戲嘲子貞、古竹、志新誓斷紙煙，並示棲霞索笑〔一〕

黄狗賭呪不上炕，酒徒欲與酒忘情。世事可笑已如此，君今戒吸欲何名？無酒緣何得高興，無烟搆思思不精。不爲無益徒自苦，即此戔戔可憐生。不然忽忽有所失，終日無尋愁更成。憐居閒着無聊相，請與黄狗稱弟兄。

〔一〕發表於《社會日報》一九四一年十一月十八日第二版。

蝸居〔一〕

作息此一室，婦子俱有營。撰菜全檯緑，讀書滿間聲。眵目生鑪煙，雲海如可名。客來不可坐，緬�星談閒情。蝸居何局促？心事空崢嶸。緬彼魯中叟，使我哀楚生。

衰時自重武，毛椎良可投。君看不識字，壯志忽已酬。風雨一際合，功業冠時流。原憲亡艸澤，大名竟何由。

天助本自助，美言徒詖辭。敵我使我起，愛我使我疑。死者日以衆，生者日以疲。東西兩大盜，呼嘘天下危。黄金古來貴，漁翁路恐歧。一著成何勢，負手看枯棋。

〔一〕發表於《社會日報》一九四一年十一月十九日第二版。

題自作對蝦〔一〕

無將兵稱龍，跳踉入我手。脱却大紅袍，爲君盡一斗。

〔一〕録自墨跡，落款時間「辛巳」。

俯瞰〔一〕

俯瞰憐群動，登樓日正西。曛龍雲不起，跡遠世難聞。咳唾來珠玉，江天接瑞氛。安危應有計，我意惜紛紜。

〔一〕録自墨跡，落款時間「辛巳」。詩題爲編者所加。

自題寫蘭〔一〕

氣象由來南面王，一枝舒卷未尋常。雲間别有催花法，斗酒能生腕底香。
忍向兵叢話劫灰，五年海上藴奇哀。國香故自勞魂夢〔二〕，不畫夭桃寫宋梅。
一秋無睡紙上香，三日無詩氣不揚。到頭不是黄金貴，君省隴西李白狂。
國香何處足可憶，雲間一醉神自得。深宵種却滿山花，朝起還看倒研墨。
心餘昔譜空谷香，雲間今寫香國王。湘神斟我一壺酒〔三〕，擲筆三更月滿床。
二月春風起睡仙，乾坤無恙酒杯圓。偶然揮寫何須訝〔四〕，管領清芬五百年。

〔一〕發表於《社會日報》一九四二年四月十七日第三版。
〔二〕國香故自勞魂夢　「自」墨跡作「是」。
〔三〕湘神斟我一壺酒　「壺」墨跡作「斗」。
〔四〕偶然揮寫何須訝　「寫」墨跡作「灑」。

題寫蘭句〔一〕

意在何妨瘦，秋深香更多。美人不可見，慷慨想三河。
密意和風遞，從來竟體芳。爲憐鐙背影，移取到君旁。
天陰作畫圖，紙墨俱潤澤。更愛嫩晴天，寥寥三五筆。

何處傳奇種，霏霏未可攀。上方香不斷，信是白雲閒。
病腕與花瘦，詩腸共氣迴。只緣酬一笑，曾倒百金罍。
白裳想奇骨，春風清嶂月。衆花何規規，一花獨傲兀。

〔一〕發表於《社會日報》一九四二年四月十九日第三版。

壬午四月醉起，萬華樓外若聞潮聲〔一〕

誰疑蘭竹出韓瓶，懶絕雲間酒未醒。萬歲人間無我在，舉杯尚祝故人寧。

〔一〕録自墨跡，落款時間「壬午四月」。

題蘭〔一〕

海上仙人本不老，久視未須安期棗。使我筆端春意來，亂發繁花向晴昊。

〔一〕發表於《萬象十日刊》一九四二年第五期。詩題爲編者所加。

題與唐雲、應野平合作梅蘭圖〔一〕

蘭有秀兮梅有芬，一石如拳亦不群。萬樓之集日未曛，余之懷兮安可云。

〔一〕録自墨跡，落款時間「壬午長至日」。詩題爲編者所加。

步鐵年符翁韻〔一〕

通衢一刻馳千車，崇樓俯瞰氣未舒。我欲乘風誰歟俱，可憐飽死彼侏儒。君不見，萬家無突千村墟，宵深路哭皆無辜。

〔一〕録自墨跡，作於一九四二年夏。

苦熱〔一〕

炎宵斗室厄窮士，憎燈惱蝨汗不止。赤痱刺膚難笑啼，樹頭不動人欲死。火雲朝來策煩蟬，土焦路沸午無市。崇樓高矚懷舞雩，我心惻惻寧不似。吁嗟旱魃乘刀兵，所憂非力空瞪視。

〔一〕録自墨跡，作於一九四二年夏。

過龍華桃林〔一〕

恰是連朝細雨過，春風野水戲雙鵝。行人迷入臙脂陣，放馬何年一嘯歌。

〔一〕發表於《永安月刊》一九四二年第三十八期。

絕句〔一〕

何曾流水向西還，此恨肩頭合未删。紅粉成灰餘黦在，江南春好不看山。

〔一〕發表於《永安月刊》一九四二年第三十八期。

寫菜三絕〔一〕

始信虬髯肯作氓，英雄於古小公卿。正緣入海求金菜，徐福何須更過秦。

掩戶緣君欲解貂，未須易水感蕭蕭。故知優殿凌霜雪，能向雲間作異標。

不易霜蔬入破鐺，人間此日更栖皇。密雲未有成霖意，也向江淮憶孟娘。

〔一〕發表於《小説月報》一九四二年第二十二期。

題江載曦畫〔一〕

江載曦君出其法繪囑題，率成二絕。其作品近方展覽於大新畫廳，爲期七日。

不是武昌不是□，呼爺不出適濠梁。憐渠不是垂綸手，更學誰家結網忙。魚。

上皇恩重豈能忘，便對思鄉得返鄉。此日枝頭重省取，絕憐隴上雪衣娘。花鳥。

〔一〕發表於《社會日報》一九四二年九月三日第三版。

捧玉兒〔一〕

吴興龐左玉女士，舉念萱義展，書一絕張之，忽觸酒肉糖菓之思，遂並及云。

玉映南樓各一時，金閨絕藝洵堪師。高堂遺愛人間在，不捧蓉兒捧玉兒。

誰操采筆畫娥眉，看盡鴛鴦應有期。我是他年座中客，會須共獻合歡巵。

〔一〕發表於《社會日報》一九四二年十月三十一日第三版。

十步〔一〕

十步成拘礙，萬流異世情。眼明見紅袖，昔日氣如城。

〔一〕發表於《绿茶》一九四三年第一卷第二期。

幾日〔一〕

幾日西風裏，孤城米似珠。一時齊動色，相見各欷吁。

〔一〕發表於《绿茶》一九四三年第一卷第二期。

宴遊〔一〕

宴遊多勝事，公子最無倫。處處歌喉好，時時步法新。金銀浮夜氣，錦繡列奇珍。生計自憐拙，歡娱不遠人。

〔一〕發表於《绿茶》一九四三年第一卷第二期。

不醉〔一〕

不醉復何事，悠悠空斷魂。幾方殊甲子，相厄一乾坤。霜雪年時意，兵戈血淚痕。多金憐季子，肥瘦與誰論。

〔一〕發表於《绿茶》一九四三年第一卷第二期。

赴宴〔一〕

照眼寒花媚，千金一席筵。荒蕪思老圃，憂惙損佳眠。斟酒猶逢興，存糧不過年。故知今海上，別有地行仙。

〔一〕發表於《绿茶》一九四三年第一卷第二期。

逼窗〔一〕

逼窗寒入夢，早起覺霜威。適我從衣結，違人任俗非。門庭今畏客，疏懶學忘機。却念鄉關近，如何書到稀。

〔一〕發表於《绿茶》一九四三年第一卷第二期。

座上〔一〕

座上南都客，言誰淚滿巾。頭顱應得價，刀劍本知音。百計人爲地，千忙各有心。似聞防鈔腐，日日買黄金。

〔一〕發表於《緑茶》一九四三年第一卷第二期。

感懷〔一〕

羈栖還自訝，歲月費支撑。兵革滿天地，形容漸老蒼。故人相惜意，此夕一迴腸。爲憶周公瑾，翩翩顧曲郎。

〔一〕發表於《緑茶》一九四三年第一卷第二期。

飢軀〔一〕

飢驅歲月未安巢，輸與楊雄作解嘲。衣陋妻縈行路眼，食菲兒赧貼鄰交。無心先計他時事，發興猶能自屬匏。待看河清好天地，留雲三徑要誅茅。

〔一〕發表於《緑茶》一九四三年第一卷第二期。

聽鶯曲〔一〕

新都「君子茶座」聽歐陽飛鶯歌，果不同凡響，而提起當年似曾相識，不知是墨華軒女小主否？

乳鶯啼上柳梢頭，鴉自無聲雀自羞。唱到月圓花好處，等閒珍重是珠喉。

〔一〕發表於《海報》一九四三年三月二十八日第三版。

寫蘭詠〔一〕

湘管無群紙，功夫破一晨。寫來曾得似，試問戴花人。

〔一〕録自《東方日報》一九四三年四月十六日第四版，唐大郎轉録。

題蘭詩〔一〕

萬古山河在，孤臣意獨多。今朝正寒食，爲憶郢人歌。

獨具高標異萬花，拂衣香爲入誰家。留雲歲月傷情在，歸思長隨日暮鴉。

連香三徑留雲圃，露葉中庭未濟廬。勝事即今還入夢，幽香寫出可如渠。

〔一〕録自《東方日報》一九四三年四月十六日第四版，唐大郎轉録。詩題爲編者所加。

十年影事，戲書一絕〔一〕

晴暖應知惜好春，醒郎午睡未迷因。羞人鼻上湘花動，倦眼初看第一顰。

〔一〕録自《東方日報》一九四三年四月十六日第四版，唐大郎轉録。

有題〔一〕

緑野風來作雨聲，蕉窗夜夜別離情。相思恐被兇央笑，不向池塘看月明。

〔一〕發表於《中華月報》一九四三年第六卷第一期。

寥落〔一〕

寥落天涯此倚欄，疏花紅盡日光寒。嘶蟬過樹追餘熱，尺鷃遊天越一竿。秦火自憐焚諫草，漢宫誰訝易衣冠。微醺臥我三秋暮，聞道多財歲月難。

〔一〕發表於《社會日報》一九四三年十月二十三日第二版。

策下〔一〕

策下本無人，奴尊亦苦辛。幾曾憎笑靨，此日異天真。

〔一〕發表於《社會日報》一九四三年十月二十五日第二版。

老翁〔一〕

老翁工事鬼，秋士久懷春。申來最蕭瑟，無意始工顰。

〔一〕發表於《社會日報》一九四三年十月二十五日第二版。

不寐作〔一〕

萬戶空深夜，千情失睡鄉。帘垂搴月白，蟲語挾秋涼。靜味無家好，貧縈來日長。忽看天欲曙，歸思亦撐腸。

〔一〕發表於《社會日報》一九四三年十月二十五日第二版。

題寫竹軸〔一〕

籜龍拔地殷其雷，江南有箭無治才。一年直欲穿雲去，百歲還期棲鳳來。長風策策吹日落，我於其下一日三徘徊。

〔一〕録自墨跡，落款時間「癸未」。

題蘭詩〔一〕

湘水有情春又滿，楚雲無盡意俱深。興來日落樓頭後，擲筆相看幾會心。

〔一〕録自墨跡，落款時間「癸未」。詩題爲編者所加。

糞翁出比年所作，展覽於寧波同鄉會畫廳，後此聞將庋藏筆墨，杜門習靜，用是走筆爲贈〔一〕

糞翁刻畫傳古泥，功力即今寡與齊。快心脱手三二印〔二〕，欲起苦鐵爭高低〔三〕。草行初學海日翁，擬山後轉梅堇東。肯教健筆損天骨，楚人面目疑未窮。吁嚱已哉！卅年秃管長霜毛，腕斷目眹歌吾勞〔四〕。願獲小休傾醇醪，從容腕底敲胡桃。醉數天地幾賢豪，臥向北窗聽桔槔。

〔一〕發表於《新聞報》一九四四年四月二十六日第二版。
〔二〕快心脱手三二印　「二」墨跡作「兩」。
〔三〕欲起苦鐵爭高低　「爭」墨跡作「論」。
〔四〕腕斷目眹歌吾勞　「吾」墨跡作「我」。

白華屢約余聽歐陽飛鶯女士歌，皆以事相左，頃於南華席間聽娟兒歌，余以歐陽視之〔一〕

幾誤聽歌約〔二〕，此日見飛鶯〔三〕。娟兒所代，仍未見也，一笑。紅衫真可續，白眼老能明。悲喜俱無價，清狂合有名。應疑今夜月，照我過三更。

〔一〕發表於《小説月报》一九四四年第四十二期。

〔二〕幾誤聽歌約，「幾」墨跡作「久」。
〔三〕此日見飛鶯，「此」墨跡作「今」。

多時不晤啼紅先生，書此代簡〔一〕

頗念因風閣，欲去病無車。襟期宜似昔，辛苦恐如初。我事荒於酒，人言能起予。只愁睜倦眼，不醉復何如。

分隸有甘苦，當今問謝公。政須一鶴立，不與萬人同。兵隙聊謀粟，閒中可送窮。誰憐有新事，我亦已稱翁。

〔一〕發表於《海報》一九四四年六月二十八日第二版。

甲申作飲酒詩，時蓮生六月，宏十三歲，益十歲，翀十七歲〔一〕

阿蓮帶淚忽復笑，逗人憐愛皆天真。阿爺酒渦日復淺，寫蘭空謂無等倫。阿宏有時跟我哭，不知我意初方欣。抱加諸膝欲有語，恐傷我兒之清純。阿逸伶俐竊疑我，聞娘當知爺苦辛。從容我亦折屐齒，欠伸長嘯噓天根。阿翀解意年事長，爲爺沽酒邀西鄰。

〔一〕録自墨跡，約作於一九四四年六月。

無題兩首〔一〕

淡月疑情思，微雲惜夢孤。焉支紅上臂，夜夜换明珠。

怨色深眉黛，無鐙看月移。從來久離别，不與夢相宜。

〔一〕發表於《社會日報》一九四四年八月十一日第二版。

題《後流民圖》爲老友蔣兆和先生作〔一〕

誰見操奇減死傷，救民定霸兩荒唐〔二〕。共翻險着尋恩怨，終信横行截虎狼。慘説人間餘血淚，故疑圖外盡瘋狂。千年往事休同論，道與荊公總斷腸。

〔一〕發表於《社會日報》一九四四年八月十一日第二版。

〔二〕救民定霸兩荒唐　「霸」墨跡作「伯」。

題子丞寫《醉鍾馗圖》爲嗣成五兄，時雲間居士亦在醉中也，不笑不笑〔一〕

鍾馗不飲小鬼吊，鍾馗一飲小鬼笑。鍾馗打恭謝告擾，小鬼心中殊了了。誰請鍾馗飲酒來，坐使人間百事哀。馗言不醉鬼推摩，東道令我猜疑多。於戲悲哉！寶劍寶劍在何處？背後小鬼方推汝。

〔一〕録自墨跡，約作於一九四四年。

題凌虚《賣油炸檜者》〔一〕

時論方多檜，誰知鼠有皮。秦公聲震耳，憐爾亦何爲。

〔一〕録自墨跡，約作於一九四四年。詩題爲編者所加。

甲申仲冬，玄暢、散木、白丁、君實、啟明過飲愚樓，時值初雪，以「丁冠顔」爲韻，余分得「顔」字，玄暢、散木同作〔一〕

別腸有榮朽，酬言懼叩關。悲喜雜疑信，忽焉涕淚潸。鬱勃酒分謗，時復朱其顔。過從二三子，相惜在癡頑。初雪濟高會，天意良未慳。平生飛動意，相看鬢已斑。飲此莫復道，得路亦多患。勝事那可易，兵在歲月艱。玄暢耽文字，散木鎸斑爛。白丁栽桃李，腸熱心自憪。高生故俊彦，四美相追攀。河清云可俟，歸耕樂貧閒。憐彼相柳氏，九首食九山。

〔一〕録自墨跡，作於一九四五年一月。

歲始〔一〕

甲子書存五柳陶，中年哀樂課吾曹。意多常覺無言可，風厲時虞老樹高。百態如鴉爭暝色，一邱共貉作人豪。未能醉死猶撑眼，漫看游童唱董逃。

〔一〕録自墨跡，作於一九四五年。

絕句〔一〕

籠鵝道士舊相識，放酒今應有步兵。得意未多三萬日，徵書笑却石頭城。

〔一〕録自墨跡，作於一九四五年。

偶書鄉景〔一〕

李家有雞張家煮，北人衣著南人貯。多憂多慮日如年，有米有柴火不舉。侏儒如虎語不通，別有黄衣不可語。養鳧由來可食魚，豢犬從知兒可茹。噫吁十里無夷途，朝暮爭傳横死處。鼠化爲虎虎爲鼠，滿眼笑劇悲爾汝。

〔一〕録自墨跡，作於一九四五年。

鄉居遣興〔一〕

軟鞋踏笋日荷剷，誅茅摘菜攜弟同。石凳坐忘雲物静，篔簹時樂鳥語通。偶然安硯一伸紙，架上豪顛爭春風。二筆三筆生遠勢，十箭八箭發幽叢。神全却怪盜天地，意得敢言酒無功。日斜在樹還自勞，正恐高吟驚蟄龍。客來且喜一尊共，送迎恕我腰脚慵。要當相戒酬苦語，兵隙宜師信天翁。

〔一〕録自墨跡，作於一九四五年。

贈劉生移居二首〔一〕

故舊借歡會，開尊勸劉郎。相偕各攜菜，團團羅酒漿。此樂不易得，此情詎云忘。八年剩皮骨，胸臆無春芳。鬚髮存憂患，天地猶攙槍。豈無饑溺心，孤憤亦撑腸。殃民與救民，世事真迷羊。相逐前後水，攘略各逞强。傑才好手眼，嫵媚善容光。認賊而稱父，導虎乃爲倀。或者竊仁義，或者貌忠良。一臠豈爲饜，一石醉未償。苟全得菜色，馴者懍履霜。亭林昔明志，悲哉此士彊。南北萬千里，風雨志堂堂。貞下宜逢吉，夜闌爝火藏。計年不爲老，計日來者長。健翮終當奮，摩天期相將。斯民須牖啟，斯世祈羲皇。尼父懷狂狷，載言非荒唐。會心無千古，勖哉系苞桑。

過從不厭數，結交非尋常。故知李侯宅，兵餘可安床。廣庭存花木，攤書有雲房。樓高足遐眺，地曠資蒼凉。妻孥樂同樂，所需無周章。文會欣易作，輔仁得承商。籠居脱海上，顧此豈成傷。丈夫志高遠，所憂非稻粱。自能參象罔，烏知畏風霜。鹿豕可遊侶，猿鶴迷行藏。不爲兒女下，有淚本如湯。不爲室家喜，長笑世疑狂。染翰好山水，作詩追逋亡。蒔花紅間白，讎書丹覆黄。信天得無悶，樂事方農忙。寂寞復焉有，撥甕聞鄰香。錢生本拓落，養志多酒漿。興發申妙緒，長髯何飄颺。嘉客時滿坐，斯意無曲防。作頌廣酒德，君當卧其旁。憐彼多營者，終日何皇皇。稔君足南畝，治生既有方。敢信劉夫子，在莒當不忘。

〔一〕録自墨跡，作於一九四五年。

龔翁屬題其四十七歲造象〔一〕

朱顔銀髮鬚嫌少，虎頸熊腰垂垂老。齒搖却罪江瑶柱，骨鯁遂令餓漁父。指人禍福鷲座中，蕭寺門迷長夜通。閉門欲數天地盡，數字密排如細疹。飲善不忌唾當場，罵人擊桌真蒼凉。藝海尋珠窮探討，刻苦早下功夫好。吾今造像爲糞翁，千年之下追其風。

〔一〕録自墨跡，作於一九四五年。

寄題玄暢四十七歲造象〔一〕

有口揚風騷，有眼能吹毛。當時吾亦無餘子，却見沈侯思善刀。筆裁心中錦，書逸無能品。論文論詩肯下人，所恨沈侯不能飲。相會已稀相思多，竹中時想斯人過。世味漸於鄉居澹，猶爲沉吟憎鴨鵝。沈侯槃槃草檄才，勞形簡牘何有哉？孔璋未遇劉皇叔，賓王亡命虚佐逐。今日何人騎大馬，當起沈侯在草野。

〔一〕録自墨跡，作於一九四五年。

比來飲酒，觸事遂書，感深心苦，時非辭晦，又復頽然，冥然不自知其何語〔一〕

大運易時氣，人霉多浮雲。觸熱憐群動，成市喧夜蚊。鄰叟共搖扇，園蔬同一醺。談瀛來海客，惝怳徒紛紛。行令歡今夕，外此安足云。

吾道直如矢，吾行有却曲。嗟予懷湯火，世方論大欲。群嫠爭食餘，尺鷃分飢粟。炙膚日方中，日夕餘炎毒。一尊融萬情，所願葵衛足。

促促居小邑，耳目令人鄙。東鄰與西鄰，釁緣雞鴨起。南北對門居，爭哄事如蟻。杜門有一人，冥心無譽毁。時時獨揮觴，神遊天地始。落紙當興酣，乾坤閟心史。

孤松聳貞幹，藤蔓發乘時。當榮忽復瘁，何似歲寒枝。我席孤松下，觴盡無言辭。長嘯答濤聲，坐此贏書癡。

五月榴如火，六月瓜如蜜。世亂不尚文，本乏孫吴術。在目已可欣，在口良未失。耽酒豈謀醒，所思在千日。

雲遠雨不至，憂深酒力微。出門看雲色，入戶還掩扉。其雨復其雨，念子不得飛。繞室行復止，忽忽見斜暉。所願一醉醒，輾顔迎子歸。

捫腹策匡時，卧夢東方白。高空有微音〔二〕，時復手加額。徘徊復徘徊，涼風在阡陌。天路安可窮，塵海庸投舄。意遠一傾杯，富貴非所適。松喬不可期，往矣陶彭澤。

清飆揚蘭芳，有士顧蕭艾。植根此復佳，護葉不翦害。茸茸此一方，誰謂天地大。棲棲何爲哉，一尊發天籟。

榜門先生醉，高軒盡回轍。午夢發吟哦，得句不可説。起弄膝上兒，仰看壁間鐵。還來一壺酒，銷此肝腸熱。

求書客遺酒，知我日相親。瓶罄正需此，滌蕩胸次塵。中飲忽不樂，緬彼西方人。關山絕繾綣，繒繳阻鴻鱗。棄我當不然，誓言如可聞。以我腰帶長，知君念我真。

哥飲弟欲怒，弟詬醉哥笑。對飲豈不佳，所恨非同調。養生本有方，養志此亦妙。葫蘆開白華，垂實忽不少。留老盛酒漿，拄杖看落照。

碧水鼂生波，衆昏忌獨醒。世事有面背，王寇豈不等。發醅樂有涯，酒兵許驕逞。人謂酒後恭，酒趣恐不省。夕陽欲銜山，涼風動荷影。撫膺亦何事，人生幾酩酊。

祭先陳百卮，何曾乾一滴。生小同老病，於酒自如敵。及茲與酒友，請數酒功績。大筆本燕許，淋漓有醉墨。超象得圜中，神妙不可測。神鬼爲哭號，自顧非其力。

腸寬欲無敵，痛飲期黃龍。尉自能無前，吾豈吝侯封。酒國本風古，劉阮誠高蹤。天地萬年間，知己幾相逢。我閟有名煙，待時豁心胸。之子有佳釀，飲我當相從。願言各珍重，勖哉在三冬。昔年散木有「醉尉」印，而雲間先生自署「醉鄉侯」。散木以屈居下位，賦詩當檄，情見乎辭，今忽忽已六年矣。頃於尊邊偶憶此事，短歌答之。

有魚爲良圖，告哀求殺鳧。衆魚贊上策，漁父撚其鬚。揮手縱鳧去，語魚安爾居。水深有樂國，數罟遠沉魚。彼鳧依其主，我業供庖廚。

一尊酬短願，百念在刀兵。有婦攜其兒，驚怯訴哀情。插禾方轉緑，東西久交征。朝火我居去，暮逮我夫行。亦知米贖命，稱貸豈有成。親鄰各如此，老弱咸吞聲。升斗本已盡，來時豈得生。言止淚承睫，我酒安能傾。

慘聞自疑耳，怵目驚吾心。矜彼本無告，念此怨已深。劉民有利器，劇寇不相尋。罪之是何語，嗟哉彼非瘖。安得中山酒，慷慨徒沾巾。

援溺警累身，抹火無抱薪。拒狼莫引虎，同根思相振。衽席登億萬，懸車期堯春。念彼風波氏，補綴誠勤民。爲邦在進善，去舊而謀新。酒徒結憂思，倘謂予杞人。

弱齡戀被床，晏卧愁爺喚。時異事物更，及茲苦待旦。起坐在中宵，忽驚酒力散。犬吠聲已悽，四鄰無雞啼。蚊多喧成市，鼠横貓無威。窗白疑將曙，乃窺月未西。爲憐省酒客，悔不醉如泥。

近聞愁耳聾，遠聽當有得。正恐阻山川，音沉君不憶。幽憂歲月長，溫燠風雪蝕。獨醉一舒懷，題詩張素壁。興言思公子，含情徒默默。

野花發餘春，殘照戀高樹。暮色徒賞心，舉杯欲誰與。我勞待何如，君音良無據。有風自東來，置箸發長慮。澤民思甘霖，哀鴻求仁恕。君自西方來，中途當相遇。

〔一〕録自墨跡，作於一九四五年。
〔二〕高空有微音　「微」一作「徽」。

題蘭詩〔一〕

決臆寫湘花，商量到風雨。研墨一勺多，下筆如追虜。

〔一〕發表於《大衆》一九四五年第三十三期。詩題爲編者所加。

喜聞頑寇乞降，一躍而起，遂至酩酊〔一〕

宿恨繁憂一例删，八年心事判忠姧。用兵自古傳奇正，義戰於今蕩海山。忽看秋容增老圃，從教春意滿衰顏。誰憐師曲終銜璧，三島波濤異世闤。

〔一〕録自墨跡，作於一九四五年八月。

古詩二章〔一〕

八年磨一鏡，明明萬象形。有男化爲女，有狗爲虎鳴。桀才心欲死，佳人面忽青。魍魎相對舞，豕蛇互作朋。誰能爲此鏡，夜黑鑑殊情。憑軒望曙色，猶聞艸木腥。

翻鐙窺破瓶，跳梁循空堂。室陋有穿竇，馳逐來夜郎。嚙物聲何厲，見人不倉皇。我臥時多醒，怒起爲捶床。憧憧有黑影，啓明在東方。

〔一〕録自《人報》一九四六年十一月十日第二版，周瘦鵑轉録。作於一九四五年。

我憂〔一〕

無賴成大業，博徒傾國命。惜哉彼秀民，其誤在爲政。樹敵誠已多，兵甲空堅勁。驕之以速亡，先爲不可勝。運籌幾奇士，縱横能肆應。夫我則何如，幸免是用兢。物力與人才，孰謂貧非病。聞雷雨不來，我憂方在慶。

〔一〕録自墨跡，作於一九四五年。

慨賦〔一〕

小草鬥兩蟲，兩蟲何其雄。諸兒樂未已，傷此袖手翁。兒樂蟲無知，翁傷有人同。蟲鳴亦既創，人謀豈不工。此理徒區區，仰天噓長風。爲邦期百年，摘過思忠良。殊條本共樹，弟兄無別腸。去私昭大公，惕厲求自强。立國有常刑，所以存紀綱。不見法蘭西，老翁死貝當。

〔一〕録自墨跡，作於一九四五年。

桑潤公見贈，即用原韻〔一〕

壯士泯死生，丈夫思建樹。得道原多助，在時作霖雨。清音樂鳴鳳，詩酒鬥龍虎。浩浩天地春，心輕十萬戶。

河清戢兵火，飛雁傳珠璣。四海存知己，天涯情可依。秋色漸佳麗，賞心氛霧晞。會當從子去，陶然扶醉歸。

〔一〕録自墨跡，作於一九四五年。

寄黄任老陪都二絶，兼示馬夷初、柳亞子海上〔一〕

何處伸民意，寒心哭黨同。卅年尋故事，千載説哀鴻。

日澹霜初白，情深感變風。天西一悵望，還想古文翁。

〔一〕録自墨跡，作於一九四五年。

交友問有知予謝二三事，以貞不仕爲問者，以「沽之哉，沽之哉」答之，枕上得句有寄〔一〕

一脈星辰萬瓦霜，還疑燈影接波光。願遲成佛長相見，料得爲蘭竟獨芳。體態豈須誇綽約，風流何必減溫良。只愁出日傳其雨，惆悵情懷在曲廊。

〔一〕發表於《小聲報》一九四六年五月二十日第三版，作於一九四六年。

白蕉篆刻直例，此例爲親故訂，外間仍不應，系詩一首〔一〕

兩年一動筆，此事我尤懶。有價非初心，親知亮悃款。急切不可得，迫促豈相愛。怨言若見尋，我本不肯賣。

〔一〕發表於《茸報》一九四六年五月三十一日第二版。

贈謝稚柳、鄭曼青二絕〔一〕

十年霜雪緘奇氣，萬里歸來暫閉門。竟使林林齊刮目，丹青忽起老龍吟。段成式詩「活禽生卉推邊鸞」。

三絕當年老鄭虔，相逢刦後意欣然。何時便到雲間去，東倒西歪兩醉仙。

〔一〕發表於《茸報》一九四六年九月四日第二版。

天風〔一〕

天風擢髮雨洗炎，自切紅茄煮白鹽。等閒莫道先生醉，準擬移家住黑甜〔二〕。

〔一〕發表於《茸報》一九四六年九月五日第二版。

〔二〕準擬移家住黑甜　「移」墨跡作「攜」。

感時〔一〕

青雲天上若爲霖，愁省頻年一寸心。白骨塚中曾絕世，苦教詞客卜晴陰。

〔一〕發表於《茸報》一九四六年九月五日第二版。

病榻簡李伏〔一〕

日長病榻曚曨見，新事如風約略聞。期與先生一相對，嫩茶活火有超羣。新得野山茶奇嫩。

〔一〕發表於《前線日報》一九四六年十一月十六日第八版。

題册〔一〕

白日關門不下樓，願教夜夜醉扶頭。乾坤入手渾無恙，賢我何妨第一流。

〔一〕發表於《前線日報》一九四六年十一月十六日第八版。

題蘭〔一〕

此日何疑多飲酒，他年尚願不談詩。無端出入歌勞累，猶爲靈芬號大癡。

〔一〕發表於《前線日報》一九四六年十一月二十六日第六版。

感時〔一〕

人間絶豔成新夢，天上驚雷忽異時。逝水不回心不死，更從絶處下枯棋。

〔一〕發表於《前線日報》一九四六年十一月二十六日第六版。

贈邵吉甫將軍〔一〕

百戰歸來有大名，將軍以七十人死守崐崙關，卒以却敵。尊前忽看淚縱横。京華冠蓋如雲集，誰識湖樓惘惘情。

〔一〕發表於《茸報》一九四六年十二月四日第二版。

五洲公園攬勝樓〔一〕

東南形勝此新京，攬勝樓高鬱古情。爲吴大帝閲兵台故址。眼底五洲烟雨裏，却因玄武想羊城。

〔一〕發表於《茸報》一九四六年十二月七日第二版。

記阿蓮〔一〕

認得三五字，時時學寫忙。要爺削鉛筆，要娘尋紙張。吃飯忽思便，上床又索糖。愛人道漂亮，喜着新衣裳。自言又自語，對鏡細端詳。

坐脱雙小襪，行拖大人鞋。栗碌布枕被，哄睡洋娃娃。撕得半條紙，鼻涕呼爺揩。上檯復上凳，問娘乖不乖。有時縱聲哭，昵娘要上街。

吃飯先吃菜，菜盡飯不動。哄完一頓飯，滿地如佈種。嘖嘖自呼雞，怒之亦既寵。放之地上行，聳肩復喜踴。

七手八隻脚，洗衣一身水。娘駡不關心，自言亦能此。看爺寫蘭花，笑爺不能似。日月要人扶，天上思奇士。阿爺有苦心，所恨心不死。尊邊淚如繩，阿蓮空瞪視。爺是傻書生，恨汝非男子。

〔一〕録自墨跡，作於一九四六年。

暮色中自京飛滬，時值雨後〔一〕　十一月廿七日。

兩翼風生挾怒霆，天程早失蔣山青。層雲缺處疑深阱，路炬明來似瀉星。未是乾坤愁動盪，尚看霖雨作蒼冥。新都西去成高舉，苦憶無名戰骨腥。

〔一〕録自墨跡，約作於一九四六年。

發茸城至清溪〔一〕

吠客厖隨一葉奔，雞啼鴨鬧水邊邨。峿佘一帶看山飽，崧澤重開北海樽。

〔一〕發表於《茸報》一九四七年二月十一日第二版。

訪晉左將軍袁崧墓〔一〕

墓在青浦崧澤村。

旗碑何處失山根，當地故老云，往年尚見斷碑臥仆。遺澤千年尚有村。此地空憐一坏土，錢吟珂前長青邑時曾議修。飛灰今日滿乾坤。

〔一〕發表於《茸報》一九四七年二月十一日第二版。詩中作者自註録自墨跡。

思賢堂蕪園晚步〔一〕

回首何須有淚痕，尚傳兵火盪千邨。懷居豈是平生志，抱膝非關世業存。却爲松長惜年事，還因梅放憶忠魂。夢邊未了綢繆意，要爲蒼生作細論。

袖手空餘憂樂心，抒懷賸見短長吟。敢將積慮悲魚爛，忍看羣情懍水深。寒放直憐花慘澹，凝思端爲氣蕭森。迎春不是無消息，日日園南尚探尋。

〔一〕發表於《新聞報》一九四七年二月十四日第十六版。

應野苹畫展有贈二絶句并序〔一〕

應侯野苹，所居同路，閒日過從，得無言之趣。我讀畫時，應侯多不在也，而貌古氣深，筆墨之間，使我畏重。應侯作山水，從四王出，然酣暢處四王或輸其健韻。初工人物，人不能知。於其二屆個展，贈五十六字，以志欽折，兼示定山居士。

子畫天山我射狐，一般心事斷吟鬚。浮雲若解爲霖雨，不賤燕中有狗屠。

酒邊未許慮全删，去日乾坤鬢已斑。着我畫圖宜抱膝，指人此是卧龍山。

〔一〕發表於《茸報》一九四七年三月十日第二版。

題雙青樓伉儷畫展〔一〕

雙青國手兼藝才，看畫論文月幾回。樓上酒盅如碗大，時時邀得尺庵來。

〔一〕發表於《申報》一九四七年三月二十一日第三版。

記阿蓮，寄内金山〔一〕

阿蓮最小女也，稚態可喜，往年有紀事四章。今春予來滬上，蓮以發疹未携，閒輒念之，偶成此首，紀前所未盡。

阿蓮最小我最憐，髮烏肉嫩身體圓。口中常唱小白兔，袋裏慣藏碎花磚。討糕索餅來膝下，牽衣呼爺百盤旋。却怪人小脾氣大，當面又説不頑皮。大人呼喚盡不理，獨樂其樂多戲嬉。轉身不見無尋處，打門如客笑爺疑。見核别皮知有食，跟兄覓姊防吃虧。抽將稻草作鞭使，捉住狸貓當馬騎。金魚缸邊一身水，青石欖頭兩掌泥。粞穀散地每呼鴨〔二〕，聞聲尋蛋還趕雞。世事如此賴爾時一笑，阿蓮阿蓮無罪莫責告山妻。

〔一〕發表於《申報》一九四七年四月十五日第九版，作於丁亥閏二月。
〔二〕粞穀散地每呼鴨　「散」墨跡作「撒」。

軍之友社紗籠雅集晤施劍翹女士，漫贈二十八字〔一〕

當年聞道施公女〔二〕，今日相逢海上頭。爲想一彈仰天笑，平生了了是恩仇。

〔一〕發表於《茸報》一九四七年四月二日第二版。
〔二〕當年聞道施公女　「當」墨跡作「昔」。

丁亥四月三日，雲翼、君左、叔範約遊南湖，同行靜山、散木、空我、大郎、元幹、伯昂，諸

烟雨樓作〔一〕

是處樓臺宜嘯詠，西來人物盡貪癡。一湖水活春無主，萬柳烟生客有思。醉後乾坤徒泛泛，念中情事亦絲絲。前朝題字碑空在，不見旌旗蔽日馳。

〔一〕發表於《前線日報》一九四七年四月十五日第六版。

贈别嘉興縣長胡雲翼〔一〕

相於存半日，光景畫中行。勝地期賢令，雲翼方擬重修烟雨樓。琴堂有美聲。酒酬天下士，春入秀州城。漫道他年事〔二〕，今朝賺别情。

〔一〕發表於《前線日報》一九四七年五月十二日第六版。
〔二〕漫道他年事　「漫」墨跡作「莫」。

梁俊青、唐雲、獻子合作凌霄、古柏、蘭花、雙鷓鴣[一]

凌霄初艷柏成龍，春意靈芬特地穠。日暖南枝棲正穩，年年相對有歡容。

〔一〕發表於《前线日報》一九四七年四月三日第六版。

鄉路二絶[一]

又看村北水拖藍，心似春寒病起蠶。聞道隔江泥盡赤，正憐民物有空談。

山南山北皆青草，時去時來幾朵雲。清興我憑樽酒力，更看紅豔媚斜曛。

〔一〕發表於《茸報》一九四七年四月三日至四日第二版。

寄桑潤公乞手杖[一]

樽邊謳頌隨兒童，五日之西三日東。河清正了向平願，春風策杖扶醉翁。遙望何曾問姓名，倘佯識是雲間生。杖頭寧須挂錢在，村中有酒無送迎。奚奴不至獨歸去，野鳥不飛犬不驚。艱難國步森餘痛，盛世幽情如説夢。行吟漫笑忍獨醒，啜醨哺糟我從衆。日日尋醉本相宜，杖兮杖兮爲我用。邛山竹，陰沉木。浙中不數萬年籐，南海蝦鬚存空目。不雕不飾全其天，遐陬之品奇殊俗。頗聞潤公蓄杖滿一屋，此來乞取敢陳詩，尚道潤公好我篤。十年發願遊萬山，別字會當署三足。

〔一〕發表於《茸報》一九四七年四月四日第二版。

爲易君左題許士騏畫松軸，即送其蘭州之行〔一〕

寂寞江南見左生，匆匆言作蘭州行。龍陽才子飲大聲，倜儻如何畫得成。西陲自昔號難治，籌邊惟解崇兵事。自傳投筆有班侯，文教千秋等閒視。左生意氣本如山，新國深謀在化頑。霖霖德意誰爲贊，夭矯一枝供迴環。人生不朽原如此，長聆風澤霄漢間。

〔一〕發表於《前線日報》一九四七年四月十二日第六版。

交通部鐵路苗圃見白桃花，叔範、散木相約作詩〔一〕

明月清風動玉階，第一「風」字或改「颸」字免複。萬千幽怨總難排。東風若肯傳消息，爲報劉郎無好懷。

〔一〕發表於《前線日報》一九四七年四月二十日第六版。詩中作者自註録自墨跡。

雲深處睡起詩〔一〕

遊人春半説摩肩，獨客江南賺午眠。事辨艱難殊少日，情牽兒女入中年。寸心經世猶餘願，長策弭兵孰挽天。物外有身成自放，還將零落比神仙。

〔一〕發表於《新聞報》一九四七年四月二十三日第十二版。

一夢〔一〕

一夢初回午枕閒，每於味寂悟人間。喜來此際論詩客，已集憂危教暫删。

〔一〕發表於《茸報》一九四七年五月五日第二版。

鄰兒江雪時爲予拉對，内人戒我飲酒，我輒以慰勞自解〔一〕

鄰兒九歲能牽紙，嬾我兼旬不作詩。今日墨濃書更好，料應酬我一千巵。

〔一〕發表於《茸報》一九四七年五月五日第二版。

吉羊寺記事，時朱寬生新從廣州回〔一〕

阿寬戰後見霜鬢，老鐵狂來有酒魔。雪悟上人只一笑，施髯所記有青娥。

〔一〕發表於《茸報》一九四七年五月五日第二版。

憶紅茶庵主〔一〕

高樓臥我不看花，獨處雲深似出家。余榜寓曰「雲深處」。未後申前初醒酒，自煎活水泡紅茶。

〔一〕發表於《茸報》一九四七年五月五日第二版。

聞謠〔一〕

雲間先生肯出山，諸公緩緩再追攀。雲深處有如淮酒，今日先生要味閒。

〔一〕發表於《茸報》一九四七年五月五日第二版。

略能〔一〕

略能惜取濟時心，便此爲佳細細斟。誰怪先生白日臥，每於夜半出高吟。

〔一〕發表於《茸報》一九四七年五月六日第二版。詩題爲編者所加。

瓶上〔一〕

瓶上娟娟香更生，遮杯纖玉忽相縈。濁醪一斗梅龍鎮，不似當年酒後情。

〔一〕發表於《茸報》一九四七年五月六日第二版。詩題爲編者所加。

白公〔一〕

白公貧甚舉奇火，一食常教百萬錢。説與瘦翁宜一笑，雲間今是地行仙。

〔一〕發表於《茸報》一九四七年五月六日第二版。詩題爲編者所加。

連老太太饋酒賦謝〔一〕

有子何疑食貨賢，有母今時海上仙。酒中復老真無似，夜讀奇書不肯眠。

〔一〕發表於《葺報》一九四七年五月六日第二版。

絶詩〔一〕

鋒鏑餘生幸得全〔二〕，休憐九載陷腥羶〔三〕。小民淚盡甑無火，南望金陵又二年。

〔一〕發表於《葺報》一九四七年五月六日第二版。
〔二〕鋒鏑餘生幸得全　「幸得」墨跡作「得幸」。
〔三〕休憐九載陷腥羶　「陷」墨跡作「薄」。

懷人詩・方冲之〔一〕

曩年先君子與鄉先輩姚石子、蔣蓉伯諸公有籌辦中學計劃，事變既起，遂以未果。先君子於民國廿八年棄養，姚、蔣兩前輩亦後先謝世。今浦中基礎初奠，冲之先生主持之功最偉，曹中孚先生努力從事，爲校元勳，予與念祖、志義，皆以先人之志竭力追隨。

辛苦多君白盡頭，追隨敢説踵前修。百年作計非荒語，十六萬人仰遠猷。

〔一〕發表於《葺報》一九四七年五月七日第二版。

懷人詩·曹中孚〔一〕

曹中孚移壽儀鉅款捐辦浦中儀器，淪陷時暗中捍衛鄉邦尤著勞績，今日地方事多賴撑拄。

於今豪氣倚干城，儻儻曹公老作英。興學衛鄉肩兩任，即論當日得人情。

〔一〕發表於《茸報》一九四七年五月七日第二版。

懷人詩·蔣志義〔一〕

蔣侯厚重克箕裘，詞賦江關第一流。南浦今多佳子弟，要留長策作深謀。

〔一〕發表於《茸報》一九四七年五月七日第二版。

懷人詩·李效文〔一〕

李效文「同年」每相過從，痛論世局。嗜茶，嘗云：「每春買得雨前，算又過一年矣！」其語甚痛。

李生身弱眼能明，樓上新茶系我情。四十年頭輕過了，爲霖爲雨竟何名。

〔一〕發表於《茸報》一九四七年五月七日第二版。

懷人詩·紐蔭老〔一〕

紐蔭老師事乃兄，至老彌敬。春中來飲濟廬，關心桑梓建設，尤諄諄於將來子弟當習武，進海陸空軍校，實爲百年至計。

老成碩劃接靈光，謀國從知不忘鄉。黽勉深心在習武，男兒志氣要堂堂。

〔一〕發表於《茸報》一九四七年五月八日第二版。

懷人詩・姚石子〔一〕

物先當日不爲身，我哭斯人淚滿巾。早是邑貧無大力，即今事事更艱辛。

〔一〕發表於《茸報》一九四七年五月八日第二版。

懷人詩・張琢老〔一〕

此老真如雲裏鶴，我詩只及澗邊春。何時重對一尊酒，細論五茸絕代人。

〔一〕發表於《茸報》一九四七年五月八日第二版。

懷人詩・徐樂同〔一〕

鬼隙能襄抗戰功，賢勞當日念徐翁。編書造墻一肩事，大願鄉邦要樂同。

〔一〕發表於《茸報》一九四七年五月八日第二版。

懷人詩・徐今予〔一〕

民國十六年前，與予同隸區分部時號錦譽，長一小學，並執行律務。

二十年前舊黨人，徐侯此日憶能真。願攜海上西門月，來照茸城寂寞春。

〔一〕發表於《茸報》一九四七年五月九日第二版。

懷人詩・彭鶴濂〔一〕

予常誦其過蔣松亭挹山樓「啣尾車如赴壑蛇」一絶不去口。

樓灰帆影不成春，夢到洙溪舊損神。爲念松菴有好句，近來相接定何人。

〔一〕發表於《茸報》一九四七年五月九日第二版。

懷人詩・張希會、馮澄〔一〕

老鍊人才説小張，所言是短心自長。馮侯今日無雙士，正義感多更熱腸。

〔一〕發表於《茸報》一九四七年五月九日第二版。

閉門〔一〕

閉門且謝高軒過，漫倒醇醪一百杯。呼吸自通天地氣，春眠休訝鼻端雷。

〔一〕發表於《茸報》一九四七年五月九日第二版。詩題爲編者所加。

五一節後一日〔一〕

驚夢昨宵夜雨翻，料知池水漲東園。朝來鷄鴨尋游蚓，想見循牆向矮樊。

〔一〕發表於《茸報》一九四七年五月十日第二版。

過雙青樓〔一〕

好是微寒雨洗塵，江干負手有閒身。濃陰已合嚦鶯老，滿地槐花不見人。

〔一〕發表於《茸報》一九四七年五月十日第二版。

母老〔一〕

母老知應辭遠宦，家貧計未得栖遲。强能自放猶多念，閒讀蘇戡一卷詩。

〔一〕發表於《茸報》一九四七年五月十一日第二版。詩題爲編者所加。

不祝〔一〕

不祝多金只索詩，山妻竟似老夫癡。公憂私戚春宵雨，倘是卿卿未得知。

〔一〕發表於《茸報》一九四七年五月十一日第二版。詩題爲編者所加。

答人問鄉謠〔一〕

冷笑胡天一酒徒，閒窗訂譌攷官奴。何因榮謝榮人計，祇恐先生餓死無。

〔一〕發表於《茸報》一九四七年五月十二日第二版。

雲飛〔一〕

雲飛料與雨相謀，市態何曾入我眸。興發尚同人鬥酒，愛渠不識醉鄉侯。

〔一〕發表於《茸報》一九四七年五月十二日第二版。詩題爲編者所加。

兩間〔一〕

兩間未少一千年，我信成功始用賢。今日伊誰崇物議，天家心事已玄玄。

〔一〕發表於《茸報》一九四七年五月十三日第二版。詩題爲編者所加。

詩家〔一〕

詩家我笑多酸語，野老何曾識大人。畢竟青蓮有仙氣，霓裳一曲汗無塵。

〔一〕發表於《茸報》一九四七年五月十三日第二版。詩題爲編者所加。

朱鳳蔚席間攜童芷苓來，命以「叔」呼我〔一〕

慣攜「嬌女」禮嘉賓，此老還童解惜春。不放雲間呼作妹，仍容青眼看佳人。

〔一〕發表於《茸報》一九四七年五月十四日第二版。

童伶以酒壽我而自飲茶，云有夜場，予不受，終由其義父對杯〔一〕

奈渠龍井作花雕，嬝嬝亭亭稱細腰。本是歌喉珠玉在，只愁醉後不勝嬌。

〔一〕發表於《茸報》一九四七年五月十四日第二版。

謝范鶴言貽筆〔一〕

晉唐遺法我疑東，中土霜毫别異同。清掌扶桑信矯健，小詩多謝范家翁。「清掌」筆名。

〔一〕發表於《茸報》一九四七年五月十五日第二版。

沈尹默〔一〕

氣息强能接宋元，即今論帖孰知源。名箋精絕胡桃字，書勢終憐目力寃。沈尹默先生近視殊甚，大字與草爲天所限，無可奈何。

清言娓娓重南金，此老能書苦用心。誰料詩詞真藴藉，信無淺語出思深。前偕鵷雛先生過沈寓廬，尹默先生自道其學書甘苦，有漢學家精神。論「善書者不擇筆」一語向爲書家所聚訟，其實當時言善書者本不指書家。其言甚通，前人所未發。鵷雛先生笑言：「此壯我氣。」

〔一〕發表於《茸報》一九四七年五月十五日至十六日第二版。

聞朱國大文章有「嬌」「蕉」雙聲之説戲贈〔一〕

寄父寄娘原要得，嬌哥嬌妹此何鄉。嚴大生平日説話來得，此日因老太爺在，竟默默。已聞白玉無雙艷，新見童伶大吃香。腰細由來傳善舞，臂寒何事惜春妝。童伶卸外衣時見其腰細，又玉臂甚美，國大云：「莫着冷，莫着冷」，情見乎辭。若然三讀能通過，嬌叔呼翁自不妨。

〔一〕發表於《小日報》一九四七年五月十五日第四版。

王效文雙棟居曲徑通幽，精潔而小有園林花木之勝，五月十一日知止老人假此招飲，效文更出佳釀〔一〕

雙棟芍藥笑相迎，天爲嘉筵特放晴。半日消閑尋曲徑，十年陳釀對傾城。

〔一〕發表於《茸報》一九四七年五月十九日第二版。

朱鳳蔚攜三「嬌女」至，童芷苓外李薔華、薇華姊妹，薔華尤是天人，起與我飲，盡一大杯，飲間小眉微蹙，其容可愛煞人〔一〕

「四月薔薇處處開」，好同絶艷對金罍。一時座上齊傾注，微斂雙蛾愁始來。

〔一〕發表於《茸報》一九四七年五月十九日第二版。

嚴大生惠紅祁，葉寄深惠碧螺春，一時俱至，皆絕品〔一〕

一時頒到喜雙珍，嚴葉高情兩絕倫。添得閑忙真我事，更誰來訪臥雲人。

〔一〕發表於《茸報》一九四七年五月二十日第二版。

靜安寺吃齋〔一〕

雲深咫尺遠公廬，得得行來月上初。正是食厭魚肉味，慣尋此地有清蔬。「遠公」指招待松老和尚。

〔一〕發表於《茸報》一九四七年五月二十日第二版。

靜安寺懷古〔一〕

古寺當年接渚蒲，高僧興建説孫吴。斜陽影裏漁歌起，朝日樓頭看赤烏。

〔一〕發表於《茸報》一九四七年五月二十一日第二版。

外灘公園〔一〕

園柯閲世有深淺，江水淘人自往來。爭座無心讓客至，翔鷗共我意徘徊。

〔一〕發表於《茸報》一九四七年五月二十一日第二版。

夜飲書感寄姚鵷雛兼呈于髯翁四首〔一〕

事業真應歸緑蟻，干戈終自毁長城。眼中星斗千秋淚，心上憂危連歲兵。國論何曾左右袒，人言亦有弟兄情。江雲化作檐前雨，今夜伊誰聽此聲。

似聞天聽不曾卑，指點河山空爾爲。一着何曾計飽暖，萬言至竟在安危。低昂時論誰爲主〔二〕，掩暎春鐙盡是悲。大藥人間復焉用，昔賢此理我難推。

商略深杯作睡謀，變名未信便無愁。客途人尚驚眉宇，荒歲吾何惭馬牛。爲念刀兵盡民命，可教文武快恩讎。十年畎畝論生死，定是誰忘志士溝。

山月當時審見機，緑樽相對不相違。肺肝出語原無隱，藴藉論詩世恐非。書盡千張閒縱酒，憂銷一夜夢還飛。略知光景如奔駟，可惜人間計瘦肥。

〔一〕發表於《茸報》一九四七年五月二十二日第二版。
〔二〕低昂時論誰爲主　「時論」墨跡作「物議」。

寄内〔一〕

夜雨驟寒思老母，磁盆積水念蘭花。兒女功課宜加進，辛苦知卿不自誇。

〔一〕發表於《茸報》一九四七年五月二十三日第二版。

岳家紀事〔一〕

朝陽先起僕姑聲，昨夜曾聞説進城。午食味蒓來大碗，割雞佐酒笑含酲。

〔一〕發表於《茸報》一九四七年五月二十三日第二版。

青滬途中口占〔一〕

日月如人忙出没〔二〕，舟車與客有經營。先生一路渾無事，只見南風豆麥成。

〔一〕發表於《茸報》一九四七年五月二十四日第二版。
〔二〕日月如人忙出没　「没」墨跡作「入」。

孫再壬約午飯，予滯珠家閣未赴，瘦東亦十多年不見矣〔一〕

未訪詩人沈瘦東，孫侯杯酒不曾同。後期會有三朝醉，醉受城南大麥風。

〔一〕發表於《茸報》一九四七年五月二十四日第二版。

贈王雨膏、楊繼章〔一〕

借將山水助詩清，出語從教漸漸精。正願桃林多放馬，將軍今日以詩名。

〔一〕發表於《茸報》一九四七年五月二十六日第二版。

淡茶〔一〕

淡茶薄酒能終日，紫燕朱櫻又一時。秃俊坐教驚故舊，我明天地本無私。

〔一〕發表於《茸報》一九四七年五月二十六日第二版。詩題爲編者所加。

贈鄒任之〔一〕

鄒任國防部日俘管理處處長。

恩威上國想堂堂，不戢從令悟夜郎。此日参軍仍蠻語，莫傳漢事到酋皇。

〔一〕發表於《茸報》一九四七年五月二十六日第二版。

观張大千畫展二絕句〔一〕

筆参造化妙追尋，胸次靈開食古心。前十年間下神力，能教天下賤黄金。

我論張侯筆苦驕，穆然無意更超超。豐家老子有前見，今日墩煌在市朝。「豐」指豐子愷。予論藝術真價值不在復古，要在不脱離時代現實，於人物風俗畫尤然。

〔一〕發表於《茸報》一九四七年五月二十七日第二版。

簞瓢一首寄王莨碧，戲效宋體〔一〕

簞瓢我信昔賢賢，此日慚聞別有天。嘉客漫論面點綫，山人且具酒茶烟。浪傳跌宕缺流輩，失笑光陰存睡仙。治道只今在溝瀆，愁君不省方年年。

〔一〕發表於《茸報》一九四七年五月二十八日第二版。

汗馬〔一〕

汗馬今應思不武，叱羊昔有幻奇文。康時略在非難問，充耳倘然或未聞。

〔一〕發表於《茸報》一九四七年五月二十九日第二版。詩題爲編者所加。

絕美〔一〕

絕美湖州醬小茄，可憐鮮嫩已無多。倘教乞取將詩去，正恐炎晴有負佗。

〔一〕發表於《茸報》一九四七年五月二十九日第二版。詩題爲編者所加。

碧螺春〔一〕

碧螺春嫩帶蘭馨，庭戶無聲美睡醒。求書客去自磨墨，風送鄰歌「麥大靈」My Darling。

〔一〕發表於《茸報》一九四七年五月三十日第二版。詩題爲編者所加。

光陰〔一〕

光陰莫是下坡輪，毀譽何心應別論。自握靈珠分凡聖，最平常處始無倫。

〔一〕發表於《茸報》一九四七年五月三十日第二版。詩題爲編者所加。

寄謝企石專員夫婦一首〔一〕

本爲遊山憶謝公，總緣雨後願還空。西來名釀期知味，東去飛車共晚風。海角政閒笑夷舞，軍友紗籠飲罷，觀日女陽傘舞。酒邊語妙記孫翁。指雪泥。盆花朵朵知無恙，爲道山妻所念同。謝夫人愛花，是日同遊冠生園農圃，冼冠生贈盆花。

〔一〕發表於《茸報》一九四七年六月二日第二版。

贈沈瘦翁兼示程十髮〔一〕

昔道雲間無冕王，爭傳月旦故堂堂。賢勞本在身謀外，倜儻應無心事長。政念故人多骯髒，亦知大我失彭殤。中流俱信一枝在，醉裏明明瘦不狂。

〔一〕發表於《茸報》一九四七年六月二日第二版。

布穀[一]

布穀聲殘緑幾州，河山吟望着沈憂。厭聞諸將稱雄略，早道全民要小休。夢裹精誠空動闕，謀邊消息尚依劉。江東餘米支三月，爲信中朝雪滿頭。

[一]發表於《茸報》一九四七年六月三日第二版，作於一九四七年春。

睜眼一首，寄持松、惠宗兩上人，兼示慧開、逸凡、唯雲諸開士[一]

睜眼常教百慮盈，罪言敢信爲和平。漫愁海客能居米，衹覺天心未厭兵。惘惘羣縈衣食事，悠悠獨繫歲時情。息機方外尋高躅，佛館因緣處處行。

[一]發表於《茸報》一九四七年六月三日第二版，作於一九四七年五月。

挽符鐵年[一]

千載原傳米老筆，百年重見此完人。艱難昔日聞薪火，決絶當時作席珍。和我好詩猶掛眼，看渠衰病已傷神。扶持國步今誰在，地下應同涕淚新。

[一]録自墨跡，作於一九四七年五月。詩題爲編者所加。

贈黄太玄〔一〕

龍蛇入冷眼，野史何時刊。對酒頻相憶，成詩先寄看。平章今古小，吞吐地天寬。此老真人瑞，忘年見肺肝。

〔一〕發表於《茸報》一九四七年六月四日第二版。

寄慨〔一〕

煙塵何日欣愁破，魑魅當年亦可兒。大好江山如有待，細研物理本無私。國初又接冤魂語，情急休憐没字碑。蒿目世間艱一笑，藏身人海豈嫌卑。

〔一〕發表於《茸報》一九四七年六月八日第二版。

悲上海〔一〕

買米人喧動四鄰，關門米店空其囷。石米價高四十萬，突冷萬家甑生塵。陝中名城前日下，魯南捷報紙上新。逃亡有命始寒餓，歸夢家鄉不見春。癡肥處處豪門犬，走死紛紛强國民。白骨委地收難盡，夜深路角飛青燐。噫吁唏！從來帝子飢食肉，不見世間狗食人。

〔一〕發表於《茸報》一九四七年六月九日第二版。

喪亂〔一〕

喪亂還如此，泥蟠好忘形。閒吟送白日，飛夢上青冥。莫慰親朋意，方驚艸木腥。可須談遠害，妙養得千齡。

〔一〕發表於《茸報》一九四七年六月十日第二版。

壽黄任老七十〔一〕

任老於抗戰前奔走國事，席不暇暖，取莊生語自號「風波之民」，曾爲治南瓜蒂印。步惠廉先生，於清末拯任老出死地者。

瀰天精力七十翁，嶽嶽人間方華嵩。風波之民空皮骨，栖皇南北懷精忠。卌載彌縫猶叢咎，世人欲殺天愈厚。願公更健願時清，更壽一觴海西叟。指步惠老。

〔一〕發表於《茸報》一九四七年六月十一日第二版。

擬古俠別〔一〕

淺酌遂宵半，悲歌變徵聲。蒿萊成一笑，慷慨薄三生。千意驕無語，相逢喜不平。空樽照汝面，知我不相輕。

〔一〕發表於《茸報》一九四七年六月十二日第二版。

贈唐雲畫像詩[一]

爲唐雲畫展作。

錢塘靈秀鍾大石，大石少壯今畫伯。跌宕河山脱形跡，筆墨遊戲奪前席。興來古寺畫滿册，嬾至黄金不肯易。送客遂上富陽船，看山攜得人是仙。胸中畫本開老禪，筆下神明高時賢。脱手千萬結古歡，夜甑無米心常寬。孝友吾知根天性，議論疇聞及人病。詩不常作才自勝，目低有力心如鏡。先生飲譽畫名盛，讀者萬人俱堪證。我畫先生此爲贈，一篇待杮賦比興。

〔一〕發表於《申報》一九四七年六月十三日第九版。

戲贈其三[一]

讀書太多君始休，嬴記姓名君當侯。不然爲利富可求，粗腰大腹非凡流。如何戴却學士帽[二]，煮字遂與時爲仇。皮寬骨瘦搖兩脚，炯炯神餘雙吟眸[三]。余家老子醉不死，日日樽中生陽秋。長言突梯洛紙貴，笑倒雲間聊驅愁。

〔一〕發表於《小日報》一九四七年六月二十六日第二版。

〔二〕如何戴却學士帽　墨跡作「揭來故應責汝頭」。

〔三〕炯炯神餘雙吟眸　「神餘」墨跡作「光射」。

題俞劍華《黄山大觀圖》[一]

十載黄山夢，今朝得臥遊。俞家老子筆有鬼，落墨遂使天地愁。

〔一〕發表於《申報》一九四七年七月六日第九版。

玄暢屬寫蘭，戲題一絕〔一〕

雲間睡起白日斜，酒後忽開三兩花。莫道法天居士在，籬邊雞爪各名家。

〔一〕發表於《茸報》一九四七年八月六日第二版。

徐紹青索題其橅宋錢玉潭《楊妃上馬圖》真本〔一〕

徐侯下筆無羣彦，此製閑閑接宋人。昔日監門知老去，煩君宛轉爲傳神。

〔一〕發表於《茸報》一九四七年八月十一日第二版。

陸丹林屬題其大千所爲五十歲造象二章〔一〕

陸生嶺南賢，遊心存文獻。八年大後方，歸來何勇健。艱難得餘生，愧我言抗建。舌在本不長，刀善初已鈍。

聊聞酒熟香，喜對蘆筍嫩。揖客餘宿酲，生事無安頓。世人知不深，謂有潛夫論。

淡瓜勝涼水，惡客勝朱紫。民命誠足悲，官富良可恥。陸生曾一官，不富交遊喜。大千爲造象，楓葉紅於鯉。此紅自千年，此士吾黨美。淺言有深衷，高文修野史。得失固可論，爲我招黄綺。

〔一〕發表於《茸報》一九四七年八月十三日第二版。

韓价藩個展有贈，並示朱念孝、潘子超、程十髮、章振淦、湯義方諸子〔一〕

未識韓侯面，先讀韓侯畫。洗眼看姓名，問年尤駭怪。予初見价兄畫於錢戞鳴兄處。中心久云藏，蘚苔方稱快。溫文若處子，落落和而介。好我遺名箋，論藝抉成敗。靈府出真知，高才欽匪懈。清氣在乾坤，閉門日月邁。食舊富新知，意曠筆生怪。觸熱結古歡，自獲清涼界。上下五千年，疇謂耳目隘。去來二三子，瀹茗足清話。相從我亦數，不見遂牽挂。筆墨供遊戲，兹事真不壞。手懶心初勤，紙高眼無債。一笑遂忘言，下風古人拜。

〔一〕發表於《茸報》一九四七年八月二十三日第二版。

即事兩首，用姚鵷翁來詩韻〔一〕

遠壁幽花仔細看，熱風熨熨墨痕乾。添枝插葉真須勢，溪口山阿要在安。臭味相忘誰入室，丹青無用我濡翰。近來略戒當門意，幅幅雲箋有石巒。題墨兰轴。

秋暑如烘渴竟除，他年應説换瓜書。三朝甘脆便便腹，一味清涼落落居。待笑稚兒忙記得，却憐老子未容與。裁詩作謝真無賴，爲想東門定有餘。丁白丁饋瓜索書，瓜味甚美，伏中所無，食後戲寄。

〔一〕發表於《茸報》一九四七年八月二十六日第二版。

過吴家灣〔一〕

我與清波意共閑，茸城西去飽看山。洞橋處處俱堪畫，植杖何人水一灣。

〔一〕録自《鄭逸梅選集》（黑龍江人民出版社一九九一年版），約作於一九四七年八月。

三十六年八月十五日紗籠第六屆雅集，時適日軍投降二週年紀念日也，同社共賦，余得五絶句〔一〕

出蜀旌旗照百城，雲山萬里慶收京。當時父老皆流淚，不獨元戎見此情。

天長月黑氣蒿萊，十載江城亦費才。誰信乾坤成棘手，狂歡回首作奇哀。

戰塵浩浩接心兵，千古英雄亂棘荊。日夕東南望佳氣，錯教降虜笑功成。

逝水滔滔去不回，可將哀惋入深杯。水龍吟罷還長嘯，信有江南續賦才。適讀定山詞。

江山如夢更如雷，城北追歡此一回。愁對胡姬浮大白，已窮心力不言才。

〔一〕發表於《茸報》一九四七年九月五日第二版。

戲筆〔一〕

鵷雛詩老爲定劉三遺藁去青，並訪慧殊、瘦東兩詩翁，約同行。

歲歲江頭理酒巵，未通醉臥客相知。日斜墨好濡椽筆，夜靜鐙深味古辭。水熟漫看魚蟹眼，詩成或在宋元時。來朝準擬松江去，便轉清溪看緑漪〔二〕。

〔一〕發表於《茸報》一九四七年九月二十一日第二版。
〔二〕便轉清溪看緑漪　「看」墨跡作「賞」。

寄易君左蘭州〔一〕

候虫弔戰骨，涼月照塞塵。盈巔髮爭白，滿腹疑何陳。故人行萬里，念之起逡巡。玉關動秋色，茫茫益愴神。時艱薄文字，千載空過秦。醴泉珍古味，我欲漉其巾。

〔一〕發表於《茸報》一九四七年九月二十二日第二版。

妻告金盡，慂余就事〔一〕

後樂拳拳袛一端，何曾厨下問三餐。試從明日爲生計，不寫蘭花畫釣竿。

〔一〕録自墨跡，落款時間「（一九四七年）十月廿五日」。

食蟹〔一〕

槎枒入手興能加，飲啄由來願未奢〔二〕。要爲横行忙解甲，秋來下酒不思他。

〔一〕發表於《茸報》一九四七年十二月二日第二版。墨跡落款時間爲「（一九四七年）十月廿五日」。
〔二〕飲啄由來願未奢　「由來」墨跡作「頻年」。

題施翀鵬山水横幅〔一〕

光迴落日千峯赤，氣轉炎氛萬樹秋。終古黄山松不老，白雲懸瀑共悠悠。
江山景物似隆中，着個沉吟抱膝翁。定是伊誰能到此，連帆天際趁微風。

〔一〕發表於《申報》一九四七年十一月十八日第八版。

夜讀遂至雞鳴〔一〕

更深得味親孤檠，詩已清腴書瘦硬。車聲門外一時空，此際乾坤非異姓。奇書入手目已貪，萬首千張氣自盛。燒茶倏告壺中鳴，促臥時聞夢囘令。何妨伴我到天明，童鼠新來能作横。

〔一〕發表於《茸報》一九四七年十二月一日第二版。

夫人以余狂飲泣諫，寫示二十八字〔一〕

鬱勃頻年對酒心，亮余志氣未銷沉〔二〕。願持紅淚三千斛〔三〕，化作人間一日霖。

〔一〕發表於《茸報》一九四七年十二月二日第二版。
〔二〕亮余志氣未銷沉　「余」墨跡作「渠」。
〔三〕願持紅淚三千斛　「斛」墨跡作「丈」。

吴門雜詩〔一〕

後樂先憂我審之，輕車曉過范公祠。黨言今日滿天下，差誤雲間作瞽師。過范文正公祠堂。

虬枝尺盎千年杞，垂實玲瓏萬點殷。秋豔叢中此南面，葉公閒事非等閒。裕齋菊花盆景展覽觀寄深古杞。

刦外相攜幾輩人，江山如此意何伸。愴懷二十年前事，逴逴姚侯宿艸陳。登天平山懷故友姚理文，理文昔年與余同隸黨籍，凌厲無前，病肺而死，廿年前共遊至此。

秋鷹山半自飛翻，松外明湖似粉垣。欲問幾人真見遠，天風如水不能言。

撲焦救爛誰爲計，廿載江湖歷刦塵。莽莽乾坤今日眼，中年哀樂洵難論。靈岩。

揚策春風亦快哉，白公昔日跨驢來。又教亂後看山去，却賤當年射虎才。虎丘。

葉家堂上門清樽，遊屐歸來日已昏。中酒狂生能杖客，幾人分謗出吴門。於寄深席上大醉，歸寄謝君質、俊青兩夫婦，寄深、散木、俠塵、大生諸兄。

〔一〕發表於《茸報》一九四七年十二月三日至五日第二版。

車中所見寄再壬、紹先〔一〕

出郊知路政，輕捷若含枚。山影車頭落，波光眼角迴。近郀窺鴨浴，遥樹傍旗開。信道秋成好，穰穰幾萬堆。

〔一〕發表於《茸報》一九四七年十二月九日第二版。

青浦公園花神堂讌集贈徐正大〔一〕

百里馳驅莽路塵，秋光初日勝如春。千花艷發迎詩老，竹石無言意共親。
東城高會酒懷開，語妙相看亦霸才。隔夜已聞挑大蟹，豈能無故便思來。

〔一〕發表於《茸報》一九四七年十二月十一日第二版。

謝玄暢遺酒〔一〕

老我多憂又幾春，醉中句好亦通神。甕邊一笑誰張目，爲數平生送酒人。

〔一〕發表於《茸報》一九四七年十二月十三日第二版。

獨飲有寄〔一〕

獨飲疑天問，潛夫自撰憂。一尊今古淚，雙箸死生籌。紘索鄰家院〔二〕，星辰此夜樓。遥憐肝胆在，捉鼻倚高秋。

〔一〕發表於《茸報》一九四七年十二月十三日第二版。
〔二〕紘索鄰家院　「鄰」墨跡作「誰」。

題《泖濱艸堂檢書圖》爲念孝〔一〕

紫陽世澤此新居，刦後相看尚有書。獨念留雲長物盡，夢邊竹石一寒墟。我家留雲小舍爲先君子遊息之所，毀於亂中。

秀南相近是鱸鄉，舊額承家一艸堂。許我他年同拂拭，殘叢開卷得書香。

夜踏長街記叩門，初夏偕姚鵷翁赴招飲，先遇張琢老傾談，爲時稍晏。短檠相迓接清罇。雲間氣類先溫淡，老輩張侯允比論。

世亂微吁願尚賒，著書日月艷朱家。從知頬唾關文運，便想桐陰啜苦茶。

〔一〕發表於《茸報》一九四七年十二月十四日第二版。

寄懷張琢老茸城，秋間曾蒙賜書畫便面，故篇末及之〔一〕

谷水居中有雅音，兵餘幾度接淵襟。盱衡文字眼高下，論紀人才言淺深。聊欲避紛非忘世，偶然寄興寫疏林。泖東借得清風在，後五百年見此心。

〔一〕發表於《茸報》一九四七年十二月十六日第二版。

戲贈歸燕樓主〔一〕

入鞬良弓歷九州，爲誰一發亦夷猶。文章帷内情如水，談笑兵間氣食牛。江海十年君有喜，綢繆萬語燕歸樓。即今海上神仙侶，黄道虞吴在上頭。

〔一〕發表於《前線日報》一九四七年十二月二十二日第五版。

日本關山月山水軸爲楊將軍索題，倚醉書此〔一〕

舉箸還看壁上珍，雲間頞唾索傳神。八方兵氣催寒餓，千載乾坤問主賓〔二〕。高下尚疑窺弈手，淺深已泯出山人。尊邊此日休尋味，賸覺狂愚蹈海身。

〔一〕發表於《茸報》一九四七年十二月二十六日第二版。
〔二〕千載乾坤問主賓　一作「終古乾坤孰主賓」。

題吴曼青山水〔一〕

餘生及見九州同，酩酊當時有復翁。此是江南佳麗地，與君共趁一帆風。

〔一〕録自墨跡，約作於一九四七年。詩題爲編者所加。

與賀天健、鄭午昌、孫雪泥、唐雲等聚飲應野平異樹堂作〔一〕

清狂未改今賀翁，讙諧飲到東方紅。老妻獨宿吾不安，只好此時伴千宫。

〔一〕録自《應野平年譜》（上海文藝出版社一九九二年版），作於一九四七年冬。詩題爲編者所加。

題唐雲《劉海戲金蟾圖》〔一〕

進士南宗祖，師承是吕仙。至今還不老，戲耍自年年。

〔一〕録自墨跡，作於一九四七年。詩題爲編者所加。

徐邦達作《家在江南黄葉邨圖》，自題「家」字韻一絕，並屬諸子分「家在江南黄葉邨」七字和句，得「黄」字以應〔一〕

壽葉添時色，秋高落日黄。飢禽自飲啄，不解有興亡。

〔一〕録自《應野平年譜》（上海文藝出版社一九九二年版），作於一九四七年。詩題爲編者所加。

九峰〔一〕

九峰景物賞秋塘，野色垂垂稻欲黄。斜日扁舟大盈浦，看雲閒話小蒼凉。

〔一〕録自墨跡，作於一九四七年。詩題爲編者所加。

不飲〔一〕

不飲終教入醉鄉，割雞餉我情何長。青山排闥任家宅，屋後還看二畝篁。

〔一〕録自墨跡，作於一九四七年。詩題爲編者所加。

李擇一六十詩〔一〕

六十男兒健，恢奇見李翁。笑談金作土，俯仰氣如虹。腸熱眼何冷，時違意未通。卌年身是史，載筆許從同。

一時無氣類，此老亦何求。海路雲程迥，危巢獨木憂。罵人雙淚落，結客萬間謀。滿眼干戈在，春回祝小休。

〔一〕發表於《茸報》一九四八年二月二日第二版，作於一九四七年。

今日〔一〕

今日此天地，何人起霸圖。干戈爭短隙，零落笑封胡。昔下楊朱淚，空期楚幕烏。我言初已盡，未肯便爲奴。

〔一〕録自墨跡，作於一九四七年。

戲寄叔範兼示散木〔一〕

慣招閒客有新題，開甕醇醪暴醃鷄。助爽索他天外罵，幾曾唾齒醉如泥。叔範全口僞牙，洪醉時每唾入唾壺。

鳳九丈索題其先德《寒牕鐙影圖》已一年矣，函告將付剞劂，敬題一章〔一〕

幼聞半池韓先生，活人婦孺識姓名。沈侯約齋先生大筆傳節母，肅然更使泪奪睛。世間何物動天地，母節子孝生死情。獲交文孫親忘年，折肱醫聲賡其先。無文不棄有堅命，整襟伸紙還回旋。於虖！世衰好得能糊塗，非節非孝今之徒。滿天空見烏鴉烏，滿地傷情枯眼枯。母之血淚，子之追思。五茸韓氏何爲乎，尚出寒牕鐙影圖。

〔一〕發表於《茸報》一九四八年二月十五日第二版。

念忱先生席上作蘭册，日女絹子侍墨，予戲問亦欲得此否？一躬到地，喜云「多多拜託了」。寫後題二絕句〔一〕

密葉疏花墨韻奇，多緣勸酒小胡姬。題詩付爾好將去，絕代香魂出世姿。

如此靈芬便不同，醉來腕底足春風。他時歸去誇東國，曾在江南見復翁。

〔一〕發表於《茸報》一九四八年二月十六日第二版。

飲女弟繼慧所，叔範同席，酒後有贈〔一〕

矮髯細律探生奇，戎馬曾參上將帷。一勝却教成濩落，百哀未是爲交私。興亡何事能忘世，離合他年足解

〔一〕發表於《申報》一九四八年三月二十一日第九版。

頤。共有張皇非昨日，酒中相對兩龐眉。

〔一〕發表於《申報》一九四八年三月二十一日第九版。

還罵詩，博錫純賢兄發笑〔一〕

嘴内何曾出象牙，同堂五犬鬧喧嘩。其中一犬常紅臉，最怕剝皮毛亦花。

〔一〕録自墨跡，作於一九四八年三月。

坐雨〔一〕

席暖躭書坐雨時，閒摩茗椀有遐思。唐梅落盡山前路，只是頻年未入詩。

〔一〕發表於《申報》一九四八年四月十二日第七版。詩題爲編者所加。

品酒〔一〕

紹黄瀘白味堪尋，杯底曾銷一寸心。野老何須驚世路，十年小樹尚成林。

〔一〕發表於《申報》一九四八年四月十二日第七版。詩題爲編者所加。

清明過松隱弔陳陶遺〔一〕

長憶無言歎式微，靜觀盤錯願多違。破空一塔昏鴉繞〔二〕，松隱先生去不歸。

古木紅牆小院深，談經人去閟玄音。洞橋植杖看雲黑，贏覺江湖萬里心。

〔一〕發表於《申報》一九四八年四月十二日第七版。

〔二〕破空一塔昏鴉繞　「繞」墨跡作「晚」。

歸里有作〔一〕

夜醉春申酒，曉隨江浦潮。市遙孤塔夐，風定獨鷗驕。閭里虛相待，河山欠一瓢。蘼蕪思古國，何意得漁樵。

〔一〕發表於《前線日報》一九四八年四月十七日第六版。

寫蘭雜句〔一〕

耕獵頻年守研田，大華一秃損清眠。腐心更在霜毛外〔二〕，日暖江南四月天。

此意何須更細論，靈根未合茁當門。先生臥作遊山計，亂點岑苔補竹孫。

勸君莫出平生言，酒在清尊月在軒。居士培芳僧樂靜，忽看春意一時繁。

爇紙呼烟一欠伸，移山無計酒相親。乾坤清氣由來在，醉發湘江筆下春。爲金大教授本光上人寫小軸，媵以一絕。

[一] 發表於《申報》一九四八年五月六日第九版。詩題爲編者所加。
[二] 腐心更在霜毛外 「毛」墨跡作「毫」。

寫丈二草書聯「上馬擊賊下馬作露布，左手持螯右手擎酒栝」後，戲題一截句[一]

婢求墨色愁孾墨，腕爲神來未覺勞。要與世人窺正法，誰家甲第許相高。

[一] 發表於《申報》一九四八年五月六日第九版。

郊行[一]

纔向郊坰廣異聞，閉門媿我説憂勤。老紅趁雨綴流水，穠緑送春欲礙雲。萬古江河終不廢，一時景物入殘曛。却看負米多飢色，力盡還來傍黑墳。

[一] 發表於《申報》一九四八年五月十七日第十版。

酒邊懷文蔚臺灣[一]

月旦艱時倖脱身，携珠海上更傷春。能知酒味真佳士，敢料予貧亦可人。諸彦於今多落落，千情自昔賺真真。臺中風日多明麗，信是無閒送一鱗。

[一] 發表於《申報》一九四八年五月十七日第十版。

題瓢兒菜〔一〕

臥我微醺白日斜，幾年河海看龍蛇。誰憐一瓣瓢兒菜，本在江東處士家。

〔一〕發表於《申報》一九四八年五月二十四日第八版。

喜得悲鴻雙竹軸並答近況之問代簡二首〔一〕

午枕花前醉後回，眼明一翰故人來。是何筆力雄且傑，爲想詩情鬱更開。題詩云：豈止留清影，相期耐歲寒。

莫同閒草木，衹爲熱中看。天壤要留雙榦在，雪霜難遣一心灰。江南妖夢何時了，長使雲間把酒杯。

春風江路遠塵埃，髮短心長意自恢。閒日看花每獨往，鄰僧善飲亦常來。任他物價時時漲，不管人間色色哀。鐙下三盅兩盞酒，沉吟猶費世情猜。

〔一〕發表於《申報》一九四八年五月三十一日第八版。

閑情一首，寄再壬、紹先、念孝〔一〕

閑情窺兒睡，忙事夜追詩。靜地容遐想，寬腸易告飢。傳杯懷好友，破險得新詞。意態無人覺，相交有故知。

〔一〕録自墨跡，落款時間「戊子春」。

謝邑令王紹曾貽筆〔一〕

筆陣馳驅弱好弄，當時下力五指痛。比來忽忽三十年，人言羊薄當伯仲。王生作宰我邑時，遺我霜毫豈有私。野清會見野人頌，他日樹碑書去思。

〔一〕發表於《申報》一九四八年六月二十日第八版。

讀史〔一〕

驟雨迎涼喜夜晴，陳編漫發得三更。異時牛李成奴主，一代賢豪自濁清。腐粟不疑倉廩鼠，拔關猶視死生枰。已聞色厲愁朝士，直把虛言盜大名。

〔一〕發表於《申報》一九四八年六月二十日第八版。

阿蓮詩〔一〕

急足追球隨梯下，膝上爬來當騎馬。散花學作小嬪相，信口亦有催眠唱。畫人個個成鬼怪，索食時時如討債。驀地呼我「老老頭」，憬然使我生新愁。梯邊日月如轉丸，門外晴雨方萬端。老子懶爭千載名，但願時和俱樂生。昔者世上有富貧〔二〕，諸將紛紛工殺人。兒不見，緑澮連隴蛙鼓高，邨邨男子夤夜逃。

〔一〕發表於《申報》一九四八年六月二十八日第八版。
〔二〕昔者世上有富貧　「昔者」墨跡作「惜哉」。

爲靜安診療所寫蘭應本光上人[一]

下筆隨時見素心，謝庭千載一相尋。還山欲打烏盆破，重爲沉吟直至今。
濃處茅多淡處真，傳神筆下一番新。連山香襲雲深處，幽賞誰來寂寞濱？
也視楊枝在淨瓶，相看佛子最惺惺。出山爲寫蘭千本，蕭寺人歸夜有星。

〔一〕發表於《申報》一九四八年七月五日第八版。

黄萍蓀兄索詩並書畫扇，寫一百十二字代簡，知萍蓀有佳墨也[一]

爲龍爲虵看成敗，殺鷄罵狗生百怪。黄生不死遂歸來，訪我雲深無多話。十年不見合有詩，一握清凉求書畫。故人好我異時流，知予矜惜有不賣。朝朝洗研上露臺，夜夜成詩破酒戒。只憐短盡松滋侯，不省年來千管壞。食墨頗傳萬口名，大樣堂堂洵官派。如何如何此請安，雲間白蕉頓首拜。

〔一〕發表於《申報》一九四八年七月十日第八版。

贈施髯叔範[一]

幾年戎馬共蒼黄，歷險歸來鬢未霜。江介聲名詩跋扈，客中天地酒鋪張。相憐胸次風雲氣，自惜人間日月光。欲齩齒牙仍滿口，不辭轟醉在當場。叔範新治滿口假牙。

〔一〕發表於《申報》一九四八年七月二十三日第八版。

銷夏三日吟〔一〕

汲將井水爲涼茶，略有紅黄看夏花。睡起北窗無個事，洗刀重破活籐瓜。

相逢朋舊有招要，天遣三盅魯酒驕。引向田塍風力晚，隨緣忽過兩三橋。

雀噪蟬嘶已夕陽，溫湯浴罷好相羊。東場走過西場坐，閑話當年舊事長。

袒裸能安謝客煩，汗多宜戒把書翻。北天雲黑旋飛散，月上西牆蟬又繁。

兒笑娘驩遞看忙，午雞報蛋得重黄。後園摘取西紅柿，炒合應須祭酒腸。

新長絲瓜一筷長，葡萄架畔掛蕭牆。尚書浜上茅廬在，不見詩翁舊姓王。

可能胸次一塵無，深坐宵來靜自娱。天上繁星解眉語，人間萬事笑成迂。

紫薇艷發映清池〔二〕，緑竹涼多好下棊。暫喜不聞天下事，却憐諸子論雄雌。

意惓神昏發興難，嬾夫懶不廢三餐。上人觸熱求書扇，三葉雙花却寫蘭〔三〕。

蘆粟枝高蜀黍稀，南瓜葉大紫茄肥。飛來乳燕初能語，恰頌先生此日歸。

〔一〕發表於《申報》一九四八年八月十六日第八版。

〔二〕紫薇艷發映清池　「艷」墨跡作「花」。

〔三〕三葉雙花却寫蘭　「三」墨跡作「五」。

題蘭〔一〕

人間到處惜微馨，結想誰知入窅冥。江介黄塵高百丈，藝蘭種竹故惺惺。

〔一〕録自墨跡，落款時間「戊子夏日」。詩題爲編者所加。

南飛〔一〕

南飛北駕滿山川，驅餓催荒不兩存。天下人才死幾輩，神州兵甲滯三年。漫吟秋興傷憔悴，已厭高談樂醉眠。蟲語枕邊休强聒，昨非今是總茫然。

〔一〕録自墨跡，落款時間「戊子初秋」。詩題爲編者所加。

錫遊應得其兄招，坐看太湖風雨，雖阻勝遊，然身在畫圖中也，二日清歡，不可無記〔一〕

錦園高要小箕山，專壑何人二日閒。山水不曾惱狂客，具區風雨竟能頑。

嫩蓮的的佐清卮，消受荷風百畝池。學士不須矜大筆，跳珠葉上有聲詩。池荷爲十八學士名種，未放者如刺空大筆，數當以千計。

大箕南望黿頭回，萬頃波中幾點開。七十二峯明滅裏，歸帆如定割雲來。

貪盡藏醪客亦賢，名廚恰稱蝦魚鮮。施髯嗜臥三郎累，冷眼榮侯笑醉仙。余三郎每云：「向未見白蕉醉態。」是夜予大醉，歌嬉直至夜分以後，大累三郎。得其竊窺醉態，迨予就榻相呼，又屢出鼾聲，明日以爲笑柄。

〔一〕發表於《申報》一九四八年九月七日第八版。

題江寒汀《百鳥百卉圖册》〔一〕

粉本新傳喜豁蒙，奇姿變態幾曾同。世間自有丹青手，天上初無造化功。衆史竟誰誇得筆，一家許爾獨稱雄。江郎多識關靈府，金鏡千秋艷此工。

〔一〕發表於《申報》一九四八年九月七日第八版。

題蘭軸〔一〕

高陽短筆未能神，向曉心情事已塵。賸積悲凉題畫藁，可函涕淚寄伊人。世間何有崢嶸事，酒後還尋寂寞濱。歎息吴天滿風雨，時流自賞玉堂春。

〔一〕發表於《申報》一九四八年九月二十一日第八版。

宵飲〔一〕

造我瀘州發玉醅，繩繩秋雨賺凉回。虚堂疑是三更好，孤抱猶難百念灰。孺子何曾解酸鼻，干戈從未惜英才。卅年回首渾閒事，早見中流擊楫來。

〔一〕發表於《申報》一九四八年九月二十一日第八版。

與鵷雛、叔範、散木諸子有中秋西湖看月之約，而鵷翁以公返京，施髯以疾滯滬，始終實散木與偕，雜句記程[一]

廿載前頭憶此行，車中山色接臨平。刬餘生事渾無恙，入眼禾麻系我情。車中口占。

角聲催起僧床客，曉發南屏向水邊[二]。薄有秋雲添畫稾，遠傳秋色足紅鮮。荷花甚繁。

初日山頭黛色明，明湖界破一堤横。六橋風輭無人覺，靜裏相聞植杖聲。破曉偕散木出淨寺走蘇堤兩絕。

真際寺高踞上方，羣山脚下隨低昂。山僧眉宇存英氣，却斂奇情睡佛堂。真際寺方丈旭初上人是日導遊入山，上人在抗戰時主持一方情報工作。

夜宿西湖第一山，夢中明月竟成慳。朝來雲氣迷山徑，尚見山樵自往還。五雲山度中秋不見月，翌朝大霧中下山。

塔勢崢嶸之水濱，長橋重見臥波新。渡江山自西興去，駐杖還留獨立人。六和塔下自錢江大橋遥望西興諸山。

採蓮人去有僧來，打槳湖心月色開。我自心平如此水，山頭面面各崔嵬。樂觀上人約遊夜湖，子夜方返。

〔一〕發表於《申報》一九四八年十月一日第八版。

〔二〕曉發南屏向水邊，「發」墨跡作「出」。

大醒法師之奉化住持雪竇寺索詩[一]

四明别峰尊雪竇，竇刹千年馳名舊。前躅常通與明覺，有宋以來誰卓逴。太虚上人今禪宗，聽經時復興蟄龍。海内弟子幾何人，於中開士殊清醇。飛錫忽去澍東天，住寂方將蠲萬緣。獨念雲間老居士，相約入山看山水。居士苦求無礙心，九年一醉還沉吟。正悲世上我相多，欲叩丈人奈若何？

〔一〕發表於《申報》一九四八年十月十五日第六版。

寄懷沈瘦東青浦〔一〕

城連芳草相望近，氣入高秋美紫蓴。谿水碧來應見底，吟蹤南去恐成真。聞將有松江之行。香花橋野思前度，慧老齋深敘舊親。俞慧殊。古有詩人貧一例，祇餘詩卷未能貧。

〔一〕發表於《申報》一九四八年十一月九日第六版。

黿頭渚飲酒家，即似季良、士沈、玄暢、鄧散木，兼寄施叔範海上〔一〕

杯底江山問息烽，霸圖長惜欠從容。十千美酒寧無價，一往奇情信未慵。何事少文憐絳灌，轉緣多難笑魚龍。幾年湖海留狂態，烟雨黿頭有舊蹤。

〔一〕發表於《申報》一九四八年十一月九日第六版。

物值〔一〕

物值終朝倏幾更〔二〕，皇皇巷陌見群情。原知亂大憂何用，却爲思深動易驚。詞客漫流萁荳淚，英雄願得一杯羹。千秋剩有傷亡意，忍聽神州殺伐聲。

〔一〕墨跡發表於《浙贛路訊》一九四八年第四百一十二期。詩題爲編者所加。

〔二〕物值終朝倏幾更，「倏」一作「有」。

絕句〔一〕

流水孤邨噪陣烏，平明雲起欲成圖。東山一帶多秋躅，誰向山中問賭徒？古柏依然識野祠，斷橋短木費扶持。漫憑忠赤輕言事，自識螟蛉只解私。

〔一〕發表於《鐵報》一九四八年十二月二十一日第三版，作於一九四八年十一月。

感事〔一〕

我閒未笑片雲孤，只惜人間乞作奴。自古蒼生徒爾爾，本來白眼向于于。誤從異代思龍比，苦系他時辨智愚。落日西風吹大纛，紛紛黃葉滿江湖。

〔一〕發表於《鐵報》一九四八年十二月二十一日第三版，作於一九四八年十一月。

題《危樓讀史圖》爲邊遠公〔一〕

雨歇五更雲尚低，呼將白日還天雞。念年讀史欲愁絕，下筆踟躕難爲題。伊古英雄竟誰某，放下乾坤如釋帚。已憐文若無命人，早信阿瞞有功狗。契丹昔借洛陽兵，十六州民無重輕。幾年拜得父皇帝，負義孫兒休吞聲。

〔一〕發表於《鐵報》一九四八年十二月二十二日第三版，作於一九四八年十一月。

題寫竹詩二絶〔一〕

千竿皆可師，一葉何曾醜。願作篙師篙，不入釣翁手。

靜翠留雲圃，風來細細香。新抽百萬个，並作午窗凉。

〔一〕録自墨跡，落款時間「戊子」。

題秦子奇畫竹〔一〕

墨戲得幽趣，高手無俗竹。不見秦子奇，三月不吃肉。

〔一〕録自墨跡，約作於一九四八年。詩題爲編者所加。

鶴巢藏殘道人《釣遊圖》山水卷，出示屬題〔一〕

天下山水有幾許，天下山水屬幾人。眼前好景每不見，身後浮名常損神。老子飲酒作大字，白眼青天笑狂秦。二三方外頗好我，招要居士秋復春。却憐此子先我去，不得與我同知津。

〔一〕發表於《新聞報》一九四九年三月二日第七版。

青浦車中〔一〕

昨夜明明夢亦誇，早晴已審誤朝霞。緑浮春水無聲淚，紅映荒畦有恨花。行客漫傷冰火刦，山民不識去來車。江南三月乾泥路，莫笑澄澄杯底蛇。

〔一〕發表於《新聞報》一九四九年四月六日第八版。

讀《籌南論》〔一〕　解放前夕作。

海上先生靜下帷，攤書中夜兀忘飢。宋元故事空陳指，襄鄖深謀願已微。天險何曾限南北，人心自昔有離歸。改亭五策臣能説，爭奈江東内外非。

〔一〕録自墨跡，作于一九四九年。

己丑五月廿四日，偕姚鵷翁應海翁招午食，飯罷方進茗，忽傳戒嚴，明日而上海解放矣。既步鵷翁見過韻，又賸一絶，兼呈海翁兩正〔一〕

閑日追隨意自親，姚侯文學我鄉尊。却思車下倉皇别，又作相逢隔世人。

〔一〕録自墨跡。

新紀元卅八年五月廿五日上海解放，凌晨觀解放軍行列一首〔一〕

指眼相看此日新，陽烏潛曜始如春。精神爲發宵無睡，城郭能知世有人。靜後驚雷猶隱隱，行中戰馬亦振振。未哀十載流離了，終惜百年隴畝身。

〔一〕録自墨跡。

題《四十年來之北京》應子曰社〔一〕

前五千年幾獨夫，峨峨宫闕帝皇都。來時經濟新方向，去日風雲老賈胡。馬列斯毛開歷史，工農兵學贊良謨。一邊倒更無疑問，遍插紅旗指地圖。

〔一〕録自墨跡，作於一九四九年。

敬步鵷雛詩老原韻，即請誨政〔一〕

一時千載終爲用，群彦新謀俟起衰。却閱哀軍滋熱淚，能摧堅甲更軒眉。乾坤歷歷沉思裏，風雨蕭蕭憶舊時。兩地兒孫鄉夢共，懸情白髮念相離。

〔一〕録自墨跡，約作於一九四九年。

題梁俊青《醉鍾馗圖》〔一〕

七十斤甕空，進士頭亦重。眼睛衹剩一條縫，小鬼哈哈無驚恐。雲間先生一憬然，扶頭爲廣酒德頌。

〔一〕録自墨跡，作於二十世紀四十年代。

題蘭詩〔一〕

放手種蘭花，年年開並頭。人人都能種，何須防人偷。
亦欲作雄飛，而不甘雌伏。眼前無可看，幽思在空谷。
居高貴能下，值險在自持。此日或可轉，此根終不移。
一架幽蘭在，連香入卧屏。是誰驚好夢，尚記小伶俜。
又見江南一段春，花開爲憶戴花人。廿年閑却拿雲手，留得隴頭自在身。
遣情笑入空頭話，適意閑凴曲肱眠。今日酒醒圖一幅，恨他鄭趙是前賢。

〔一〕録自墨跡，作於二十世紀四十年代。詩題爲編者所加。

黄塵〔一〕

黄塵暗日一飛車，辛苦歸來笑語嘩。最小阿玲偏解事，問爺可要吃紅茶。

〔一〕録自墨跡，作於二十世紀四十年代。詩題爲編者所加。

南山居士陸壽寫南極老人，螺川女史周鍊霞寫麻姑於一箑，屬雲間先生題之〔一〕

蟠桃會裏常常見，三十三天處處逢。何曾相見不相識，衹是仙家心早空。

〔一〕録自墨跡，作於二十世紀四十年代。

杭人唐雲牡丹，雲間白蕉素馨並題〔一〕

誰信祁寒足困人，風光轉後兩家春。山林鐘鼎渾閑事，出處從來衹爲民。

〔一〕録自墨跡，作於二十世紀四十年代。

枯城〔一〕

枯城幾日望甘霖，一夜西風喜雨金。猶爲秋涼得美睡，故人句好莫相尋。

〔一〕録自墨跡，作於二十世紀四十年代。

白門〔一〕

白門車馬腐春泥，幾處田塍豆麥齊。可惜滿湖楊柳外，桃花紅映楚天低。

〔一〕録自墨跡，作於二十世紀四十年代。詩題爲編者所加。

舊識〔一〕

舊識江南老酒徒，荒雞聽盡作詩逋。寸膠欲理黄河濁，笑向時人氣尚粗。

〔一〕録自墨跡，作於二十世紀四十年代。詩題爲編者所加。

稻熟〔一〕

稻熟蔬肥絡緯秋，光明一點照無愁。來年老子歸田去，鋤力爭如筆力遒。

〔一〕録自墨跡，作於二十世紀四十年代。詩題爲編者所加。

亭林從陳大二選勝二絶〔一〕

似曾相識燕飛來，一徑春風紫陌開。古寺荒凉雲淡淡，野王尚有讀書堆。寶雲寺後土阜爲顧野王讀書處，俗呼爲「讀書堆」。

楞嚴經塔溯蕭梁，佛像雲岡小雁行。相對皇孫元碣在，知曾夜夜鬥光芒。寶雲寺蕭梁時建，有石塔刻《楞嚴經》全部，其上石佛、飛神鎸刻極精，對面有趙松雪書《寶雲寺碑記》尚完好，而碑亭圮矣。

〔一〕録自墨跡，作於二十世紀四十年代。

題韓子穀《荀廬印存》應杜詩庭〔一〕

荀廬印法乳師門，龍丁與缶翁交在師友之間，氣息亦類，然正似其篆行，更自具面目。

刻劃論才藝，雲間得二高。費韓同大譽，予欲不操刀。並世精嚴少，遺篇什襲勞。少陵敦古誼，寧止式滔滔。

〔一〕録自墨跡，作於二十世紀四十年代。

題竹枝圖〔一〕

種竹三兩竿，參差宜風雨。風來玉瑽琤，雨去翠增嫵。每懷三五夜，明明山月吐。紙窗韻忽長，抱膝吟梁父。

〔一〕録自墨跡，作於二十世紀四十年代。詩題爲編者所加。

老頭〔一〕

老頭已合嬌兒呼，頷下三朝又白鬚。闔眼有誰真萬歲，開懷政爾列子壺。不曾瑣瑣爲生計，尚欲堂堂作丈夫。燈畔詩成未寂寞，車聲專夜五通衢。

〔一〕録自墨跡，作於二十世紀四十年代。詩題爲編者所加。

寄家〔一〕

笋時作計到家門，鄉訊先傳欲侑樽。母健翻疑貧是藥，汝勞應解怨爲恩。園蔬料有如人瘦，瓶酒知無待我溫。近日盤餐珍苜蓿，後來諸事略堪論。

〔一〕録自墨跡，作於二十世紀四十年代。

病榻〔一〕

漸驚步履失昂藏，貞疾年時無異方。疏到酒杯猜故舊，卧來板榻想流亡。夢隨兵甲鄉關滿，歸誤晴明草路香。深巷怪聲喧叫賣，爲思活計亦凄凉。

〔一〕録自墨跡，作於二十世紀四十年代。

檢別〔一〕

檢別藏金輪七事，尚拋心力契千年。閑情可與閑人論，得筆原從得勢全。叢薄深山遙寄意，孤芳澹韻小參禪。過江焉用愁多士，復老宵宵自在眠。

〔一〕録自墨跡，作於二十世紀四十年代。詩題爲編者所加。

病了〔一〕

病了連朝竟奈何，沉冥白日得微哦。味無味處成觀我，觚不觚時且看他。豪客圖南仍圖北，諸天如笑復如歌。埋名却有張侯在，便向尊前嘬瘦螺。時復村避邏雲深處。

〔一〕録自墨跡，作於二十世紀四十年代。詩題爲編者所加。

慣逢〔一〕

慣逢氣類連朝醉，入座何曾問主賓。俯仰未諳差得野，形骸能外始爲真。休將諱疾悲時事，不道謀邦尚舊臣。自昔人情衹私己，願聞一著在斯民。

〔一〕録自墨跡，作於二十世紀四十年代。詩題爲編者所加。

愛書〔一〕

愛書正與此身仇，半夜三更寫未休。長史當年徒握髮，雲間自愧吐哺周。

〔一〕録自金學儀《紀念夫君白蕉百歲誕辰》，約作於二十世紀四十年代。詩題爲編者所加。

題《寥天風雨圖》[一]

披圖此日更何詞，久識朱侯足孝思。朱履仁。兩樣情懷揮涕淚，一般風雨到今時。

〔一〕録自《鄭逸梅選集》（黑龍江人民出版社一九九一年版），約作於二十世紀四十年代。

卷三　一九五〇—一九六四年

蘇南文管會用柳亞老韻〔一〕

紅上東方八表開，重陽令節我重來。霜髯一老豪情在，要看蘇南後起才。

〔一〕録自墨跡，作於一九五〇年。

酒雪二章之一〔一〕

酒雪標奇用，魯酒化醇醪。酒人多佳釀，酒雪徒善刀。置之不復顧，三年如坐牢。既貧仍思飲，好事多彥髦。子雲不專美，屈子非哺糟。有時亦圖醉，豈得一人陶。妻孥共苦飢，予心獨能豪。嗟哉卧雲子，妙緒何由高。酒雪，色如伏油，凡酒味之薄劣者，入數滴即佳，俗呼「酒王」。

〔一〕録自墨跡，原詩二首僅書一首，落款時間「一九五〇年五月」。

跋陸儼少《松隱圖》〔一〕

廿年以後許尋山，相見無人無好顔〔二〕。今日仔肩如石硬，松風呼我不能還。

〔一〕録自墨跡，作於一九五一年。詩題爲編者所加。

〔二〕相見無人無好顔　一作「相見何人無好顔」。

北行絶句〔一〕

日夕輕雷送上京，新華文會及秋明。坐來小院討名紙，動我天南萬里情。

不多落墨正多情，肘後春回未有聲。誰纂雲間人物志，溫柔應着女中英。

幾回睜眼向人青，卓卓梅家此一丁。我自廿年無隻字，獨慚爾父早能醒。

深情似海亦無涯，欲寫離衷句未諧。自挾晨風訪詩老，秋晴獨走北長街。

黄翁細語是時珍，忠赤由來最感人。我信十年更舊俗，中華面目見全新。

同和魯味我嘗新，舉酒相看目有神。八十七仙添一個，玄袍朱杖白鬚人。偕悲鴻夫婦訪白石老人，老人約飯同和居。《八十七神仙卷》悲鴻所藏。

拜地祭天劇已終，人民今是主人翁。圜丘鼓掌歸來後，絶念維摩小卧龍。

水清已改舊蘆塘，新起山頭看幾行。來日陶然亭外路，不須遺老説興亡。龔彬約遊陶然亭。

諧趣排雲次第看，長廊走盡坐船寬。昆明湖水深三尺，載得人民萬種歡。悲鴻約遊人民公園，同行者陳之佛。

遠阡近陌自環迴，吟抱真隨視野開。夢裏行程齊魯了，蚌滁南下渡江來。

〔一〕録自墨跡，作於一九五三年。詩題爲編者所加。

一九五五年春，送殯黄賓老留杭三日，有詩四首，同行賴少其、江寒汀、賀天健、唐雲、林風眠、趙延年諸家〔一〕

曲水歸帆幾點浮，大橋堅卧傍圓洲。長龍出峽嘘雲白，欲上江干百丈樓。六和塔即景。用賴少其韻。

古木多姿潭意靜，初陽曲徑鳥聲幽。畫師接景尋前事，要爲夫人計後遊。三潭印月。戲贈賀天健。

延年脚力出珍珠，細雨晴池景亦殊。地下文章似晉宋，人間觀賞足清娱。玉泉。贈趙延年。

一舸平堤下，横湖載幾人。淺春浮緑意，初日泛銀鱗。去住千家異，崇卑萬瓦新。河山重整頓〔二〕，寰海滿歌聲。泛湖。

〔一〕録自墨跡。據錢君匋記載，此杭行四首所用原韻詩作者實爲錢君匋。

〔二〕河山重整頓　「河山」一作「乾坤」。

題錢君匋藏文徵明《烹茶圖》〔一〕

君匋吾兄屬題此卷，見黄賓老題字，憶春間送殯後情事，敬書二十八字以歸之。

重開畫卷吊忘年，藝事評量慣損眠。漫憶春晴湖上路，一杯默對虎跑泉。

〔一〕録自墨跡，作於一九五五年夏。詩題爲編者所加。

即景〔一〕

梧桐入夏亦更衣，知了聞聲見尚稀。忽憶田塍涼吹晚，相逢故舊十年違。

〔一〕録自墨跡，作於一九五五年夏。

題蘭〔一〕

古墨陳箋欲頌蘭，盆高葉大見花繁。倚天一笑君能覺，是素何曾不是丹。

〔一〕録自墨跡，作於一九五五年夏。

歡呼上海市進入社會主義社會〔一〕

沸城鼓吹入雲霄，萬歲聲中爆竹驕。放得歡情噙熱淚〔二〕，巾飛帽舞湧人潮〔三〕。
保證書高有幾抬，動人講話逐人來。烟迷大厦歡成海，鼓掌情深作陣雷。
郊區城市一般情，雲動紅旗隊隊明。六億人民齊報囍，亞洲新事使誰驚。

〔一〕録自墨跡，作於一九五六年一月二十一日。第一首墨跡曾發表於《新民報晚刊》一九五六年一月二十二日第五版。
〔二〕放得歡情噙熱淚　「放得」發表墨跡作「共見」。
〔三〕巾飛帽舞湧人潮　「湧」發表墨跡作「是」。

贈黄炎培〔一〕

南飛詩翰報康寧，三月西湖眼亦青。定力故知緣定識，喜聞剖腹得長齡。
歡顔映日笑和春，生事家家頌黨人。誰護忠勤真助手，相看龍馬是精神。

〔一〕發表於《大公報》一九五六年二月二十二日第六版。詩題爲編者所加。

一九五六年二月廿九日，上海美術工作者三十三人專車去常熟虞山寫生，前後四日，得素材二百餘幅，予有詩十首紀行〔一〕

細草如蘭有不同，虞山二月接天風。盧生文聯盧坤同志癖似何生癖，各拾西峰一片雲。

眼明選石桃源澗，歸路渾忘是夕陽。窄徑烏靴循亂石，下山舞勢看周娘。桃源澗覓赭石，同行江寒汀、唐雲、周鍊霞。鍊霞穿革制烏靴，半途坐等，下坡時提心吊膽，同人笑謂創造了一種舞蹈姿勢。

勝地應誇冠此鄉，破山寺貌想齊梁。掃盲生産今朝事，爲愛山僧體味長。空心齋妙生和上來閒話。

跨嶺穿林意得閑，聯珠臥石亦崔巍。緑肥紅瘦他時路，策杖還須雨後來。偕張充仁等去聯珠洞得大片赭石，天晴未見瀑流。

信美河山寫此行，何郎老去愧無文。微雲淡日虞山道，一隊畫師入劍門。

岸動船移塘水清，劍門回首在天根。眼前畫稿誰家富，色舞相看證屐痕。二日紀事。

移山未少小愚公，品石中宵興更濃。誰省愚園樓上客，看山原是出山翁。

雪後荒園想像中，司農常熟記瓶翁。虞山白酒風吹醒，也教何生一臉紅。江寒汀云，虞山土白酒，喝幾口上面，風一吹就醒，是個特點。

來時方拓路，歸日兩行樹。新事何處無，相驚我和汝〔二〕。歸途放眼，忽感異樣，則路別三日，寬拓工程竣工，兩旁已遍植一人半高樹苗，首尾二百里，口占一絕。

〔一〕發表於《大公報》一九五六年三月二十五日至四月二日第六版。發表版本及墨跡本均僅有九首。

〔二〕相驚我和汝　「我」墨跡作「吾」。

一九五六年五月上旬，上海國畫作者孫雪泥、賀天健、錢瘦鐵、沈邁士、江寒汀、唐雲、吴青霞、俞子才、張守成及西畫雕塑家張充仁等二十三人，去蘇作旅行寫生，日程爲去天池、華山、靈巖、天平及諸園林名勝，洞庭東西山則以雨阻，未果去。先後七日，統計得素材二百餘幅，予得十絕句〔一〕

走盡花街思不窮，園林此地甲吴中。故知步步經營意，自具千秋落落胸。　拙政園。園林路緑化俱屬花樹，俗稱「花街」。

天壤何年卧大牛，雷轟雨打衹埋頭。江山何處無奇境，愛向天池作冥搜。　天池寂鑑寺。

華山之陽絶幽深，畫師心事殊古今。山巔大佛三丈六，望見今朝新農村。　過蓮華峰出倚雲棧。

東閣扶欄向兩方，幾人戴月出僧房。蘇城燈火珠横貫，一綫遥看放夜光。

飛雲挾勢莊遥山，大筆淋漓欲寫難。吴下才人誰復在，高臺負手不知還。　靈岩寺東閣看日出書所見。

天平山骨故相高，拔地蒼松氣更豪。選坐自親苔石緑，静中初味愛松濤。　靈岩後山走天平山麓。

佛門生事眼中呈，檐溜聲和落紙聲。好是上人能作法，雨圍東閣夜張燈。　題俞子才作僧衆農場丈二中堂。將往莫釐，雨阻靈巖，妙真方丈酷愛藝事，請諸家作畫，並謂雨落天留客，固老衲昨宵所曾禱也，故第三句及之。

松坡翠襯夕陽斜，山外青山水外沙。畫稿眼前開董巨，吟懷策下竟誰家。　琴臺後山晚眺。

小中見大幽且深，胸中丘壑想若人。回頭似見倪高士，長歎一聲獅子林。　觀汪義莊假山。

花草精神見是翁，小園丘壑正無窮。何家老子亦難老，要看新華變畫風。　紫羅蘭館訪周瘦鵑即贈。

〔一〕録自墨跡。

題江寒汀作曇花〔一〕

九月廿四日大雨終日，寒汀先生作畫甚多，傍晚斟酒自勞，值曇花怒放，遂爲寫生，同賞者，子才、叔淵、田軍、祖勃、綬臣。

筆端新意願無涯，能事從來要一家。助我畫師酒三盞，幾人坐雨得曇花。

〔一〕録自墨跡，作於一九五六年。詩題爲編者所加。

揚州紀遊〔一〕

瘦西湖上小金山，亭館風清樹石閑。走馬淮東同攬勝，好贏畫卷共詩還。

秋夢它時紀小遊，洗塵天日别揚州。横江一舸迎山色，却教金焦讓兩頭。别揚州。

古塔無檐猶有頂，遠山欲隱尚留痕。犇牛東去町畦美，稻實黄圍遠近村。

採菱人語欲相聞，流水灣灣帶幾村。倘向畫師論風格，尋常小景六朝文。常錫車中。

西邊夕照東邊雨，歸客南窗亦計程。却看田頭傳箬笠，誰家生事最關情。

晚晴沉日景横生，雨後山光别有情。燈火如星人語密，長車已傍闔閭城。

〔一〕發表於《文匯報》一九五六年十月二十七日第三版，作於一九五六年十月。詩題爲編者所加。

題蘭〔一〕

萬萬千花總是春〔二〕，雲間大筆爲傳神。風晴雨露君能賞，笑舞歡歌我自珍。

〔一〕録自墨跡，作於一九五六年。
〔二〕萬萬千花總是春　第二「萬」字疑爲「葉」之誤。

一九五七年四月，歡迎伏羅希洛夫莅滬，題張聿光、朱文侯、王个簃、張大壯、江寒汀、陸抑非、唐雲、張守成合作〔一〕

動地歡聲寫不成，萬千紅紫向春明。畫家筆下無它意，祇寫人民此日情。

〔一〕録自墨跡。

題寫蘭絶句〔一〕

午睡兩頭睡不好，榻中躍起興忽長。阿翀看畫年三歲，今在江西亦做娘。
闊葉細花赤箭高，深筋鈎出使東豪。江南劍墨入新畫，驚怖前賢非吾曹。
性情五十如十五，眼力同書見老蒼。寫兩筆時如酒好，一花一葉不曾忙。
古人祇歎俟河清，河清何用古人驚。阿誰看畫出紙外，落落胸中至有情。
花香傳韻蝶尋思，爹老兒青本一枝。若極不來誰種竹，非關惜墨始題詩。

〔一〕録自墨跡，落款時間「一九五七年閏中秋」。

喜聞長江大橋通車，並慶祝十月革命四十周年〔一〕

今日無天塹，堂堂水上途。歡聲動南北，友誼紀中蘇。飛渡成凡語，新詞現睿圖。驚看小月亮，舉世仰紅都。

〔一〕録自墨跡，約作於一九五七年十月。

題蘭〔一〕

看花人不多，看葉人更少。不知花有無，且看發葉好。
在室傳香遠，山泥仍護根。幾年心力瘁，滿眼好兒孫。
在山迎風雨，出山避風雨。翼翼護花情，萎棄仍在路。蘭蕙性不殊，風雨一如故。

〔一〕録自墨跡，落款时间「一九五七年」。詩題爲編者所加。

七十條鐵路齊頭躍進〔一〕

先行大辦三千里，便道施工七十條。今日長房數百萬，人間何地説迢遥。

〔一〕録自墨跡，作於一九五八年。

題蘭〔一〕

躑躅千山裏，移來谷外香。迎人齊作笑，喜氣本難量。

〔一〕録自墨跡，落款時間「一九五八年五月」。詩題爲編者所加。

訪友歸途一絶〔一〕

蕭邦夜曲耳邊停，大厦高頭看一星。紅照兩間開大道，緑濃前路盡年青。

〔一〕録自墨跡，約作於一九五八年。

觀上海人民公園百花齊放展後作〔一〕

一日遍看四季花，公園春節人民誇。花神嚇走花工笑，今日全能不是他。

〔一〕録自墨跡，作於一九五九年春節。

題與唐雲合作蘭菊圖〔一〕

憶春節人民公園所見，與大石合作，時一九五九年初夏。

無窮出現新鮮事，眼見耳聞日不同。合作一番小彙報，夏蘭秋菊共春風。

〔一〕録自墨跡。詩題爲編者所加。

國慶十周年作〔一〕

山高慣伍雲和月，地闊吹塵雪與霜。天下誰驚復誰喜，巨龍十載起東方。

〔一〕録自墨跡，作於一九五九年。

國慶十周年三首〔一〕

東方紅日萬年升，公社花開三戶興。旱澇小它天地變，棉糧大共鐵煤增。低頭讓路看山水，握手歡呼來友朋。正是人間風向換，幾洲齊望此明燈。頌人民公社。

山連海湧新城見，工舞農歌故國春。已看黄河清到底，好教青史盡翻身。和平力量東風大，生活光輝路綫明。熱血鑄文慚大筆，歡騰節日是全民。

十年成就謳歌黨，欲擬恩情海未深。環屋珠燈窮望眼，滿城遊客喜連心。漫看花木寬新路〔二〕，偶認崇樓識舊鄰〔三〕。拍手昂頭成小駐〔四〕，空中炮仗競千型〔五〕。節日夜遊。

〔一〕録自墨跡，作於一九五九年。
〔二〕漫看花木寬新路　「漫」一作「細」。
〔三〕偶認崇樓識舊鄰　「偶」一作「自」。
〔四〕拍手昂頭成小駐　一作「小駐昂頭同爾汝」。
〔五〕空中炮仗競千型　「競」一作「幻」。

理交遊所遺五色繭紙，興至遂書，書後賦此，深慨筆材之難，我兒何平髮穎亦不可復得也〔一〕

交遊遺我五色紙，使我千年不得死。深睛内氣一舒豪，夜午長行纔三四。老來得墨並已多，恥從紙背題名氏。頗嗟强弱精筆難，黄黄白白不堪使。我問我兒頭上髮，至今粗殺萬把字。

〔一〕録自墨跡，約作於一九五九年。

題張雙清《度曲圖卷》〔一〕

勝利歡呼十月後，舞狂我起五更雞。九年度得東風曲，六億歌聲直向西。

〔一〕録自墨跡，約作於一九五九年。

題蘭軸〔一〕

鳥結牛軋不知味，日光半夜照蘭開。忽聞稚子夢中笑，恰似樓頭見我來。中夜起我遺尿兒，明燈弄筆便爾爲。東鄰雞叫西鄰和，指上靈光喜上眉。

〔一〕録自墨跡，約作於一九五九年。

花農頌〔一〕

落山新花昨入盆，細香在室宅外聞。賞花莫忘養花人，尋花更有翻山人。爲君送香入城去，此意比花誰有情？

〔一〕録自墨跡，約作於二十世紀五十年代。

題蘭〔一〕

花開正面不曾難，葉向君前未易安。側勢千年餘一筆，漫從驚驗得新觀。
風蘭未易雨蘭難，晴露之間別變端。胸次從知有天地，手中氣候復堪看。
花香原要大家聞，寒暑經心亦足論。塊壘笑他腸内大，畫成却説打烏盆。
烏盆有價何妨打，赤箭無言本自芳。十字街頭看笑靨，賣花人去是空筐。

〔一〕録自墨跡，約作於二十世紀五十年代。詩題爲編者所加。

君匋老友出示藏珍文待詔《窗前鳴珮卷》屬題，讀畢系短句〔一〕

指天新筆勢，落籜獲真解。流翠日當窗，三年分个介。情緣默以深，意得接千載。勖哉思無窮，永凜林間戒。

〔一〕録自墨跡，作於一九六一年。

題蘭〔一〕

故廬微有老名種蘭蕙，花時遠近有觀賞者來。我侍我父，朝自庭院掇盆入室，及暮自室還庭，不爲勞也。一夜橅大王帖後，舉目瞥見素壁花影，大動於中，頓盡研池墨瀋，它日遂爲常課。此我兒時初學寫蘭也。

小廬客去晚歸庭，架上吾師亮苦心。忽得影中花葉活，燈光面面事追尋。

〔一〕録自墨跡，約作於一九六一年。詩題爲編者所加。

辛丑歲盡日畫院值日即景〔一〕

一地霜花一地銀，沉沉廣院寂無聲。香蔬忽起朝陽裏，漸看疏林飛小禽。是日寫此，即題備忘也。此詩「起」字，人或未深解者，未適味靜趣，未見其起耳。

〔一〕録自墨跡。

壬寅春晨三時醒，猶記夢中「憑誰」兩句，亟明燈記之，足成題畫〔一〕

憑誰意氣雲霄上，老我乾坤錦綉中〔二〕。是素是丹原一德，一同一箭在東風。

〔一〕録自墨跡。

〔二〕老我乾坤錦綉中　「乾坤」一作「河山」。

看雨一絶，時方討論文藝八條〔一〕

看雨樓前日午昏，風雷生氣兩間存。神州藝事開新面，唐宋元明漫共論。

〔一〕録自墨跡，作於一九六二年。

六月廿五日即事〔一〕

老子抽豪紙有聲，嬌兒問歲更論兵。已知平賊須臾事，許我從容筆陣新。

〔一〕録自墨跡，作於一九六二年。

題蘭〔一〕

情懷如水筆如飛，葉舞花開特地肥。何遜而今漸老否，汾陽路上詠而歸。

幽堂却坐對嬋娟，細論梅荷問水仙。往事何勞重屈指，漫聽雷唱卧昊天。

〔一〕録自墨跡，落款时间「壬寅夏日」。詩題爲編者所加。

倚雨一首，寄懷俠塵黄山〔一〕

崩雷横雨乾坤改，百尺高樓有人在。瀾翻藝海生氣殊，蛟鼉靈怪陳千采。遥想山中睡起時，停杯注茗沉思態。興來研墨不嫌遲，落筆忽如驚電快。山川花木新面開，神勞却忘醫者戒。北山愚公面山居，未有精神動真宰。淋漓漬盡素與縑，歌呼忽省酸和鹹。爲思叔夜請孫登，差笑龍眠避子瞻。

〔一〕録自墨跡，作于一九六二年九月。

慶祝一九六二年國慶〔一〕

英明黨領導，國慶十三年。人在東風裏，春消西海邊。古今空此例，歌頌要千篇。萬歲青松柏，歡聲動地天。

地許民爭富，天難歲吝豐。雲開華夏麗，日映大旗紅。功業農工最，文章馬列崇。亞非共拉美，幾國看來蹤。

〔一〕録自墨跡。

車至蘇州飯店〔一〕

老緑新街處處遮，幾年不到到應誇。機車馳道如飛去，坐看蘇州一路花。

〔一〕録自墨跡，約作於一九六二年十一月。

網師園〔一〕

我頌姑蘇好，天堂陋昔時。名園秋更好，小雨畫王思。

〔一〕録自墨跡，約作於一九六二年十一月。

滄浪亭三絕〔一〕

低雲敢壓興頭高，飛步層樓氣自驕。紅屋青林迎一覽，遥山近塔各相招。

深潭水淺三分緑，老樹心空十丈青。勝概坳隆閑踏遍，千秋詩意接微馨。

有情木石無情雨，闊筆文章細筆花。一樣經營千種意，古今心力各名家。看壁間刻石張畫。

〔一〕録自墨跡，約作於一九六二年十一月。

環秀山莊疊石構圖皆山樵法，園林中得此當爲江南第一，其相對面爲雲林法，僅見遺意〔一〕

參禪魚樂深潭靜，得勢崖危樹出奇。丘壑自深方寸地，山樵高士不相師。

〔一〕録自墨跡，約作於一九六二年十一月。

虎丘絕句〔一〕

晨曦上屋過金閶，十里山塘聞稻香。爽氣東南開視野，凴陵高閣挹秋凉。

攔路無人乞布施，分明時代足長思。重來舊地都新貌，海湧峰頭合有詩。

〔一〕録自墨跡，約作於一九六二年十一月。

柳君然屬題其折枝手卷〔一〕

着力東風裹，千花共一春。柳翁妙手筆，歲歲出清新。

〔一〕録自墨跡，約作於一九六二年十一月。

光福山中偶書〔一〕

昨日望山頭，今日到山下。山中何所有，稻實黄垂野。畦菜條條青，地芋堆堆赭。姑娘事翻芋，稚子有取捨。嗟予非漢臣，此是一張畫。

〔一〕録自墨跡，約作於一九六二年十一月。

个園〔一〕

个園疊石四時名，曲檻虚廊處處行。塵馬息來成小憩，緑蘿嘉樹有千情。

〔一〕録自墨跡，約作於一九六二年十一月。

小金山兩首〔一〕

湖堤垂柳復垂楊，嶺上長春舊日狂。貌石塗花開手本，幾人低首費思量。

千年枸杞皮飛白，百種霜花紫間黃。一樣傳神來妙手，堂堂謝陸與來張。

〔一〕録自墨跡，約作於一九六二年十一月。

題謝之光、陸儼少合作《松柏長青圖》爲揚州梅嶺西園〔一〕

謝陸風流筆下神，莪莪雙幹萬年春。我來正看維揚雨，夏屋高崗百態新。

〔一〕録自墨跡，約作於一九六二年十一月。

謝李亞如書記贈畫〔一〕

李侯筆妙欲無儔，寫得當前事事幽。它日卧遊尋舊侶，故應有夢到揚州。

〔一〕録自墨跡，約作於一九六二年十一月。

平山堂〔一〕

天高雲外深池見，樹老人間盤錯多。正是江淮秋景好，平山堂上望雲蘿。

〔一〕録自墨跡，約作於一九六二年十一月。詩題爲編者所加。

冒雨訪萬福閘〔一〕

運河新舊看來清，一路輕車挾雨行。左右閘邊高下水，濤聲日夜作雷鳴。

〔一〕録自墨跡，約作於一九六二年十一月。

北固山多景樓遠眺〔一〕

遠岫浮煙映日遥，深青兩點是金焦。山林江上翁能樂，百六煙囱喜入霄。解放前鎮江衹二個半煙囱，今有一百六十餘個。

〔一〕録自墨跡，約作於一九六二年十一月。

金山三絶〔一〕

何須形勝談吴楚，此日中華是一家。塔下漁塘新字格，山前帆影亂朝霞。登金山壽慈塔。

看來字畫有名家，朱軸卷舒足一車。閑走山前與山後，秋霜千里艷黄花。

品得中泠第一泉，人功河上望山巔。斜陽萬柳誰題句，塔是毛錐紙是天。

〔一〕録自墨跡，約作於一九六二年十一月。

焦山訪《瘞鶴銘》〔一〕

塗鴉日上憶兒時，瘞鶴朱方尚有詞。真逸山樵都好事，此間水後客能知。

〔一〕録自墨跡，約作於一九六二年十一月。

岡山山南爲江南山色，山北則多峭壁，其勢甚陡，大似北地，與附近五峰山一帶多宋韓蘄王練兵抗金遺跡，岡有七十二洞，多在山北，其地爲解放戰爭時渡江間道，多英勇事跡，反動派損失大，此間傳説甚多動人故事〔一〕

長途如帶車如虎，山勢猶龍水似之。莫道岡巒異南北，岡山史跡大名垂。

〔一〕録自墨跡，約作於一九六二年十一月。

題蘭〔一〕

疏處解求密，密處解求疏。若能密處密，定知疏處疏。不疏亦不密，白開水一壺。

觀人於人中，味茶在茶外。病來急事無，靜後乾坤大。驕躁良足醫，蘭視三年艾。

喧寂本一根，低昂無休歇。紅紫共春風，衆芳自相及。黄豪寫白花，聊擲肺肝熱。感子欲相高，無言此長揖。

〔一〕録自墨跡，作於一九六二年。詩題爲編者所加。

兩蟑螂，擬古樂府〔一〕

靜室明窗，燈光如日。何來蟑螂横飛，横飛撲人面，揮之驟走匿不見。倏來書卷馳相逐，前前後後。擾我如趁機，擾我不能讀和作，撲我小兒驚且愕。我染紙素壁上多，爾在其中聲索索。蕞爾小蟲，爾思棲爾棲，老眼追蹤却未迷。脱我左脚鞋，猛然一擊中。爾儕翻身仰天，鬚脚尚動。兒亟呼曰：莫踏蟑螂如泥，待我攜瓶來，明日喂黄雞，蟑螂蟑螂不能飛。

〔一〕録自墨跡，作於一九六二年。

壽海老古稀二絶〔一〕

桃李春風日下來，參軍蠻語講堂開。昂藏一叟丹心在，况是新時重老才。
明燈調采話山海，坐雨層樓夜不眠。愛我最懷李老子，狂生酒態憶當年。

〔一〕録自墨跡，作於一九六二年。

北行絶句〔一〕

野曠田疇整，民生屋宇新。從容冰上路，時見兩三人。
老愛衝寒意自酣，風光一路儘堪談。渡江船穩馱輪去，直北行車指濟南。

寒林初日於官屯叶去，黄土青羊泰岱頭。旅夢回酣珠照眼，黑龍飛夜過徐州。

〔一〕録自墨跡，約作於一九六三年初。

題蘭〔一〕

來公有酒不自飲，遺我酒徒發高興。清歡獨遣抽長豪，培花抒葉出沉勁。淋漓密葉雨餘重，錯落疏花風前動。輕陰相護花意顰，旭日相迎花微暈。白家老子本姓何，跌宕東風筆爲歌。清芬應使溢宇宙，黄豪千載追微酡。

〔一〕録自墨跡，約作於一九六三年初。詩題爲編者所加。

題陸儼少《雙松樓圖》〔一〕

樓外乾坤樓上翁，商量藝事倚東風。長青不獨雙松在，一點丹心萬古紅。

〔一〕録自墨跡，約作於一九六三年春。詩題爲編者所加。

題蘭〔一〕

雲飛電走破休閑，鄭趙周陳奪幾闗。禿管禿翁管何事，衹寫春風滿世間。

〔一〕録自墨跡，落款時間「癸卯七月」。詩題爲編者所加。

題蘭〔一〕

看花日月迴，寫韻蕙蘭新。花外無多意，江湖老復丁。
着力東風筆陣驕，山河壯麗太陽高。萬年春在芳華在，韻洽歌聲上九霄〔二〕。

〔一〕録自墨跡，落款時間「一九六三年國慶」。詩題爲編者所加。
〔二〕韻洽歌聲上九霄　「上」一作「入」。後二句又作「寫花人意殊思肖，清賞休從寸半豪」。

曹君大鐵與余别十載，甲辰收燈日忽過我雲深處，相顧愀然，索書研銘，信手應之〔一〕

會面興懷放歌行，音響蒼凉遺世情。天涯冷落矧相識，伊人秋水思冥冥。筆鋭脱兮研鈍壽，執端友兮長相守。

〔一〕録自銘文，约作於一九六四年三月。

謝夜烽同志瑤章見贈，即乞政可〔一〕

愛民兼愛客，詩才張一軍。新天朗日月，共此挹清芬。
柳眼青無數，江淮春意驕。已看城躍進，所恨筆如茅。

〔一〕録自墨跡，作於一九六四年三月。

皖行絶句〔一〕

蕪湖逢儲老，眼明見鐵花。當家是我黨，絶藝始光華。

雲上巡天又此行，戴頭朗日駕雷聲。懸懸雲下千層雨，灑向人間作好春。

驅車犯夜走輕雷，夜入曹瞞點將臺。却看新城新面貌，街燈萬盞白皚皚。

〔一〕録自墨跡，作於一九六四年三月。

題蘭〔一〕

寫蘭葉壞灾佳紙，忽看稚兒學補花。深淺高低都不管，塗來總愛教人誇。

幾多盆盎呈新樣，不食連朝又損眠。衹是尋常一兩箭〔二〕，錯教長短説三年。

何曾笑語不相關，道我頑時却未頑。無意議蘭常養目，每憐飛夢越中山。

攜婦將雛初日微，羊花香裹蝶還稀〔三〕。東風歌吹江郊路〔四〕，無數楊花撲面飛。龍華苗圃作。

〔一〕録自墨跡，落款時間「甲辰春暮」。詩題爲編者所加。

〔二〕衹是尋常一兩箭　「箭」一作「朵」。

〔三〕羊花香裹蝶還稀　「羊」一作「菜」。

〔四〕東風歌吹江郊路　「歌」一作「鼓」。

戲題無名氏作《醉鍾馗圖》〔一〕

鍾馗不飲小鬼吊，鍾馗一飲小鬼笑。誰倩請鍾馗飲酒來，鍾馗嗜飲誰知道。鍾馗一飲空大罈，無聲舞裏小鬼猜。鍾馗欲行行却曲，大地康莊有起伏。心迷猶誇腰脚健，目昏却訝玄黄異。北山老子喝一聲，心旌摇摇此不成。寶劍寶劍在何許？背後小鬼方推汝。

〔一〕録自墨跡，落款時間「甲辰初夏」。按，此詩與二十世紀四十年代題沈子丞《醉鍾馗圖》所作相近，似是在舊作基礎上又有較大修改，因録於此。

題蘭〔一〕

不許爺多飲，嬌兒知愛爺。未諳飲中味，不獨我兒差。千本崇蘭不遠人，氤氳簾下坐相親。年年此日龍華路，一度相看一寫真。風力能教舞葉長，良宵不逝爲花香。憑誰論藝低牆上，旦晚能來大石唐。

〔一〕録自墨跡，落款時間「甲辰」。詩題爲編者所加。

題蘭〔一〕

衆中小草香，夜午紙上喜。卌年寫崇蘭，晚知崇蘭意。緑玉發清馨，新華處處春。誰知淺澹意，寄得萬千情。試紙一開花，試墨一撇葉。千秋紙上香，葉末春風力。

好風自東來，習習入我懷。清芬傳遠韻，知有白花開。

氣疾疏杯斝，無情不看花。龍華空有會，小榻啜紅茶。時龍華大寺有蘭展。

眼前煙好茶好，筆底花香葉香。爭怪老頭無寐，憐它夜短情長。

箭有高低矮葉遮，大開小放幾多花。老頭不用前人法，聞道時賢罵後誇。

我與妻兒是兩家，移盆窺影獨咨嗟。孤檠能説宵來事，頭白狂生最愛花。

小寒阻放茁肥花，長葉受風生遠勢。使筆使墨味淺深，海上幾年苦求紙。

書到無心成爛漫，畫因有酒共離披。從來佳日能灾紙，更向清宵一綴詩。

心頭喜氣指頭香，問道先生醉過鄉。池上朝暾如遮意，花開不與我商量。

犯曉新研墨半瓶，晚來掇桌一拉燈。已傾市上淋漓酒，宜薄雲間躍突心。

暖日回春舒静緑，清言勝酒接同文。未須僧道知臣法，高屋深燈氣似雲。

向春萬類盡昂頭，信有伊誰强説愁。慣忘朝飢伴蘭蕙，麝梅香外倚高樓。

何如書學姓名外，更向人間費大箋。欲把心情託杜老，酒邊花意最纏綿。

誰省新花勝舊花，白家不是是何家。拓來藝圃勞人願，湘沅風流無邇遐。

小醺援筆走三更，千喜從教上紙屏。未卜千秋成一格〔二〕，思緣澹韻見微情。

遠懷短筆春宵事，澹韻丹心出澗阿。樓上老頭叉手笑，春風吹上葉兒多。

側窺平視未能裁，尚憶兒時學鬼才。爇煙却立爲君説，好似老頭摸黑來。

醉卧雲間一丈夫，客來停午莫相呼。天明不寐愁妻子，衹爲南山小草圖。

蘭之芳兮芳則那，人之多也不自多。我心寫兮我髮皤，我歌允兮衆則和。

小草倚東風，福民筆夜舞。倘若化爲聲，鶴唳非蛙鼓。倘若化爲獸，麋鹿非獅虎。倘若化爲人，佳士非美婦。

長葉受風生遠勢，高花迎日見中丹。稍疑頑石高靈石，又覺春蘭勝夏蘭。飲肆歸時神愈静，誰疑秃筆生波瀾。

〔一〕録自墨跡，約作於二十世紀六十年代。詩題爲編者所加。
〔二〕未卜千秋成一格　「成」一作「存」。

記小平事〔一〕

目注心疑左右看，花開問我可曾安。已嗤老子灾佳紙，幹麽稚兒又寫蘭。

〔一〕録自墨跡，約作於二十世紀六十年代。

詞

如夢令〔一〕

天上也看月瘦，夢裏又教眉皺。别後惜流光，爭得襟懷依舊。知否，知否，遥夜五更清漏。

〔一〕録自墨跡，約作於二十世紀三十年代。

生查子〔一〕

坐看白日斜，紅葉驚秋老。風動縐池波，香約歌聲小。閑攤絨綫球，看運針兒巧。密意碧波清，特地成煩惱。

〔一〕録自墨跡，約作於二十世紀三十年代。

浣溪沙·無題〔一〕

滅却相思意轉癡。櫻唇欲澮血紅脂。歡情偏笑那家兒〔二〕。今日休言還有恨，這番非夢更無疑。斜陽猶掛最高枝。

〔一〕發表於《長風半月刊》一九三三年第一卷第一期。
〔二〕歡情偏笑那家兒　「偏」墨跡作「翻」。

浣溪沙〔一〕

淺笑輕顰接嫩歡。低哼麗曲整雲鬟。藏情難密小眉灣。別後肻懷花濺淚〔二〕，會中時刻夢成甜。凝看吻罷最相憐。

檢點新詞感賞音〔三〕。怯寒記共合歡衾〔四〕。不應情密尚多心。書蹟肥添三寸厚，酒渦瘦減一分深。宵來惱恨未能禁。

一夜西風白萬家。最憐寒損蕙蘭花。自添錦繭護根芽。香淡宜邀梅作伴，紅深欲妒豆爭華。水仙天竹兩邊斜。

〔一〕發表於《文藝春秋》一九三四年第一卷第八期。
〔二〕別後肻懷花濺淚　「肻懷」似不可解，「肻」字疑爲手民之誤。
〔三〕檢點新詞感賞音　墨跡作「何事淒淒直到今」。
〔四〕怯寒記共合歡衾　墨跡作「霜寒月冷夢相尋」。

浣溪沙〔一〕

肯數人間鶯燕儔。紅帷深鎖小窗幽。惜春句好不言愁。窺我無言如有思，問伊微笑怎來由？相憐一吻最溫柔。

〔一〕發表於《文藝春秋》一九三四年第一卷第九／十期。

浣溪沙・答沙粒問遊興〔一〕

驟雨驚雷壓嫩紅。約他樓畔妒花風。陰晴無準一春中。　夢踏西湖湖上路，醉看東壁壁間松。今年又道誤遊踪。

〔一〕發表於《茸報》一九三五年四月十日第四版。

浣溪沙・紅英吟〔一〕

思君不得插翅飛。夢君空有魂相依。風來林下動素帷。　魚沉不見燕不歸，西飛白日東流水。何事紅英瘦不肥。

〔一〕發表於《茸報》一九三五年七月二十六日第四版。

浣溪沙〔一〕

最惜禁寒薄薄紗〔二〕。晨風吹掠鬢雲斜。長堤歸去尚天涯〔三〕。　强説無愁偏有恨，愛看微訝密藏花。匆匆載夢緑雲車。

風雨聲催海角秋。一鐙雙照有無愁。關心衣薄只雲綢〔四〕。　小病相憐頻問訊，艷歌初學未溫柔〔五〕。賺伊遮笑一迴眸。

〔一〕發表於《茸報》一九三五年九月二十四日第四版。

〔二〕最惜禁寒薄薄紗　「最惜禁寒」墨跡作「正是關心」。
〔三〕長堤歸去尚天涯　「長堤」墨跡作「禁寒」。
〔四〕關心衣薄只雲綢　墨跡作「惺惺不羨燕鶯儔」。
〔五〕艷歌初學未溫柔　「柔」墨跡作「愁」。

浣溪沙〔一〕

不爲姮娥綽約姿。怪它名字忒相思。生涯祇合老情癡。　旖旎難抛紅豆子，夢魂猶繞碧梧枝。腰圍瘦盡不相辭。

飛絮顛狂滿小汀。惱人天氣半陰晴。一春心事怨黃鶯。　朱粉薄施嬌未語，明眸淺轉忽生情。尚餘羞澀不分明。

黯黯春歸細雨中。蜘蛛猶網落花風。蘼蕪一夢忒匆匆。　薄愛輕憐情旖旎，深顰淺吻事飄蓬。相思靜處怨偏濃。

寫罷簪花初試茶。綠紗窗外夕陽斜。鶯啼落盡碧桃花。　纖指五雙春筍嫩，修眉一半亂雲遮。銷魂相對暈朝霞。

恨雨嗔雲一種情。芊芊芳草怨玉孫。未能無意淺深顰。　有夢回時愁欲絕，無人知處淚痕新。等閑蹤跡似浮萍。

悄倚闌干風鬢斜。淺顰薄怨爲誰家。一輪明月浸梨花。　心事已隨南去雁，情懷應共晚棲鴉。夢魂化蝶到天涯。

魂似遊絲晝夢輕。醒來慵倚向疏櫺。尋常相覷已多情。　往事從頭思約略，新愁到底欠分明。夜來風雨不堪聽。

細語偎人頻自親。柔荑閑數指籮紋。紫藤花下草如茵。乳燕呢喃窺密愛，遊蜂鹵莽惹微驚。相看好處不勝情。

零落焉支畫未成。孤燈紅映小樓明。綺懷似水不曾冰。淡月微雲愁勸酒，深憐淺吻夢鍾情。宜春又向枕邊聽。

迎唱朝陽有小禽。驚蟬飛過尚拖音。俯看夏緑老槐深。枕上情懷先烈血，藥邊冷暖互憐心。圓珠細寫短長吟。

〔一〕録自墨跡，約作於二十世紀三十年代，最末一首作於二十世紀六十年代。

子夜歌〔一〕

長春又見傷心色。飛瓊一晌無消息。合有淚成波。月明秋意多〔二〕。　玉階蟲語咽。別夢寒於雪。重見定何年。蕉心真可憐。

〔一〕發表於《长风半月刊》一九三三年第一卷第二期。
〔二〕月明秋意多，「意」墨跡作「夜」。

子夜歌・十月三十日昧旦而醒，倚此遣懷〔一〕

枕欹愁擁孤衾冷。冷衾孤擁愁欹枕。回夢正雞啼。雞啼正夢回。　曉寒秋起早。起早秋寒曉。霞紫上窗紗。窗紗上紫霞。

〔一〕録自墨跡，約作於二十世紀三十年代。

重疊金〔一〕

叮甯好是車兒雇，孤行歸去長長路。記得眼微波，别情無奈何。莫教同伴笑，添了閒煩惱。相送到鄰家，數來三步差。

盈盈互惜成珍偶，相親汗貼雙攜手。輕拭小羅巾，爲收香溼痕。秋街鐙火晚，漫步人瀟散。回首緑陰濃，相看一笑同。

〔一〕發表於《茸報》一九三五年九月三十日第四版。

菩薩蠻〔一〕

口糖甜盡留香液，搴帷欲下籠紗白。夢亦隔天涯，有情何處挨。枕長催將息，欲語愁幽獨。抛却十三行，凝看明月床。

〔一〕發表於《長風半月刊》一九三三年第一卷第二期。

菩薩蠻·戲名揚〔一〕

宵來淺醉成嬌絕，羅衫圓露膚如雪。無那上簾衣，臉霞紅欲飛。閒情生隱謔，便怪郎輕薄。尚道不關心，偏多惱恨人。

心期一昔鴛衾誤，行雲迷斷藍橋路。昔昔便成愁，月明窺小樓。欄干閒倚立，話逗郎心急。苦苦乞情他，愛看雙笑渦。

〔一〕發表於《茸報》一九三五年六月十七日第四版。

菩薩蠻〔一〕

柳芽綠嫩春猶小，啼鶯似怨花飛早。已判作無情，東風吹恨生。黄昏容易過，悄背鐙兒坐〔二〕。準備可憐宵，難尋香夢遥。

〔一〕發表於《茸報》一九三七年四月二十八日第四版。

〔二〕悄背鐙兒坐，墨跡作「無賴攤書坐」。

菩薩蠻〔一〕

層樓夜夜明孤照，靜中處處成煩惱。索性不思他，柳梢明月多。有情紅似豆，持底償人瘦。秋已十分深，三更啼夢痕。

杏花落盡青梅小，空庭剩有爐香繞。恨極欲無言，遠山聞杜鵑。飛英渾草草，眨眼春將老。何處別離愁，斜陽古渡頭。□□□□□□□，□□□□□□□。燈火五更明，扶頭有淚痕。　寄情憑雁足，私把平安祝。愁絕不須瞞，新來衣帶寬。

〔一〕録自墨跡，約作於二十世紀三十年代。

減字木蘭花〔一〕

金波秋浸，郫外斜陽紅似錦。笑指雙鵝，此是何名記得麼？西人以鵝爲愛的使者。　手攜肩並，行向青篨
籬畔靜。猶怯逢人，相惜由來有苦辛。
陰晴無準，每自多猜成悶損。訴説相思，正恐伊人未得知。　惺惺無數，碧眼胡兒倘見妒。耐得輕寒，偏
笑人圓月未圓。

〔一〕發表於《茸報》一九三五年九月十三日第四版。

減字木蘭花·麗娃栗妲郫紀事〔一〕

偎人猶顫，檀口輕分留一眄。月自無心，却照相憐一吻深。　微驚消瘦，爲問宵眠如舊否？不羡王嬌，準
待年年憶此宵。

〔一〕發表於《茸報》一九三五年九月十三日第四版。

减字木蘭花〔一〕

碧桃紅了，獨向樓頭成懊惱。愁若無根，未合春來又長新。　一聲珍重，今此離愁前此程。不悔纏綿，瘦向東風折柳邊。

〔一〕録自墨跡，約作於二十世紀三十年代。

采桑子〔一〕

小窗數盡殘更曉，幾個星期。幾個星期。夢也何曾見得伊。　從知鶼鰈多情思，肯説相離。肯説相離。一別如斯路亦迷。

難明一段相憐意，郎自寒盟。莫問雲英。涼月梧桐玉露零。　安排此日閒情緒，賸有哀情。恨不如冰。怨雨愁雲兩不勝。

〔一〕發表於《长风半月刊》一九三三年第一卷第二期。

采桑子〔一〕

有情未惜多煩惱，辛苦相憐。辛苦相憐。又賺傷心落眼前。　簪花小字行行密，細數郎非。細數郎非。判向孤樓枕上啼。

〔一〕發表於《茸報》一九三五年六月二十八日第四版。

采桑子〔一〕

分明又是銷魂夜，月滿他鄉。人異鴛鴦。愁共東風沒主張。　枉教酒力祛愁去，不擬思量。依舊凄涼。誰信春歸漏不長。

〔一〕録自墨跡，約作於二十世紀三十年代。

羅敷艷歌〔一〕

最難收拾秋情緒，笑也無名。愁也無名。每到花時暗自驚。　宵來獨自成孤酌，酒也盈盈。眼也盈盈。待不思量淚已零。

尊前不把嫌疑避，笑靨生渦。俏語微酡。曾記相憐傅粉何。　此情竟遣成追憶，盼斷姮娥。鎮日誰過。孤館秋情特地多。

無言終是多情思，心上微波。眼上微波。併向秋宵伴酒魔。　依依今古傷心別，車影如梭。日影如梭。猶怕年時未易過。

爲誰贏得懨懨病，忍笑人前。忍淚燈前。澹夢扶愁到枕邊。　休提遲暮當年意，怨到難言。恨到無言。月透玻窗照不眠。

黃花過半開時候，冷艷宜秋。詩骨宜愁。愁到人來方始休。　櫻唇吻了嫣紅頰，待認雙眸。已自低頭。刻意相憐尚帶羞。

菩提香灺煙飛白，月倩雲扶。燈共人孤。獨自思量夜靜初。　當時領略相憐意，悔煞情虛。恨煞心粗。小別難禁感索居。

語低香近花前路，難得相偎。易得相猜。欲話相思亦費才。　關心別後嬌模樣，書便難裁。夢也須來。莫道人間行路難。

東風吹緑垂垂柳，鳥向春啼。人向花啼。芳草含愁日又西。　癡情怨對孤燈訴，照了雙攜。又照分攜。肯照深宵夢路迷。

〔一〕録自墨跡，約作於二十世紀三十年代。

訴衷情令〔一〕

是誰冷暖最關心。長歎正三更。孤眠海上滋味，衹淡月伴哀吟。　人已瘦，恨偏深。語誰親？十分心愛，一點唇甘，賺盡酸辛。

〔一〕發表於《文藝春秋》一九三四年第一卷第八期。

清平樂〔一〕

春慵難喚。喚醒愁相怨。一枕烏雲依雪腕。夢裏昨宵曾見。　殷懃訴與相思。嫣然猶道郎癡。校夢鐙前無力，相親淡了蛾眉。

〔一〕發表於《茸報》一九三六年四月十一日第四版。

清平樂・閨情〔一〕

銀箋傳怨。緘了重開看。楊柳風柔鶯語輭。日永歡娱偏短。　相逢不解沉哀。匆匆幾度相挨。可是個郎如我，問伊别後情懷。

〔一〕發表於《茸報》一九三六年四月十二日第四版。

清平樂・紅白薇幾株，位東牆之根，池舘凄凉，用慰羈客，一夜秋霖，萎地殆盡，爲倚此解〔一〕

夢中顔色。此日休還憶。滿地飃零紅間白。負了幾番珍惜。　飛來秋蝶還驚。閒庭一夜愁生。怪煞秋風秋雨，是誰教得無情。

〔一〕發表於《西北風》一九三六年第十三期。

清平樂〔一〕

梅催春曉。緑遍關山道。放馬平原朝日好。惜取年華正少。　晴無一點休疑。應知破壁能飛。最惜金籠鸚鵡，畫簾嬌學人啼。

刺紅花謝。寂寞銷長夏。賦得長門知有價。夢裏青山還訝。　多情休遣登樓。眼看白日悠悠。却怪簾前雙燕，臨風猶説無愁。

〔一〕録自墨跡，約作於二十世紀三十年代。

清平樂·一九五七年上海畫院歡度春節即事〔一〕

諸公請了。有話何須表？此日相看人未老。明日花開更好！　清歡似海初深。高歌遥答長吟。畫罷江山如錦，呼麽共射春燈。

〔一〕發表於《大公報》一九五七年四月一日第六版。

清平樂·上海解放十周年作〔一〕

笑來擎淚。説着心還喜。隔夜無眠同敵愾。街静衝鋒聲厲。　滿城唱徹秧歌。八方萬歲高呼。十里長龍相接，紅旗翻舞歡娱。

十周年到。貌换春申道。若問何來全面好。事事都爭分秒。　歡騰長慶翻身。共歌黨是恩人。喜看光輝前路，人人益奮忠勤。

〔一〕録自墨跡，作於一九五九年。

誤佳期〔一〕

又看夜深衾薄，誤盡芳菲焉託。孤燭描恨冷清清，一樣今和昨。　此意問誰知，夢苦心兒惡。淚乾準待再眠時，枕上雞聲落。

〔一〕發表於《文藝春秋》一九三四年第一卷第八期。

畫堂春〔一〕

韶華偷換悄寒侵。數他時節堪驚。十分清瘦又秋深。幾度相親。

雁語愁牽銀漢，篆煙清銷黃昏。夜長香夢漫催醒。吩咐風聲。

〔一〕録自墨跡，約作於二十世紀三十年代。

秋波媚〔一〕

凄凉池館又黃昏。無語向疏星。翠嗔紅妒，燕憐鶯惜，剩有啼痕。

籠寒淡月西風緊，時序又相尋。愁深酒淺，路長夢短，何處伊人。

〔一〕録自墨跡，約作於二十世紀三十年代。

秋波媚・顧家宅花園秋晚〔一〕

滿園衰草夕陽殷。人物儘堪看。路隨樹轉，葉因風起，雲與心閑。

休將世事説悲歡，長笑獨無言。影同日淡，寒侵衣角，煙鎖池灣。

〔一〕録自墨跡，約作於二十世紀三十年代。

白蘋香〔一〕

寂寞芳時過盡，傷情不着鉛華。相思目斷在天涯。千種綺懷難寫。　年少心情似絮，幾人春夢還家。雙雙燕子夕陽斜。猶自昵人情話。

〔一〕録自墨跡，約作於二十世紀三十年代。

惜分飛〔一〕

瀲灧金尊愁對影。煙篆多情作甚。早一番秋盡。月映空階蟲語冷。　雁足難憑人倚枕。十載心期誤盡。猶憶摩香鬢。最憐軟玉添紅印。

〔一〕録自墨跡，約作於二十世紀三十年代。

南歌子〔一〕

鏡裏人新瘦，吟邊酒未消。夜深離緒易相撩。爭奈風流年紀、可憐宵。　綺被和愁擁，孤燈把恨描。待扶好夢到明朝。又怕夢來一半、被風飄。

〔一〕發表於《文藝春秋》一九三四年第一卷第八期。

南歌子・寄友人首都〔一〕

梁月添遐思，河山隔暮雲。六朝金粉未成塵。爲問秦淮春暖、足消魂？　塞艸難重碧，江流咽夕曛。惜他紅紫鬬精神。都爲東風裝點、好陽春。

〔一〕發表於《茸報》一九三六年四月十日第四版。

雨中花〔一〕

光景重來曾不異。記立盡、虹橋風細。折柳休歌，攀花無語，耐得凄凉味。　笛聲長嘯東風裏。便一晌、闌干孤倚。寶篆香殘，清宵酒醒，多少愁難寄。

〔一〕録自墨跡，約作於二十世紀三十年代。

浪淘沙〔一〕

無睡一宵中。淚和愁濃。十分决絕亦成空。却道心腸郎不是，涩了花容。　相惜兩邊同。休誤芳縱。箋愁未信我偏工。願向玲瓏銀約指，認取雙紅。

〔一〕發表於《茸報》一九三五年十一月十日第四版。

浪淘沙〔一〕

風急唱簾鈎。蕉雨如酬。江流還似舊時否？孤館夢回人不在，若處偏愁。淚眼可曾收？歌罷涼州。

不堪密約記從頭。零雁斷鴻芳訊絶，心事都休。

〔一〕録自墨跡，約作於二十世紀三十年代。

賣花聲〔一〕

明月不勝寒。黄蕊堪餐。今年花好共誰看？魂鎖重門飛不到，夢見猶難。秋思一般般。幾個能歡。

別來清淚向人瞞。牆角風吹悲病葉，顧影成單。

〔一〕録自墨跡，約作於二十世紀三十年代。

思佳客〔一〕

燕語花香盡可憐。風荷亭畔柳絲前。蓮心枉擬相思苦，蓮葉猶能自在圓。曾不語，尚纏綿。月明何事

還相憶，又向孤樓照不眠。

〔一〕發表於《葺報》一九三六年八月二十七日第四版。按，該詞報載原作如此，下片「月明」句前缺一韻句。

鷓鴣天〔一〕

池面風來細細吹。嫩寒猶起夕陽時。春回柳眼窺雙影，酒暈檀心賦五噫。兒女意，黍禾悲。無言却怪柳成絲。强緘哀怨成微笑，多恐菱花暗裏知。

〔一〕録自墨跡，約作於二十世紀三十年代。

鷓鴣天·夢後〔一〕

顛頷年來豈有辭。祇於此際未矜持。夢能常見甘無旦，死亦何難恐有知。宵寂寂，漏遲遲。傷心又到斷腸時。飄鴻零雁人間世，刻骨猶留未了癡。

〔一〕録自白蕉自存剪報，具體報刊待考。約作於二十世紀三十年代。

南鄉子〔一〕

相見總無因。一片傷心認夢痕。若道當年相惜處，分明。幅幅鸞箋寫恨新。紈扇撲流螢。軟語涼風小院深。莫道丫鬟能解事，零星。已是模糊記不真。

楊柳又迷煙。五月郊行笑並肩。消息雲間難問鶴，纏綿。贏得愁痕到枕邊。何處訪瓊仙。鳥語花飛又一年。靜鎖樓頭思往事，相憐。祇在雲山縹緲間。

寂寞倚高樓。望到朱雲欲盡頭。正是萬家清夢裏，飕飕。爲問晨風有恨否？惆悵豈無由。聽澈宜春弄好喉。放下紅帷無一語，休休。芳草芊芊莫寫愁。

〔一〕録自墨跡，約作於二十世紀三十年代。

柳長春·七夕〔一〕

棲穩雕梁，語深柳院。由來輸與鶯和燕。年年未易是秋風，何曾天上常相見。　偏誤三旬，今年閏三月。相看一箭。鳴梭放草光陰賤。漫將別久笑仙家，人間猶譜長生殿。

〔一〕發表於《人文月刊》一九三六年第七卷第七期。

踏莎行〔一〕

柳暗花明，吴愁楚怨。鶯聲啼訴春情亂。湖山有約惜芳菲，紅帷鎖恨深深見。　清夢連宵，篆煙一片。孤燈不照人雙戀。凝眸莫向畫圖中，惺惺賺得愁無算。

〔一〕發表於《文藝春秋》一九三四年第一卷第九／十期。

踏莎行〔一〕

舊夢溫愁，驚風戲雪。幾番明月曾圓缺。小樓徒倚向梅花，情懷欲寄渾難説。　淡墨凝冰，重衾擬鐵。宵來未必多騷屑。孤燈自是易銷魂，雪衣休道傷離別。

〔一〕録自墨跡，約作於二十世紀三十年代。

蝶戀花〔一〕

寫盡烏絲情未了。心上眉尖，何處安排好？明月團圞人影小。別懷牘有西風到。消瘦緣由天未曉。
日日晨窗，愁對菱花照。不道情多生懊惱。人間真箇相憐少。

〔一〕發表於《文藝春秋》一九三四年第一卷第八期。

蝶戀花・遊麗娃栗妲村〔一〕

共惜新秋秋夜早。雙槳銀波，恰和人兒笑。明月多情風入抱。相看嬌道郎顔好。點點燈光紅緑小。
薄吻輕憐，漸聽笙歌繞。歸去花陰聲悄悄。扶肩訴道胭脂少。

〔一〕發表於《茸報》一九三五年九月十三日第四版。

蝶恋花・己卯五月廿四日夜無寐，忽更悲咽，不能自勝，倚此自殺其哀〔一〕

誰遣琉璃花影動。悄看癡燈，欲照人兒共。若道相憐成一慟。渡頭猶見吞聲送。兀自傷情千萬種。
斗帳孤衾，尋遍都無夢。幽恨漸催眉角重。羅巾舊是鷩承寵。

〔一〕録自墨跡。

蝶戀花・雨樓紀事〔一〕

近來爲曹操翻案文甚多，郭老一文，精神在打破正統思想，而立論有未允處。雨中訪鄭爲，爲求教列寧哲學筆記，適買菜未回，而大雨傾盆，讀楊文後漫成。蕙花三箭特茁壯。

漫引韓潮陳腐語。眼大如箕，說理能如許。史案千年新斷處。回陽魏武應無語。讀《人民日報》四月廿一日楊柄《曹操應當肯定嗎？》一文。　檻上靈花花外雨。指上燃煙，吹作山中霧。陣陣清芬曾未阻。小樓容得情無數。

〔一〕録自鄭爲《憶雲間白蕉》，作於一九五九年。

臨江仙・甲辰立秋夜〔一〕

日上層樓三伏過，向人笑說登山。問渠眠食雜悲歡。病來矜老伴，有淚尚相瞞。　須信襟懷如舊，神清意遠心閑。月來雲去更憑欄。高懸天鏡朗，曾照老仙頑。

〔一〕録自墨跡。

河傳・有覬〔一〕

酥胸半袒。正辛夷欲放。丁香初綻。玉步乍移〔二〕，霧縠如波微顫。最縈情、雙月滿。　都應白玉輸溫軟。慣惹相思，個裏春無算。偷摘未防，禁得頑皮情伴。笑成癡、嬌欲怨。

〔一〕發表於《長風半月刊》一九三三年第一卷第一期。

相逢翻悔繾綣。倩

〔二〕玉步乍移　「玉」墨跡作「蓮」。

芭蕉雨〔一〕

去去三春又短。別來心緒、畫中愁看。說甚風光無限。樓外燕子雙飛，春深庭院。影夢回遠。誰處更訴、相思無算。枉自倚遍欄干。惆悵消息沉沉，衡陽雁斷。

〔一〕録自白蕉自刻磚拓，約作於二十世紀三十年代。

風入松〔一〕

未消殘燠曲江頭。宵靜鎖危樓。年年見慣樓前月，舊風光、却換新愁。空憶玉嬌香怨，全輸燕侶鶯儔。青衫無恙舊情留。心事幾曾休。清波淼淼人歸去，怪愁來、未怯途修。輕夢賺人淒咽，銀鐙伴我凝眸。

〔一〕發表於《茸報》一九三六年七月六日第四版。

洞仙歌令並序〔一〕

吾邑張堰吴氏，在明時爲望族，人才稱盛。辛未春暮，偕姚石子先生訪明贈文林郎吴翰竹坡之墓於鎮北慈孝河畔，得張世美撰墓表莫如忠書，高士篆額及嘉靖誥敕碑，二石陷於蘆泥中。石子先生糾工起之，並爲重立，更樹「明吴公竹坡翰之墓」一碑，余爲題之。既續訪明刑部郎吴梁之墓於河涇灣，問於村嫗，披荊斬棘，僅見斷頭石龜一。邑志所載，墓有陸樹聲神道碑者，已湮没無查。憑吊悽然，爲填此闋。

此蒼涼地，四百餘年矣。壘壘荒邱問誰是，憑老嫗能記。恨殘石遺文都不見，差有一神龜耳。扼叢篁破賊，指嘉靖間島寇建陽光澤事。遥想當時受檄提軍，可曾自古儒冠皆誤事。低叩忠魂還在否，我欲呼公重起。痛邦國飄摇幾離兵，得失鬪雞蟲，久無真士。

〔一〕録自民國二十五年《金山縣鑒》。按，此作與常見體格不類，或爲别體。

滿江紅・爲君默題其所藏秋農山水小景〔一〕

一片瓊瑶，春還秘、江南消息。空悵望、騎驢詩叟，小橋欹幘。勒住寒枝渾有意，勸花休發天如墨。恐小樓、詞客獨憑欄，傷春色。　芳訊杳，空相憶。更漏盡，愁知得。怪相思輕誤，豆紅如昔。潛夢豔溫孤館冷，深情哀印雙渦濕。記當時、共鬥小蠻箋，生華筆。

〔一〕發表於《人文月刊》一九三五年第六卷第一期。

滿江紅・讀沈禹公一九六五年六月卅日送其愛女修頌去新疆詩「莫向燈前思白髮，要争襟上綴紅花」之句，蹶然以起，又讀其「思女」「得書」諸篇，欣然賦此，自忘病體〔一〕

氣共天高，征輪動、雄歌相答。雲程上、戎衣抖擻，精神奮發。别夢猶縈邊塞冷，家書新報焉耆達。算關河、百二本區區，從頭越。　天地寶，憑爭奪。窮與白，須消滅。正紅心一顆，胸中飛突。萬水千山春浩蕩，高瞻遠矚天空闊。是中華兒女接班人，都奇絶。

〔一〕録自墨跡，作於一九六五年。

八寶妝〔一〕

風動簾紋。呢喃語、梁燕也解多情。月高雲澹，催我夜已三更。待整鴛衾尋好夢，夢中衹恐杳無憑。冷清清。醒來又怨，夢也欺人。　行雲流水此意，算幾年冷落，轉益情深。魚沉鴻杳雁斷，剩舊識、天涯數點星。闌干静，料個人獨倚，未禁愁侵。

〔一〕録自墨跡，約作於二十世紀三十年代。按，該詞墨跡原作如此，下片有缺句。

玉漏遲・調玉岑〔一〕

翦紅裁緑處，雙飛蛺蝶，多情天付。淺草斜陽，别意又還低訴。夢暖雕梁舊地，更竊喜、年年憐汝。楊柳渡。呢喃燕子，未迷歸路。　未應寂寞芳春，便雨打風吹，亂愁無數。潘鬢成絲，衹恐容顔非故。肯念伊人遲暮，窺宋玉、心期偏誤。鸞鳳阻。欲寄艷情何所。

〔一〕録自墨跡，約作於二十世紀三十年代。

水調歌頭・示學儀〔一〕

病中念小平，學儀攜之來院。小平因年小，依院章不得入病房，因下樓去小花園，與小平共玩，賦此。

試下五樓去，脚力尚無窮。多情爲謝雙手，扶與不扶同。緩步青青静院，漸覺風來木末，吹氣正融融。稚子草坪上，共看火燒雲。　想當年，看來日，氣如虹。爲民立極四卷，補課要深功。不落太陽心有，正要此身健好，努力爲工農。病也奈何我，老子本猶龍。

〔一〕録自墨跡，作於一九六五年。

水調歌頭・病院作〔一〕

眼底突煙直，靜了樹頭風。飛車故自爭路，鐵鳥又穿雲。説熱何曾真熱，田裏車間競賽，生氣各如龍。誰道翁衰矣，耿耿此心同。　奪紅旗，創奇跡，建豐功。當時知得窮白，今日萬花紅。放眼江山煊爛，到耳新聞興奮，遍地是英雄。領導全憑黨，歌頌滿寰中。

〔一〕録自墨跡，作於一九六五年。

燭影搖紅・和玉岑〔一〕

墨暈香丸，鸞箋那惜相思句。朝霞天倩襯烏雲，花證同心侶。早藉微波寄語。黯魂銷、輕舟南浦。無言有恨，燕子歸來，萋萋春樹。　細雨黄昏，茜窗疑是愁來路。蕉心難展怨芳華，恐被多情誤。誰道蓮心更苦。恨東風、瑶琴低訴。桃花紅了，柳眼青時，佳期重阻。

〔一〕録自墨跡，約作於二十世紀三十年代。

雙雙燕〔一〕

一秋過了，漸籬畔花殘，爲誰消瘦？芭蕉心卷，密意故應難剖。誰道銷愁有酒。怎展得、雙眉長皺？無情又遣相逢，萬古青天難叩。　休究。都應消受。儘箋滿啼痕，此生終負。爐煙欲燼，悄問緑燈如豆。若是相憐可久。便拚却、書生折壽。何妨夜夜眠遲，獨數霜寒更漏。

〔一〕發表於《文藝春秋》一九三四年第一卷第八期。

念奴嬌〔一〕

小樓空倚〔二〕，鎮思量，常是者般離索。靜過黄昏，渾不語、惟有銀鐙相惜。短句描愁，長箋訴别，事去還成憶。青衫紅粉，天涯俱看蟾魄。　待問是甚心腸，春寒欺夢，翻道曾相識。添得思潮，零亂處、恰似圖書堆積。獨客無眠，重衾裹恨，直是難將息。鄰雞知我，盡情啼破窗黑。

〔一〕發表於《茸報》一九三六年二月十四日第四版。
〔二〕小樓空倚，「空」墨跡作「徒」。

高陽臺〔一〕

雲濕胎秋，眉低孕淚，靜來常自多情。諱道相思，小樓容易三更。鴛箋鬬韻傳新句，記當時，同倚銀屏。到而今，人也迢遥，夢也零星。　敲窗訝道誰無賴，怪風欺獨客，雨打秋心。待倩輕鴻，問伊怎遣宵深。蟲吟似訴離情苦，惓矇矓，欲歇還驚。最難禁，一點燈花，孤照分明。

〔一〕發表於《西北風》一九三六年第十三期。

水龍吟〔一〕

掀波誰斬長鯨，手提三尺寒於水。高歌起舞，風雲叱咤，男兒意氣。幾度傷情，幾番驚夢，風催濃睡。看一樽酒淡，萬方雲黑，心上恨、如何已。　滿目河山如此。數從頭、鬼雄添幾。六州鑄錯，千軍喋血，阿誰真壯士。廢壘荒江，斜陽秋草，又驚涼吹。怕閑情輕賦，年年塞上，聽哀鴻淚。

〔一〕録自墨跡，約作於二十世紀三十年代。

永遇樂・消息〔一〕

一樹秋聲，二分明月，愁思如媚。歇浦潮寒，離停語密，何事偏相記。秋英飛盡，酒懷都礙，猶道量寬難醉。且消受，宵深伴寂，小亭露蟲吟細。　更長夢短，又催眉綯，枕底愁痕還秘。淡墨填詞，濃香篆怨，懷抱秋來異。零星幽恨，都應難寫，未信離情能寄。更休認、紅樓瞟眇，向遙遠地。

〔一〕發表於《西北風》一九三六年第十三期。

沁園春・來院醫療四十天，精神漸感爽朗，寫寄曹漫之、白書章、陳同生諸公，時一九六五年七月廿七日〔一〕

土木形骸，百事迷糊，百念未空。竟病成富貴，妻驚子恐，高陽深訝，頓失顔童。事業人民，心期芹曝，此願如何付夢中？渾如此，有親人視我，且教從容。　朝來放眼長穹。恰迎着、晨曦接紫雲。看宇宙佳氣，東風麗日，崢嶸世事，高舉旗紅。華髮蒼顔，崇樓風檻，抖擻何來説病翁。無窮意，感關心是黨，更謝諸公！

〔一〕録自墨跡。

金縷曲・别意〔一〕

刼又紅塵墮。正銷魂、離愁雲黯，鰈盟終左。總爲情多難懺盡，百計安排未妥。料不但、蕉心最裏〔二〕。幾度叮嚀偷揾淚，恁相憐、長别如何可。能忘我，且忘我。　黄昏悄悄休枯坐。恐無情、殘燈冷月，照人眉鎖。莫更沉思當此際，料理詩詞夜課。好打疊、香衾穩卧。清怨閒愁都莫惹，願宵宵、好夢隨心做。珍重意，肯聽麽？

〔一〕發表於《茸報》一九三六年九月二十四日第四版。

〔二〕蕉心最裏　「最」墨跡作「如」。

金縷曲・題壁〔一〕

獻子今歸去。算飄零〔二〕、依然無恙，十年羈旅。早是江南黄葉滿，庾信哀時有賦。祇海上、風雲非故。左右依違都不是，看書生、謀國從頭誤。唐衢慟，問何補。　閒行且向留雲圃。撫琅玕、惓懷尚起，謾吟梁父。笑看園丁鋤惡草，未用勞心分付。正好是、萊衣能舞。曾道歸年三十過，謝征塵、南北東西路。親老矣，願無負。

〔一〕發表於《人文月刊》一九三七年第八卷第一期。標題「題壁」，一作「丙子」。

〔二〕算飄零　「算」墨跡作「恁」。

韻語輯録

題蘭句〔一〕

泄泄沓沓，小離大合。空谷流芳，自相酬答。

粗服野僧，其髮鬙鬅。可以爲朋，莫以尺寸繩。

〔一〕發表於《茸報》一九三五年四月三十日第四版。

題蘭句〔一〕

日居月諸，不返田廬。彼狡童兮，謂我意疎。

有酒如淮，有美云涯。我與之偕，可以無懷。

〔一〕發表於《社會日報》一九四〇年六月七日第二版。

題蘭句〔一〕

抱潔含芳，白雲之鄉，不爲時世裝，彼何人哉封我王！

〔一〕發表於《社會日報》一九四〇年六月二十日第二版。

題與唐雲合作松蘭圖〔一〕

秋不改香，寒不改容。雲間之蘭，杭郡之松。

〔一〕録自墨跡，落款時間「壬午四月」。

題蘭句〔一〕

春風入抱，既美且好。是第一香，我賞而寶。
和靖梅，淵明菊，茂叔之蓮東坡竹，同心之友未孤獨。

〔一〕發表於《萬象十日刊》一九四二年第五期。

題蘭句〔一〕

跡隱名著，誰毀誰譽。本在山中，白雲深處。

〔一〕發表於《萬象十日刊》一九四二年第八期。

題蘭句〔一〕

越希越貴，益多益賤。貴不自我，賤不由人。知我心者，乃馳我神。上有千載，下五百春。

〔一〕發表於《萬象十日刊》一九四二年第九期。

與符鐵年合作蘭竹並題〔一〕

如龍如雲，獨張一軍。蘭則有馨，惟君子之群。

〔一〕録自墨跡，落款時間「壬午伏暑」。

題蘭句〔一〕

不重香而重品，雲間之飲，淋漓墨瀋，伴花忘寢。

〔一〕録自墨跡，落款時間「一九四二年」。

題並頭蘭〔一〕

二男二女〔二〕，一夫一妻。向平願了，到東到西。

〔一〕發表於《申報》一九四八年五月二十四日第八版。
〔二〕二男二女　墨跡作「兩男兩女」。

題蘭句〔一〕

中原茂草，僻澗有蘭。我不爾觀，言以永歎。

〔一〕發表於《申報》一九四八年九月十日第八版。

題蘭句〔一〕

白雲在天，漠然相接。端居有尚，不可搖奪。

〔一〕發表於《申報》一九四八年九月十一日第八版。

題與唐雲合作梅蘭竹石圖〔一〕

梅蘭之芳，竹石之堅。君子之交，得天之全。

〔一〕録自墨跡，作於二十世紀四十年代。

題蘭句〔一〕

空洞渺茫，荒率之境。復翁之心，寂寞無競。
刻跡山林，非標獨善。空谷之望，會是空群。
課雨問晴，惜香憐睡。是英雄心事，正阿蕉所記。

〔一〕録自墨跡，作於二十世紀四十年代。

爲唐雲四十歲得硯題硯銘〔一〕

疏以密，博而精。魁梧奇偉以藝鳴。此石磨墨亦磨人，不能磨者萬千春。

〔一〕録自銘文，作於一九四九年。

題蘭句〔一〕

石介有守，蘭馨芝壽。出與處，俱可友。

〔一〕録自墨跡，落款時間「一九五七年春節」。

題蘭句〔一〕

左顧右盼，情馳心暢。打破陳規，敢做敢想。

〔一〕約作於二十世紀五十年代，録自墨跡。

爲錢瘦鐵紫砂壺作銘〔一〕

葫蘆開口，葫蘆掩口。好污我鬚惟無苟。

〔一〕録自銘文，作於一九六〇年夏。

爲錢瘦鐵象牙印床作銘〔一〕

鐵筆象床，刻劃萬方，於漢有光。

〔一〕録自銘文，作於一九六〇年夏。

渾沌贊〔一〕

未飲如飲，已飲如醒。宇宙洪荒，一日三省。

〔一〕録自墨跡，作於一九六二年春。

題沈尹默《春蠶詞》〔一〕

鳥有同命，繭有同功。悲歡離合，鑄夢無窮。人有同心，白頭如新。

〔一〕録自墨跡，作於一九六三年二月。

題蘭句〔一〕

嗡而肥，鋤以傷。采可佩，焚尚香。
看之甚透，寫之無意。造化瞠目，曰噫曰嘻。
見汝於牆，見汝於羹。北山寫癡，南陔之香。

唯澹故遠，非簡不奇。有風遞芳，素心在房。

有矜持，無澹泊。氣不兼韻，强黑弱白。目逆以思，長噫低拍。

〔一〕録自墨跡，約作於二十世紀六十年代。

爲翁史烱藏黄杨木筆筒作銘〔一〕

黄而紅，虚其中。氣如虹，汝有功。

〔一〕録自銘文，約作於二十世紀六十年代。

懷鄧散木、唐雲〔一〕

抵掌傾杯，道故抒愫。散木千里，大石不晤。揉紙撕扇，心慘意答〔二〕。眼横美酒，淚下如雨。

〔一〕録自蔣炳昌《讀白蕉晚年書法賦文手稿有感》，作於二十世紀六十年代。

〔二〕心慘意答　按韻脚，「答」疑爲「篤」。

題蘭句〔一〕

將笑將舞，將羞將語。得筆得墨，得晴得雨。閉目如如，張目楚楚。情勢俱多，點頭許汝。

〔一〕録自何平《白蕉先生》，約作於二十世紀六十年代。

白蕉論詩詞

詞與新詩〔一〕

詞和我是新交，但却是相知恨晚，因爲有些話不對她說，簡直便無人可以談心！

不過詞這件東西實在帶些神秘性的，要懂得她完全要憑着讀者的悟性，因爲她的結構很難從文法上去分析，也不能用什麼 Logic 去範圍她，這是因爲她太變化、太錯綜複雜了。關於她的内容，有一些可得而言的，便是她並不是像西洋文字上音的方面有許多「吃音」，而却是在詞義方面有許多「吃義」。不過這個「吃」並不是吃到肚子裏消化，而好像是含在嘴裏，不吞不吐，自然會給人家覺着，猜透，看得出來；因此在文詞的表面上，就顯見得有些藕斷絲連，但是斷得利害，却接得密切！正和一對情人愈隔開得遠，却愈要想起，爲着形體的隔膜，反使兩顆心更密接着一樣。

我們讀到前賢絶妙的小詞，實在覺得妙得不可思議，所以她能夠使得讀者移情於不覺，我想有種種關係的：第一，詞的特點是唯情的，她是抒情最好的最相宜的一種文字和形式。那些有學養富於情感的天才作家，他的造詣，也即是被公認爲詞的藝術頂點的，是在空靈、真摯、清遠，他們在文詞上運用「情」的手腕是不即不離，若即若離，又藴藉，又雙關，真所謂「語盡而意未盡，意盡而情不盡」，使人感到弦外之音，餘味無窮。——反之一説淨盡，便味同嚼蠟——所以在平常認爲愈癡、愈憨、愈獃、愈孩氣的説話和思想，一經在詞的丹鑪裏陶鎔出來，却成了最可愛的金玉精英，尤其見得作者的一往情深，所以有那種婉約斌媚的韻致，把它搬演到文字上來。第二個特點，詞是最富於音樂情調的。詞與詩的不同，便是在「倚聲填譜」，而她的音節很複雜和嚴格。音樂的力量在一般的感情上影響最大，因此她的效果也便增加了不少抒情的力量。

本來詞是一向被「文以載道」的衛道先生們所瞧不起的，所以説她「格卑」，説她是「詩餘」。但是最奇怪的道學氣最濃厚的宋代却是詞的全盛時期，不但如此，我們看那時司馬光、范仲淹的小詞多好！歐陽修、朱晦菴的小詞多艷！可知「道貌」儘管儼然，「理學」儘管玄深，却不能把情感征服，人原是感情的動物呵！

初期的詞——唐五代——幾乎全是天籟，不但是一句一闋的渾成，全篇都是一氣渾成，好像天衣無縫。我個人也就最愛那個時期的小詞，愛她的嬌小玲瓏，愛她蘊藉多情，清麗而遠。但一方面却也愛蘇辛一派豪放情調的慢詞。——我的意見，抒情衹小詞已足夠使用了，我最愛馮韋二李，而最不喜小有才的白石和玉田。——詞到了宋，雖説是全盛時期，但南宋後益見苦心刻意，已人工勝於天然，情辭更多不能相稱，亦或敷衍成章，浮淺無物。（自然是比較的説。）

我以爲詞不能不講氣格，「小慧側艷」雖非上乘，但不雅正，不大方，和晦澀生硬，更是大病。好詞固多出於有天才學養、感情豐富的作家，但是却也不容你矜才使氣。至於「用典」的毛病，大都是由於有學養的作家的「矜才」「眩博」（也許是無意的）。朋友裏面談到這個問題主張不一：有主張絕對不用，有主張相當的用，有主張必須要用。我的意見呢，以爲衹要用得得當，也足以使得詞意更有力。但是總以少用爲原則，否則辣茄多於肉絲，肉味便没有了。用典無論在詩文裏面，都是一樣的，庾蘭成的一篇名作《哀江南賦》，不看註解，簡直不知所云，看了註解，還是覺得累贅不堪！王漁洋格高而無性情，吴梅邨濃而無骨，曷若高青邱的清峻有神？無鹽嫫母的艷裝濃抹何如西子、玉環的淡掃娥眉？你看白石的自度曲的《暗香》《疏影》，和詠蟋蟀的一首《齊天樂》，儘是均爲名作，問他的性靈情感有多少？除掉文辭華贍，造語工致像「試帖」之外，還有什麽？

本刊兩年前出過一個「詞的解放運動專號」，曾今可先生發表了一篇「詞的解放運動」，還有柳亞子、郁達夫、張鳳等人的文章，我讀了很高興，記得在那時的「文藝茶話」席上，由亞子先生的介紹，我和今可先生談了些關於詞的話，他曾要我作文發表意見。

在他的主張三分之一五的解放裏説：「（一）『詞』是一定要譜，否則與詩無異，因爲詞有音樂關係。」詞一定要有譜，是當然的，因爲所謂「倚聲填譜」，便是音樂的關係。詞與詩本是同源異派，但是一定説她分別的所在是在乎音樂關係，那是很勉强的，因爲詩三百篇，孔二先生也曾一一被之弦歌，《春秋》傳裏各國要人相會，尤多歌詩的記載。可見詩本是歌的，不是與音樂没有瓜葛。再退一步説，李太白的《清平調》是樂府，他同時諸人的《楊柳枝》原仿自民歌，實在與詩無異。我想是晚唐時詩弊而變，詞體建立了之後，才把她拉進去作詞的一體罷了——這便是「同源異派」的線索和證據。昔人説「歌詩已而詞作」，這話原很有見地。關於（二）（三）二點，我很贊同，祇講平仄而不講四聲，自是詞的解放，不過澈底的講一句，昔人填詞一脱稾，便傳遍衆口，與伎飲酒，隨製隨歌，可見那時詞與音樂的關係本非常密切。然而葉少蘊説：「少遊樂府，語工而入律，知樂者謂之作家。」蘇東坡還貽譏不入律，姜白石人家也説他生硬。李清照論當時（北宋）的一般大詞家，也説晏元獻、歐陽永叔、蘇子瞻的詞是「句讀不葺之詩」。話雖未免苛細，可知那時詩人填詞，也早不能把四聲四音，面面顧到。到了現在的填詞，本早已成爲文字上的事情，不解放而自解放。至於「陳言務去」，這是我們新詞運動裏極應注意的。藝術的東西，本來要有「時代性」，我們應該很自然地把眼前的事物語言運用進去。昔賢詞句在現在我們當作很古雅的東西，其實亦祇是當時眼前的事物語言而已。黄公度所以被稱爲近代革命大詩人的緣故，便是因爲他有了很好的學養和天才，却不爲古人所籠罩，能夠抓住時代，儘量的把新的物語應用。不過關於這一層，腦筋陳腐的迂夫子是反對的，他們一看見有新字眼的詩文，會生起頭瘋病來。但是試看他們的成就，其特長是襲取陳套，無新精神活氣象的死文字而已，展開一個新時期的革命家，最初總是被保守者唾棄，而結果總是千秋萬歲。迂夫子則往往是寂寞身後了。王阮亭在當時譏笑復古思想的人物，有幾句很有趣味，很潑辣，很富革命精神的批評語，他説：「廢宋詞而宗唐詩，廢唐詩而宗漢魏，廢唐宋大家之文而宗秦漢，然則古今文章，一畫足矣！」

不過有一件重要的事情，我深深覺得我們要幹這個「新詞運動」，應得還要聯絡幾個有文學興趣，能够賞鑑的大音樂家來合作，來創造我們新的詞曲。否則詞與音樂既失了關係，便不能活動，而專門依傍古調，也是已到了「弊」的時候了！

附：《詞的解放運動》中説：「『詩』已被解放了，由胡適之一度『嘗試』而成功了。」這句話我覺得很有點意見，不要説胡適一「嘗試」便會「成功」不是事實，他的《嘗試集》中比較出色動人，有些印象的詩，全不脱「詞」的模型。新青年運動以來，雖説抒情詩似乎尚有些像樣，但普遍的講，總覺得舊體詩已破壞而新體詩不曾建設，與革命以來社會上的一切現象，一般無二。西洋格調既無入主中國新詩界的可能——歷史上件件事如此的——社會上的白話詩又寒酸、支離、無規律得可憐。聽説現在頗有人在幹着新詩運動，我祝福他們成功啊！

〔一〕録自《白蕉文集》（東方出版中心二〇一八年版）。

論新詩〔一〕

景人兄：在答復你的問題之先，我有幾句前提的話。第一，我還是一個小孩子，不懂得什麼，你不要看我作一個戴「小帽」的「老前輩」一模一樣的人！——你看見過麼，那小帽就像半個乾柚子皮一樣，套在小小的腦袋上的？第二，「文藝」二字不要看得範圍太狹，跟現在一般的人們一樣——做小説寫白話詩的以小説白話詩爲文藝，學西洋油畫雕型的，又各以西洋油畫以雕型爲唯一的藝術。最好係把文藝兩字的涵義去請教一位戴「大帽」的真能讀老古董的老頭子，我想，他的話一定能給你們諸位「同志」有許多參考和值得思索一下地方。

承你垂詢新體是否要韻脚。這個問題，自從五四新文學運動以來，研究新詩的人似乎討論得已不少了。現在想不作無謂的徵引，而新詩的發生的淵源和其經過，也不想在這裏囉嗦了，單説我的管見：新體詩一樣要用韻的，和舊體詩可謂没有什麼兩樣，無論逐句用間句用都好的。句子的長短不妨參差，惟不可太甚，好像近於散文詩。有些人把句子弄得斬齊，像一捆預備送人的甘蔗。他們以爲那樣排得好看，但是往往弄得意思不達，用字也似通非通，真是「削足適屨」！——甘蔗還有甜味，這樣簡直成爲討厭的硬柴了。

實在講起來，新體詩直到現在還没有一定的格律，或是幾種的體裁（西洋詩這種地方很講究，不一定古典的才如此，也決不像現在我國所謂新詩的那樣有不可爲訓的自由，東洋詩的一種「俳句」雖無一定格律，也自有一種風味，冰心女士初期的小詩很近於這類），所以一直到現在，所謂新詩衹算得具了雛形，還不好説成功。知名和不知名的詩人没有幾個，好詩也没有幾首。

一般的講，初學新體的最容易患的幼稚病約有三點：一、近於口號；二、愛用「呀」字，愛用驚嘆號（小姐們更甚），愛説「花月風雲」，而不能遠出深刻的情緒；三、容易説完，了無餘味。如果要矯正這弊病，先從三多上注意——讀得多，看得多，寫得多。但學力天資，也許有各半的關係吧。

你又問有否秘訣，其實有什麼秘訣呢？不過這個問題確也並非突兀，因爲比如舊詩，有平仄的規律和詩句，最最普通的有《唐詩三百首》可供諷，舊詞舊□，不必説了，它們起□比詩更嚴格的、更一定的平仄和諧。而新體詩既無規律又不曾有好好的一本詩選。

而且，新體詩的範圍實在似乎也太覺得窄了，比較雄偉有氣魄的詩没有見過，寫實敘事的長篇也没有見過，新體詩本身才具不彀呢？還是要等一個天才來創造呢？

記着須要「自然」，有「情緒」——那便是説内心須有「不得不」的要求，用字遣辭和音節韻脚須要和諧。注意一多，汰其三病，我想總差不多了！

我的習作，於一九二八年曾出版一册《白蕉》，現在看起來實在幼稚得很。其中衹有二三首還值得保存。第二集《秘密》是没有出版，五年來已不寫了。《秘密》裏所收集的幾乎都是情詩，我自己承認我的情思也比較好。有些人以李後主、溫飛卿的詞來比擬，這在我固然是「不虞之譽」，不過我確並不以爲一個人老是在愛情的小圈子裏打跟鬥爲有出息的。

你爲微芒社徵求我的稿子，好，便抄幾首舊作請教！匆匆，隨便説了一些。再會！

〔一〕録自《白蕉文集》(東方出版中心二〇一八年版)。

論詩散語

嘗與友人論藝,學力與天才並至者,其所就必卓絶,但未易言也。有天才者往往不屑學,有學力者往往少天才,二者難兼得。詩詞亦然,對仗辭藻,多仗學力,氣韻思想,則在天才矣。

(録自《四山一研齋隨筆》,見《白蕉文集》(東方出版中心二〇一八年版)

詩古文辭,尚才氣者,不大勝則大敗。蓋矜才使氣過甚,亦討人厭,難得恰到好處也。若夫書畫,在用筆、用墨上雖亦有才氣可言,然如何與詩古文辭同言才氣。

藝事無不講神韻者,詞尤尚空靈,陳言多矣。然白石之詞,近於言無物,盡於音律爲大家,於詞我無取。漁洋詩,亦患太空。

(録自《濟廬藝言》,見《社會日報》一九三九年八月二十四日)

工部詩能重、能拙、能大。學者能重、能大矣,而不能拙,拙實不易至。

(録自《臨池剩墨》,見《萬象十日刊》一九四二年第四期)

余嘗論詩,以為典非不可用,而每傷性靈。古詩樸質而有性靈,唐詩情韻勝而有性靈,宋詩則硬澀為尚,傷性靈矣。袁子才提倡性靈,一時成為風氣,和之者曰「性靈派」,殆物極必反,然傷於浮薄。典故多者如王漁洋之《秋柳詩》,名震當時,試以典故挪開,尚有何物?予意大抵近體詩大别可三類,曰「難中求易」,曰「易中求難」,曰

「難中求難」。難中求易者如謂唐詩，此類天才高，格局大，氣象堂皇，而學之者每易流於空疏；易中求難者如宋詩，此類學力高，用意清新，務去陳言，而漸流於艱澀；難中求難則天機滯，風韻短，如同光派□祖宋詩，而路徑愈趨愈狹，越去越難。以一詩拆散觀之，造句用字，亦多可喜，合全體讀之，似亦無疵可摘。但無中心思想，往往讀完掩卷，不知其命意所在，實屬廢解。若以畫大致喻唐宋詩之佳趣，則唐詩如宋畫院畫，鉤勒工極，而生動自然；宋詩如元四大家之去鉤勒，而於草率中求合自然以見工矣。若夫唐以前漢以後之古詩，又正如漢與齊梁間石刻畫之精品也。

（録自《雲間隨筆》，見《社會日報》一九四三年八月四日第二版）

我國文學之代表作而爲學詩者所不可不讀者，則一《詩經》與一《離騷》是。《詩經》中尤以「風」爲有味，玩索尋繹，情景宛在。惟考亭説詩，好言文王后妃之德，抹殺男女相悦之絕好情詩，則道學、理學之過，亦時代爲之矣。《國風・衛》第四《氓》長篇一首，敘述一棄婦心境，情節婉轉，其大致爲男人求愛，私訂終身，挽媒，同居，别離，反目，大歸，受兄弟冷笑。此周代衛國大詩人，替此婦寫其心中悲怨之情，一等出色，風人之旨，可以觀也！又語言事物，古今不同。余於舊體詩詞，亦最不喜言派别家數，（惟寢饋所在，或個性相近，則氣味自類）而喜言時代性與新生命。語體詩格局不大，雄偉之辭，無能就其小範圍，似尚有待於具天下魄力之新詩人。惟在寫情寫景方面，自新文學運動以來，略有成就，時亦可喜。嘗謂迷戀骸骨之食古不化者，一意摹古，惟恐不「似人」，其作果佳，置之昔人集中而可以無别矣，然後之人又安知二十世紀人所爲耶？古人詩中名物，多近取眼前在，當時安知不遭「雅人」所鄙，而今之雅人則彌覺其雅，使我人生於千百年後，更在詩中賞識之。吾人創作，儘當近取眼前事物，後之視今，原猶今之視昔。眼前事物爲古代所無，多極好資料，若必用現代所無之名物以爲古雅，非傖夫，即妄人。如流蘇、寶鴨之類，在今世殆如鳳毛麟角之骨董。既無是物，安可强入詩詞。憶往年見某雜誌中載豔詞一章：「掛起百葉窗，窗外月如水。月下倚歡肩，泥讀新聞紙。飲歡加非茶，忘却調牛乳。牛乳如歡甜，加非似儂苦！歡才人不如，幾日通鞮寄。爲問蟹行書，可有鴛鴦字？」此詩絶美，風光旖旎，情致纏綿，癡憨之情，躍然紙上。余所謂有靈魂時代性新生命者此是！當時讀之，拍案叫絶，謂黄公度舊瓶新釀之《今别離》，不能專美，恨不知作者誰氏。友人中運用新事物入詩詞絶雅者，除閩人林觀瀑外不多見，蔡孑老亦亟稱之，今俱下世矣。

（録自《雲間隨筆》，見《社會日報》一九四三年八月三十日第二版）

「滿心而發，肆口而成」，張耒《賀方回樂府序》中語，八言極宜體會。初學作詩詞，往往一説便盡；或務堆砌，苦無資料。此皆不解何謂「滿心」、何謂「肆口」也。滿心則能深，蓋蓄之久而後發，自不爲淺薄語也；必肆口乃得天機，若無所經營於其間也。

（録自《濟廬藝言》，見《海報》一九四五年三月十日第二版）

諸家評騭

贈白蕉用仲公韻

江問漁

有酒得佳賓，翩翩一俊人。詩成清到骨，客少榻無塵。天未憐幽隱，我何厭苦辛。此心同赤子，寧待醉時真。

《人文月刊》一九三四年第五卷第一期

白蕉招飲中匯大樓，後三日以詩寫寄，賦此奉答

沈禹鐘

高樓對酒尚餘醒，忽足詩來眼倍明。共笑千言供記室，獨應五字謚長城。深杯易負勞生約，君前數以杯酒見招，均爲事阻。是日罷飲後，堅約日晡時再集。及時，余又因他事不赴。尺地猶容我輩盟。一樣白雲親舍意，望中射虎況縱横。君詩有「家書喜到翻添淚，白髮飄蕭説老親」之句，而是時余鄉方以被炸聞。

《社會日報》一九三九年八月二十四日第二版

《孑樓詩詞話》摘録

林庚白

白蕉有《羅敷豔歌》三闋，深入淺出，讀之黯然。必如是，則詞之爲詞，迺可以不朽。矧其爲「雅俗共賞」，尤「戛戛乎難」，此勝於務求「堆砌」與「晦澀」而自矜其「沈博」「艱深」者，何啻霄壤。白蕉真「才人」也。亟録之：「最難收拾秋情緒，笑也無名，愁也無名。每到花時暗自驚。宵來獨自成孤酌，酒也盈盈，眼也盈盈。待不思量淚已零。」其二云：「尊前不把嫌疑避，笑靨生渦，笑語微酡。曾記相憐傅粉何。此情竟遣成追憶，盼斷姮娥，鎮日誰過？孤館秋情特地多。」其三云：「無言終是多情思，心上微波，眼上微波。并向秋宵伴酒魔。依依今古傷心別，車影如梭，日影如梭。猶怕年時未易過。」此數詞，字字平凡，字字深刻，使人如「桓子野聞歌，輒喚

奈何！」余頗慫恿白蕉恣爲之，當無愧一代作者。

白蕉君數以詩詞相質，致力甚勤，進步亦猛。曩見其七律，有「落花庭院詩俱瘦，涼雨江城氣欲秋」之句，頗稱賞之。近辱見示《浣溪沙》一闋，乃幾欲突過古人。亟録於下：「減却相思意轉癡，櫻唇欲濇血紅脂，歡情偏笑那家兒。今日休言還有恨，這番非夢更無疑，斜陽猶掛最高枝。」下半首尤使人低徊不自已。

《貓雙棲樓隨記》摘録

陳靈犀

今日起，雲間白蕉先生，於大新畫廳舉行金石書畫個展七天。白蕉翩翩裘馬，瀟灑出塵，字如其人，秀媚入骨，而詩亦清麗□妙。試觀白蕉詩書，便可知白蕉爲至情人，非白蕉之至情，固不能有此好詩書也。僕喜與白蕉談，娓娓可以忘倦，尤愛讀其詩。曾謂白蕉之詩，語之若自我心坎中掬出者，若「一往憑君莫掉頭，英雄有淚特溫柔。誰知刼外猖狂意，腸斷江南賣酒樓」「不語沉思悶苦辛，消寒靜對眼中人。埋愁作計終非計，淚眼逢春不是春。誤盡百年輕一諾，忍將千刼換深顰。袖間枉覓啼痕在，尚信相逢定有因」諸作，固爲我所雒誦不能去口者。我曾疑白蕉何能作此語，既漸稔，則又歎曰：白蕉多情人，宜有纏綿悱惻之作也。

《社會日報》一九四〇年七月一日第三版

《迍邅散記》摘録

謝啼紅

雲間白蕉之書法，久□轟動藝壇，爲吾人所傾倒。惟白蕉工詩，詩格甚高，詩氣甚清，多雋永之句，且於其近作中可以窺見其人之骨氣，迥非凡流，故余對現居海上之詩人，除吾鄉名山老人外，獨佩服白蕉。余與白蕉初無深交，惟於其書及詩則留有深刻之印象。

《力報》一九四一年七月六日第二版

《懷素樓綴語》摘録

唐大郎

久不晤雲間白蕉矣，正渴念間，忽奉來書，乃知十九日起，吾友又將舉行個展於大新畫廳。白蕉之寫王右軍，當世殊不作第二人想。除工繪事，寫蘭尤稱聖手，而題蘭之作，更無不傳誦一時。

《東方日報》一九四三年四月十六日第四版

白蕉醉中見訪，座客正多，相視一笑而去，報之以詩

陳定山

朋友比性命，詩觴交逾深。白也本無敵，以醉託狂吟。君於我良厚，此意吾最珍。深人作淺語，燦若孔雀金。世畏鹿皮傲，吾獨悲鄭暗。散襟一澹慮，聖作五等琴。目似夔憐蚿，語在口所禁。一生負仁義，方寸不可侵。詩人亦何有，枉尺得直尋。超超北海客，孰與禰衡林。翬飛刺天起，鴻鵠當自任。嗟哉王髦劍，謂有顔孔心。猗猗幽蘭操，國風多變音。

《海報》一九四三年十二月二日第二版

《白蕉之書品》摘録

朱鳳蔚

白蕉不特書畫兼擅，而詩詞亦敲金戛玉，卓然成家。淪陷時内，蕉兄賦詩成帙，皆愛國憂時之作。憤日寇侵蠻，有揮戈麾日彎弓射日意，浩然之氣，直貫斗牛。此固兩間正氣所鍾，故其書皆以岳鵬舉之《滿江紅》、文文山之《正氣歌》之類爲依歸。

《大衆夜報》一九四六年十月二十四日第二版

《白蕉妙語如珠》摘録

陳靈犀

雲間白蕉，能書能畫，名滿江城。而其詩文，輕靈清利，如啖諫果，尤耐吟味。年來喜作白描，情摯語真，老嫗都解。如記其家諸雛詩，以小兒女口吻出之，不加雕琢，自饒天籟，爲新舊文學家所歎賞。

《滬報》一九四七年三月二十六日第三版

《高唐散記》摘録

唐大郎

打前天起，白蕉先生在成都路中國畫苑舉行他的書畫金石展，今天已是第三天了，還有四天。我於書畫金石，全本外行，但平時憑了性之所喜，常在評論當世名家的作品，白蕉是我深嗜的一個。他於藝事下過苦功，而成就甚高，都不必我替他誇張。我却喜歡他作品的神韻清疏，像他的爲人，也像他寫的詩。他的爲人，永遠地神韻清疏，不樂世務，這一點已值得使人崇敬。而他的詩，真的不食人間煙火，我尤其喜歡他從前寫的許多小詩，似「漸有桃花泛緑潮，荳花眼大杏花嬌。先生策杖來何許？兩面垂楊認小橋。」這是白描，而描得這樣的風致便娟，假使不是才人，那能有此吐屬？

所以我對於白蕉的作品，是有一種信心的，因爲他有最高的天才，更有一份最佳的氣息，用來洽合於他的各種藝事中，加以工力，所造自然是高貴的了。我又確認一個藝術家氣息的好壞，對於成就，是絶對有關聯的。上海有一位名書家，我不歡喜他這個人，我看了他的作品，也實在討厭。然而我又一個朋友，對他往往逢人告譽，我常常根據我的見解，同我朋友爭得面紅耳赤。我決不相信世上有氣質太糟，作品太好的道理。

《鐵報》一九四八年四月二十五日第三版

爲沈鵬年題白蕉新詩遺作

周鍊霞

雲間彩筆由來健，新體裁詩眼倍明。居士文章付海曲，粉郎言語比泉清。縹緗近護東陽沈，朱印先鈐老阿英。却似曲終人不見，至今留下步虛生。

白蕉《靈山行吟詩卷》爲施啟東題

錢太初

何郎書畫盡驚人，詩亦清妍妙入神。想見行吟高處望，放情山水任天真。

詩卷長留天地間，新詞妙語發春妍。而今撫卷人琴逝，回首前塵已卅年。

跋白蕉遺稿

沈子丞

……世多稱其書畫，鮮知其爲詩文之士者。曩與之閒談，聞其自評云：詩第一，書二，畫三。今讀其遺稿，信不虛也。思深而語清，若非攻苦鍛煉，烏克臻此，真所謂「看似尋常最奇崛，成如容易却艱辛」。雖通卷不過幾十餘首，然詩之傳，以工不以多也。

《三畸人集》序讚

沈軼劉

嘉定鄧散木，金山何白蕉，新昌呂白華，豐才嗇命，所如輒不偶，世目爲畸人。謂畸於才，畸於命，畸於行也。其然豈其然耶！才豐植藝，藝高不諧則媢生，故畸；命嗇則運蹇，蹇生磨謁，故畸；言必觸物，行果違俗，才命不可知，言行在我，操之不慎則畸。君子不同，處士同塵；處其不同，出以同塵，未嘗有悔吝。三畸人之所爲，聞鐃則勃興，告災則嗒喪，民勞而蠹傷，官黷而憤懟，亦猶人也。孺子隨母笑啼，野人緣劇喜怒，天耳。以天爲畸，將謂盜天者非畸乎？然而世仍目爲畸，斯則真畸矣！魚樂我樂，畸哉畸哉！凡鄧詩百餘首，讚曰：「玉在璞，卞和劇劚；夔不獨，龍陽哭。吁嗟夫一足。」蕉集二百首，讚曰：「步兵心，昌谷筆，玉溪古愁結於一。」吕集百餘首，讚曰：「簡齋不簡，放翁不放。一片騷心，獨來獨往！」

己巳年三月，上海沈軼劉

輯後記

「桂棹莫辭三百曲，梅花小壽一千年」——這副對聯是我最早從網絡上見到的白蕉書法作品，當時的我還在上高中。此後便慢慢開始關注白蕉先生的藝術和生平事跡，有意無意地搜集相關資料，除了書畫作品圖片以外，還有一項重要的工作就是把遇到的白蕉詩詞、題跋等文字作品録存在電腦中，以便查閱。隨着積累的資料越來越多，到讀研時就萌生了編寫白蕉年譜的念頭。有了這個目標，反過來也就激勵我千方百計地去搜集更多的資料。每逢節假日常往來於滬豫之間，查資料，訪師友，看展覽，儘管耗費了不少時間、精力和財力，然而我本人却是樂此不疲的。每當有新的資料發現，於我而言都是一種安慰和獎勵。直到今天，年譜的編寫還在進行中，而搜集到的白蕉詩詞不知不覺已具備相當的規模。

舊時文人在詩書畫印諸藝之中，有不少是將詩置於首位。如吴昌碩曾作詩《赠内》有句云：「平居数长物，夫婿是诗人。」齊白石自謂：「詩第一，印第二，書第三，畫第四。」溥心畬也自稱是：「詩第一，書次之，畫又次之。」林散之生前就自題墓碑「詩人林散之之墓」。當然，這種以詩標榜的背後或許還潛藏着其他想法和目的，但說到底，書畫印畢竟還是文人餘事，詩文之屬才是文人本職，也是思想情感最直接的外化和表達。沈子丞記述白蕉曾自評「詩第一，書二，畫三」，可見白蕉對於自己的詩詞還是相當自負的，如他詩中所言是「詩已清腴書瘦硬」「詩成或在宋元時」。個人覺得，近現代文人的詩詞，其文獻意義要大於文學意義。一方面，舊體詩詞已經失去了原有的社會基礎和文化環境；另一方面，家國天下，春花秋月，幾乎已被前人寫盡。能有一兩首小詩被人記住就已然難能可貴，至於膾炙人口流傳百代的可能，則幾近於無了。對於白蕉而言，二〇一八年問世的《白蕉文集》雖然已經把他的大部分文字作品收入其中，爲相關研究提供了豐富的資料，但遺憾的是詩詞却未能包含在内。這一來是受限於文集的體例，二來恐怕也和詩詞整理的難度有關，因爲牽涉到基本材料的散佚以及體裁的特殊性等諸多方面的問題。白蕉本人除了早年的一本新詩集以外，没有舊體詩詞集行世，而反觀同時期不少書法名家在生前就有詩集印行。因此，我覺得有必要將白蕉詩詞整理出版，這樣不僅可以較爲全面地展示白蕉先生的詩詞創作，補《文集》之不足，也可以爲世人進一步了解研究他的生平事跡和思想情感提供可靠的文本依據。

由於没有見到白蕉詩詞自存藁本，因此詩詞集的編纂衹能依靠廣泛的蒐集，本着保存文獻的目的盡可能多地予以收録，也即意味着在力所能及的範圍内最大程度地避免遺漏。這一方面是出於對白蕉先生藝術的崇敬和喜愛，有種發自内心的使命感督促自己力爭完美，另一方面也與我的個人習慣有關，對於這類資料的搜集往往有種近於偏執的求全心理。因而常常會想方設法根據一些蛛絲馬跡，追蹤溯源，即使是一兩首小詩也不輕易放過。有時發現一些新見的詩詞材料，不管生人熟人，都會厚着臉皮向人討要或詢問出處。好在功夫不負有心人，徒勞無功的情況倒是不多。

本書所收白蕉詩詞大體上來自於報刊發表和墨跡輯録兩種渠道。白蕉先生生前活躍於大小報刊，詩文發表頻繁，尤其是民國時期創作的大部分詩詞都曾見諸報端，其中以《茸報》《社會日報》《申報》及《人文月刊》發表最多。第二種渠道是白蕉詩詞墨跡，主要包括公私收藏、拍賣會上拍、各類出版物及報刊發表的白蕉書畫作品，搜羅剔抉，凡能確認是白蕉親筆的自作詩詞都收入進來。此外，在白蕉師友的著作和文章中，也常常能見到轉録的白蕉詩詞，這部分同樣也收入集中。再加上早年的《白蕉》新詩集，總數已超過千首。白蕉一生文思敏捷，勤於筆耕，所作詩詞當然絕不止此，還有相當一部分尚待發掘，如民國時期的各類報刊還有不少未經仔細檢索，市面上也不時出現新見的白蕉詩詞墨跡，此外新中國成立以後所作詩詞多未發表，這部分遺漏的也不在少數。因此，本書衹能算是一個階段性的成果，將來等到合適的機會，還會整理出一本更爲完整的白蕉詩詞集。即使如此，本集所收也足以展示白蕉一生詩詞創作的整體風貌和高超水準。

從體例上説，本集將白蕉早年的新詩置於首位，其後是舊體詩和詞作，大致按照寫作時間編排，如此較爲明晰地展示白蕉一生的創作風貌。對於詩詞本事的考察還有益於研究白蕉生平事跡、交遊和思想情感。所收詩詞註明發表出處和不同版本的字句異同，這樣或許能够更爲準確地展示原作的風采與精微之處，同時也方便讀者按圖索驥。需要説明的是，本書所收詩文原出處爲報刊者，按原刊保留所用繁體字、異體字。原出處爲墨跡的，由於牽涉到異體字、通假字、正俗字、繁簡轉换、手寫體轉印刷體等錯綜複雜的問題，因而統一以規範繁體字録入。坦白地講，我並非文獻專業出身，對於詩詞一道亦屬門外漢，因此在整理過程中遇到的問題和困難也就可想而知。大到全書的編排體例，小到字跡辨認、斷句標點，凡此種種，都不得不經常向長於此道的師友請教。尤其是書稿的校對工作，雖經反復核查，並請多位師友參與，仍難免疏漏，所謂「校書如掃落葉，旋掃旋生」，衹能盡力而爲。此外，部分詩詞的繫年，還有待於相關資料的發現，才能进一步确定。

本書在整理出版的過程中得到了衆多同道師友的大力支持：湯兆基、姜峰、郭國芳、張翎、盛興中諸先生慨然提供白蕉詩詞圖版。祝淳翔、余思彦、朱榮所諸先生爲我查閲資料提供了大力支持。孫曉雲主席撥冗題簽，爲本書增輝。孟會祥老師細細校讀書稿並賜六千言長序。張恆煙兄熱心推薦聯繫出版。黄修珠教授、莫非社兄審讀校對，於詩詞一道對我多有指導。上海書店出版社楊柏偉先生、章玲雲女史與我反復溝通編輯出版事宜。此外，還有許多師友或惠賜資料，或解惑答疑，或提供方便，限於篇幅無法一一列舉。没有他們的鼓勵提攜和熱心幫助，拙編能够順利成書出版是難以想象的，在此一併向他們致以衷心的感謝。

二〇二四年八月，王浩州記於古商城

圖書在版編目(CIP)數據

白蕉詩詞集 / 白蕉著 ; 王浩州編. -- 上海 : 上海書店出版社, 2025. 1. -- ISBN 978 - 7 - 5458 - 2428 - 5

Ⅰ. I226

中國國家版本館 CIP 數據核字第 2024WQ0773 號

責任編輯 楊柏偉　章玲雲

封面設計 汪　昊

特約審校 孟會祥　祝淳翔　黄修珠　莫　非　韓立平

封面題字 孫曉雲

白蕉詩詞集

白　蕉 著　王浩州 編

出　　版 上海書店出版社
（201101　上海市閔行區號景路 159 弄 C 座）
發　　行 上海人民出版社發行中心
印　　刷 江陰市機關印刷服務有限公司
開　　本 710×1000　1/16
印　　張 23.75
插　　頁 16
版　　次 2025 年 1 月第 1 版
印　　次 2025 年 1 月第 1 次印刷
ISBN 978-7-5458-2428-5/I・590
定　　價 128.00 圓